Veit Templin · Der Malerlehrling II

Eine ostdeutsche Geschichte

AUFLAND

Veit Templin

Der Malerlehrling II

Eine ostdeutsche Geschichte

Aufland Verlag Croustillier

Veit wurde in Bad Freienwalde geboren und fand seinen beherzten Lebensradius schon als Kind zwischen Höhen und Bruch. Er erlernte das Malerhandwerk, wechselte später aber in die Hochbauberufe und verbrachte fünfzehn Jahre damit, sie sich anzueignen. Neben der Arbeit, deren Spuren man im ganzen Oderbruch findet, banden ihn auch die Musik, die Familie, die Fischerei und die Jagd an die Gegend. Also ist er geblieben.
Der zweite Band des „Malerlehrlings" umfasst die Jahre nach dem Fortgang aus dem Elternhaus. Veit beschreibt das Leben auf dem Philippsberg, die Arbeitswelten und die Schikanen der Staatssicherheit. Er erzählt vom Wandel der Freundschaften, von den Umwegen der Liebe und von Land und Leuten im Oderbruch.

Danksagung:
Der Aufland Verlag dankt der Stiftung Oderbruch herzlich für ihre Unterstützung des „Malerlehrlings".
Wir danken Anne Templin und Christian Blume für ihre Hilfe bei Textbearbeitung und Lektorat.

2013 Aufland Verlag GbR,
Croustillier 20, 16259 Oderaue
auflandverlag.de
Printed in Germany
Druck: Regenbogen-Druckerei Altranft
ISBN 978-3-944249-06-3

Der Malerlehrling II

Aufräumen und Tische rücken

Poch, Poch. Tante Else weckte mich. Wir aßen Frühstück und ich fuhr zur Arbeit. Unterwegs überlegte ich, ob ich nicht besser Urlaub nehmen sollte. Nach längerem Überlegen kam ich zu dem Schluss, dort einfach aufzuhören. 450,- Mark Mindestlohn zu bekommen, für eine Arbeit, die einem keinen Spaß machte... und jetzt kam auch noch der weite Fahrweg dazu. Ich ging zu meinem Meister, Schulze, um ihm das zu offenbaren.

„Schade", sagte er, „ich hatte gehofft, dass du bleibst."

„Du, Helmut", sagte ich zu ihm, „bist du mit einer Aufhebung zufrieden? Dann habe ich ja noch ein bisschen Urlaub und dann wäre ich auch gleich verschwunden."

„Ja, das können wir so machen".

Das war für mich das Kapitel *VEB-Kreisbaubetrieb Bad Freienwalde.* Zu Hause wieder angekommen, sah ich schon das Moped stehen, von Iris, worüber ich mich sehr freute. Die beiden Mädels waren kräftig am aufräumen und wie es schien, hatten sie Spaß dabei. Wie lange hatte ich das schon nicht mehr erlebt, ein Haus in Fröhlichkeit. Ich setzte mich auf einen Hocker und beobachtete das Treiben. Zwei kichernde Weiber, total ausgelassen, entspannt. Ich genoss diesen Augenblick. Frieden, wie sehr sehnte ich mich danach! Nach meiner Andacht half ich den beiden und dann setzten wir uns draußen auf die Treppe. Ich erzählte, dass ich mich in der nächsten Zeit darum kümmern würde, Arbeit zu finden. Und bis dahin würde ich erst einmal den Hof aufräumen. Tante Else freute sich darüber sehr, allein konnte sie es nicht schaffen. Aufräumen, wie muss man sich das vorstellen? Ein Hof, von einer Frau zehn Jahre lang allein verwaltet. Vor zehn Jahren war ihr Mann Max gestorben. Von da an war sie allein auf dem Hof gewesen, den sie verteidigen musste. Es hatten noch gute Geräte herumgestanden und da es keine direkte Nachbarschaft gab, hatten irgendwelche Typen Tante Else beklaut.

„Veit, ich habe immer nur auf die Beine gezielt und Heidi gehetzt. Manchmal muss ich getroffen haben, weil die Leute gesprungen sind und gejammert haben."

Tante Else hat ihre Burg verteidigt, das muss man schon sagen. Trotzdem waren eine Walze, ein Pflug und eine Egge weggekommen. Die Leute, die Tante Else beklaut hatten, wussten genau, dass sie keine Familie oder Kinder hatte. Das sollte sich mit meiner Anwesenheit ändern. Jetzt hatte sie jemanden, jetzt war sie nicht mehr alleine, jetzt brauchte sie keinen Knicker mehr zu laden. Darüber war sie froh. Der Hof war voller Holz in allen Variationen, Bretter, Stämme, Äste, Wurzeln oder Stöcke. Alles lag voller Müll, vor allem der alte zusammengefallene Stall war voll. Wir fingen mit dem Holz an. Auf dem Hof gab es eine Kreissäge mit einem 4 kW-Schleifringmotor mit Starter, einer Art Lenkrad, mit dem man den Strom langsam hochschraubte, Vorgänger einer Stern- oder Dreiecksschaltung. Die Kreissäge war aus Hartholz gezimmert, mit einem Lagerbock und einem Sägeblatt von einem Meter Durchmesser. Im Sägeblatt befanden sich Löcher, die ich mir nicht erklären konnte. Tante Else erklärte mir, dass die Russen da durchgeschossen hatten. Wir bauten die Mordssäge auf. Den Bock aus dem Holzstall raus, da sah ich erstmal, wie stark die Frau war. Der Riemen kam auf die Orgel, ein langer Flachriemen, denn der Sägebock stand bestimmt vier Meter vom Motor entfernt. Dann wurde der Riemen zwischen Motor und Bock gespannt, mit 12er Kanthölzern und Hartholzkeilen. Eine richtige Prozedur war das. Jetzt folgte der Startvorgang. Tante Else wie ein Maschinist an das Lenkrad, den Strom langsam hochdrehend. Zack! Der Riemen flog uns um die Ohren.

„Veit, der Bock steht nicht gerade. Wir müssen das linke Kantholz mehr vorkeilen."

Gesagt, getan. Zweiter Startprozess. Zack! Wieder flog der Riemen von der Orgel. So ging das ein paar Mal, bis der ewig lange Riemen auf der gedrechselten Riemenscheibe blieb. Zu der Zeit war ich noch kein Holzwurm, aber dass diese Schnittgeschwindigkeit nicht stimmte, war mir klar. Das war keine Säge, das war eine Höllenmaschine. Das Blatt zischte so laut, dass wir uns anschreien mussten. Sie schrie mir zu:

„Veit, geh du an die Säge! Ich gebe dir das Holz."

Angst. Ich hatte Angst vor der Höllenmaschine. Langsam bewegte ich mich Richtung Säge. Tante Else sortierte in der Zeit schon fleißig Holz. Als ich vor der Säge stand, die natürlich auch keinen Spaltkeil mit Schutz hatte, flogen mir meine Haare nach hinten, als würde ich mit dem Motorrad um die sechzig Sachen fahren. Das war mir unheimlich, ich fühlte mich nicht wohl. Bamm! Da lag ein kleines Stück zum Angewöhnen auf dem Bock. Tante Else schien zu merken, dass ich dabei war, mir die Hosen vollzuscheißen. Also, Kumpel wie sie war, kleines Stück zuerst. Ich nahm mir das Stück und schob es in das Sägeblatt. Das Blatt fing an vor meinen Augen zu schlenkern und machte einen Mordsradau. Na ja, nun wollte ich nicht schon am ersten Tag Schwäche zeigen und schob noch ein paar Stückchen da durch. Die Säge schrie mich an und föhnte mir gleichzeitig die Haare. Mein Vertrauen in dieses Ding wollte einfach nicht wachsen. Bumm! Ein größeres Stück. Der Föhn fing an zu qualmen. Ein stechender Geruch nach verbranntem Holz stieg mir in die Nase. Ich musste husten. Ich schrie Tante Else an:

„Wir müssen mit der Säge was machen. Mach mal aus!"

Sie schrie zurück: „Mach mal Platz! Wir werden mal die Rollen tauschen."

Gesagt, getan. Jetzt kämpfte Tante Else mit dem Ungetüm. Mir schien, als ob es um Leben und Tod ginge, denn die Frau hielt das Holz so kräftig in das Blatt, dass der Riemen zu rutschen begann. Die Drehzahl verringerte sich dadurch, aber das Ding lief trotzdem noch zu schnell. Jetzt folgte noch eine Steigerung: Pflaume. Tante

Else hatte mit einer Bügelsäge die vergreisten Pflaumenbäume aus dem Vorgarten gerodet. Eine Wahnsinnsleistung. Jetzt schob sie das Holz in die Höllenmaschine. Die Säge schrie, jaulte, das Blatt eierte, Qualm, noch mehr Qualm. Da passierte es. Ich wollte es nicht glauben. Es brannte lichterloh. Ich rannte zum Lenkrad und machte das Ding aus. Tante Else warf das brennende Stück Holz nach hinten, mitten auf den Hof. Dort lag es und brannte weiter. Ich lief zur Pumpe, schwengelte mir einen Eimer voll Wasser und löschte das Stück. Da stand plötzlich Tante Else neben mir, sie war wirklich flink wie ein Wiesel und sagte:

„Veit, ich glaube das Blatt ist stumpf. Ich habe eine Sägefeile. Weißt du wie man so ein Ding schärft? Das hat bei uns immer Max gemacht."

„Nein", sagte ich, „habe ich noch nie gemacht. Aber hör mal, die Säge dreht viel zu schnell. Die ist verkehrt ausgerechnet." - „Kann sein, aber wir schneiden schon Jahrzehnte damit." – „Auch mit diesem zerlöcherten Blatt?" – „Ja. Selbstverständlich!" – „Wahnsinn!"

Ich ging zur Säge und sah, dass das Blatt glühte. Die Zähne waren mehr als nur stumpf, die waren rund. Ich sagte zu Tante Else:

„Du, ich glaube nicht, dass man das Blatt mit einer Feile noch scharf bekommt. Das Blatt muss auf einem Automaten scharf gemacht werden. Aber jetzt ist das durchlöcherte Blatt auch noch ausgeglüht. Wir können es nicht riskieren damit weiterzuarbeiten."

„Vielleicht hast du ja Recht. Ganz geheuer war mir das Blatt ja noch nie.“

Der Satz fuhr mir durch die Glieder und ich dachte: Mann, ist das eine mutige Frau.

„Zum Glück haben wir zwei Blätter. Das andere müsste noch scharf sein.“

Inmitten dieses ganzen Krempels kramte sie tatsächlich noch so ein Monsterblatt raus.

„Komm, lass uns das hier einbauen. Es ist noch ein paar Stunden hell.“

Die Aktion ging weiter und wir schufteten uns durch den Stapel angesammelten Holzes. Wir waren hungrig und Tante Else sagte dann immer:

„Komm Veit, du kannst ja nicht nur arbeiten, du musst doch auch mal was essen, Junge.“

Und so passierte es, dass ich in einem Jahr zwanzig Kilo zunahm. Meine alten Hosen bekam ich nur noch bis kurz über die Knie. Es war gigantisch. Tante Else aß nicht weniger als ich, das war ebenfalls gigantisch. Es gab reichhaltiges Essen. Das mit dem Fett faszinierte mich am meisten. Wenn Tante Else richtig gut drauf war, machte sie sich Schmalz auf der Kochmaschine dünn und aß das pure Fett wie Brühe. Beim Essen erzählte sie dann oft aus ihrem Leben. Diese Geschichten waren spannend für mich. So erfuhr ich, dass Tante Else noch eine ältere Schwester hatte, die den Pumpenmacher in Oderberg geheiratet hatte. Charlotte hatte, wie auch Tante Else, keine Kinder, wodurch die Linie

Schilling mit den beiden endete. Charlotte war eher für das Haus zuständig gewesen und vom Wesen her vornehmer. Sie spielte Klavier, wohingegen Tante Else mehr der Junge für das Land gewesen war. Mit vierzehn pflügte Else ihre erste Winterfurche mit dem Zweischar. Else war draußen auf dem Acker, solange es hell war. Ihre große Leidenschaft waren Tiere und das Allergrößte waren für sie die Pferde. Tante Elses Mutter war ebenfalls häufiger draußen und ebenso stark. Ihr Mann Karl hatte kein Interesse an der Landwirtschaft. Er hatte die Landwirtschaft von Karl Senior übernehmen müssen, weil er der einzige Nachkomme gewesen war. Karl hatte in Berlin studiert, eigentlich war er Rechtsanwalt. Er war mehr ein Stadtmensch, der ebenfalls Klavierspielen gelernt hatte. Karl hatte irgendwelche Gebrechen. So mussten die beiden Frauen den Laden schmeißen.

Nach dem Essen sah Tante Else mich neckisch an und sagte:

„Sieh mal, wie stark ich bin", machte dabei den Arm frei und beugte den Bizeps, wie ein Kraftsportler.

Wie bei einem Pferd kamen Konturen an die Oberfläche und der Arm verfärbte sich ins Blaue.

„Fass mal an!"

Ich machte den Drucktest, echt hart der Muskel.

„Ja, das Anstrengendste für meine Mutter und mich war es immer gewesen, die Ernte auf den Boden zu schaffen. Anderthalb-Zentner-Säcke haben meine Mutter und ich aufgeschultert und auf den Boden hochgetragen, die steile Bodentreppe hoch. Das war schon schwer, aber oben angekommen, gab es da so einen Querbalken vom Dachstuhl. Dort mussten wir uns immer ducken. Das war das Schlimmste und es waren etliche Säcke. Ein paar Tonnen sind da schon zusammengekommen."

Nach diesen Geschichten wurden wir beide müde und ich blieb immer extra lange dort, weil ich die allabendliche Prozedur, ähnlich wie ganz spannendes Fernsehen, genoss. Das Programm zeigte, wie Tante Else mit Hund Heidi sprach:

„Na Heidi, das war ein schwerer Tag heute. Aber schön was geschafft haben wir."

Dabei saß Heidi immer vor ihr auf dem Boden. Sie schauten sich an, wie zwei Menschen. Dann antwortete der Hund. Es war eine Art Gejammer, aber in vollen Sätzen:

„Uhwuhuhwuh."

Und dann kam das Tolle:

„Du Heidi, geh schon mal das Bettchen warmmachen."

Der Hund schaute Else an, antwortete:

„Wuhuhwuh!", und ging ins Bett, zog die Zudecke hoch, legte sich auf ihre Seite und deckte sich zu. Da schaute nur der Kopf raus. Ganz genau, als ob ein Mensch darin schliefe und fünf Minuten später begann der Hund, auch wie ein Mensch, zu schnarchen. Tante Else reckte sich und sagte:

„Nun Heidi, geh mal in dein Bett! Frauchen kommt jetzt."

Der Hund unterbrach sein Geschnarche, stand auf und in der gleichen Prozedur legte er sich auf seine Seite des Ehebetts. Tolles Kino. Dann ging ich in meine Stube, die meine Freunde später auf den Namen ‚*Kühlschrank*' taufen sollten. Ich legte mich hin und schlief. Was für mich neu war: Ich schlief gut. Aufgewacht bin ich meistens vom Geknurre und dem anschließenden Pissen des Köters. Heidi duldete mich nicht und so pisste er so oft er konnte an meine Tür und das ging natürlich gleich früh morgens los, meist so um fünf in der Früh. Tante Else schlief selten länger. Sie machte Frühstück, heizte die Küchenmaschine, machte es uns schön gemütlich. Wenn die Küche soweit in Ordnung war, ging es in den Saal. Dort saß das Federvieh, die Hühner und Puten, die wollten raus. Sie öffnete die Fenster und die Viecher flogen aus. Abends kamen sie, durch den Flur, vom Hof aus wieder rein. Die Hühner legten draußen im Stall ihre Eier. Das hatte Tante Else ihnen so antrainiert. Also früh auf der Ostseite rausgelassen und abends saß das Federvieh auf der Treppe und schiss alles voll. Wenn man nicht aufpasste, waren die Kollegen auch noch in der Küche. Das führte zu meinem ersten Protest:

„Tante Else, das Federvieh muss hier nicht im Haus sein."

„Na ja, die Puten dürfen keine kalten Füße bekommen“, erhielt ich als Antwort. „Vor allem wenn sie noch jung sind.“

„Zum Glück sind die ja nicht mehr jung.“

Dann folgten Diskussionen über den bösen Fuchs und so weiter. Es wurden Kompromisse gemacht. So war ich schließlich damit einverstanden, die Glucken im Saal zu lassen, aber für den Rest würde ich einen Stall bauen. Mir ging auch das Gequatsche der Puten auf den Sack, denn das waren ja meine unmittelbaren Nachbarn. Sobald die ersten Sonnenstrahlen kamen, ging es los und die Hühner stimmten mit ein. Zum Glück gab es damals keinen Hahn. Wenn der noch angefangen hätte zu krähen, wäre ich womöglich aus dem Bett gefallen. Die Frau war eben total tiervernarrt. Sie konnte sich mit jedem einzelnen Huhn etwas erzählen und das Tier dabei streicheln. Alle waren zahm und es waren bestimmt zwanzig Hühner, da es sich lohnte, die Eier beim Groß‘n Karl oben im Dorf abzugeben.

Ich hatte meine Aufgaben auf dem Hof. So eroberte ich Raum im Stall, aus dem ich tagelang Müll räumte. Dadurch konnte ich dort einen Hühnerstall bauen. Tante Else half kräftig mit. Es machte einen Mordsspaß, zusammen mit der Frau zu arbeiten. Und wenn es dann dunkel wurde:

„Veit, komm! Du kannst doch nicht nur arbeiten. Du musst doch auch mal was essen. Ich habe schon etwas vorbereitet.“

Und dann saßen wir beide schmatzend zusammen

und danach gab es wieder eine Geschichte von ihr:

„Ich habe mit meiner Schwester oft Tischerücken gespielt. Kennst du das?“ – „Na ja, vom Hörensagen.“ – „Na, pass auf! Das ist ganz einfach. Du musst einen Tisch haben, wo kein Metall drin ist. Da legt man dann seine Hände flach rauf, konzentriert sich und stellt eine Frage. Der Tisch antwortet dann.“ – „Wie? Antwortet?“, fragte ich.

„Na, der fängt an zu kippeln. Jedenfalls schon als Kinder, und noch mehr als Jugendliche, haben wir das so gut gekonnt, dass der Tisch mit uns bis auf den Hof gewackelt ist.“ – „Wahnsinn!“ – „Wollen wir das beide mal probieren?“ – „Warum nicht?“

Tante Else war jetzt ganz aufgeregt, sie hatte in diesem Moment etwas Kindliches an sich. Sowieso verrückt, die Frau war sechzig Jahre älter als ich und hatte einen Körper, der viel jünger war als sie. Tante Else war, ja man kann sagen, attraktiv. Sie hatte Freier, die ich später immer abwimmeln musste. „Wir nehmen den da.“ Sie zeigte mit ihrem Finger auf einen kleinen quadratischen Tisch.

„Der ist auch nicht so groß. Genau das Richtige für einen Anfänger.“

Meine Gedanken überschlugen sich. War das Tischrücken eine sportliche Disziplin, oder was? Ihre Augen funkelten:

„Komm, setz dich mir gegenüber, dann kann ich dich besser sehen.“

So saßen wir am Tisch und ich machte alles so, wie sie es mir auftrug. Aber mental hatte ich das nicht drauf. Das merkte ich. Vielleicht glaubte ich einfach nicht daran. Sie bemerkte es schnell und sagte zu mir:

„Veit, du musst mehr in dich gehen und musst das ernst nehmen, sonst wird das nichts."

Nach vielleicht einer Stunde löste sich bei mir schon fast das Furnier vom Tisch. Der Schweiß an meinen Händen war schuld. Die Frau gab enttäuscht auf:

„Wir versuchen das ein andermal. Du bist noch nicht so weit."

Als Unwissender fragte ich sie: „Wer soll den Tisch denn bewegen?"

„Geister, es sind Geister", antwortete Tante Else. „Was für Geister weiß ich nicht. Vielleicht unsere toten Vorfahren. Aber wir sind nicht alleine, Veit. Das weiß ich genau."

Es gibt Ärger

Es wurde zur Attraktion, Veit lebte auf einem Hof außerhalb des Dorfes. So kamen immer mehr Menschen, um mich zu besuchen. Vor allem an den Wochenenden war bei mir immer richtig was los. Da kamen die Leute angetrampt, mit langen Haaren, verschlissenen Klamotten und alle mit Rucksäcken. Das sorgte natürlich für

Gesprächsstoff hier auf den Dörfern. Die Leute kamen aus Fürstenwalde, Berlin, Dresden. Denn überall, wo ich an den Wochenenden war oder im Urlaub, machte ich Bekanntschaften mit Gleichgesinnten. Schon damals versorgte ich die Menschen. So kaufte ich immer zehn Brote, genauso viel Butter und wir schlachteten Hühner und Kaninchen. Es wurden immer mehr Besucher, die Kumpels brachten andere Kumpels mit. Zu der Zeit genoss ich das noch, diese Zusammentreffen mit den vielen duften Typen. Tante Else genoss das genauso wie ich. Sie mischte sich unter die Gesellschaft und machte mit. Volle Kanne Musik am Laufen, entweder von der Bandmaschine oder Selbstgemachtes. Tante Else verschreckte das nicht. Sie sagte einmal zu mir:

„Ach schön, hier wieder Musik zu hören auf dem Philippsberg. Wenn das noch mein Vater erleben könnte. Der war auch so musikalisch."

Zu Beginn dieser Wochenendtreffen erhielt ich auch meinen Kosenamen: „Bauer Veit". Den erhielt ich von der *Stasi*, das sollte ich später herausfinden. An einem dieser Wochenenden kam Futti auf mich zu und sagte:

„Ey, hast du gehört? *SBB* spielt in Frankfurt. Wollen wir beide hinfahren? Hast du Lust?"

SBB war eine Polenband, die wir manchmal auf Partys hörten. Natürlich nicht zu vergleichen mit *Deep Purple*, aber schon was zum Abrocken. Klar, wir fuhren nach Frankfurt an der Oder. Rein in den Zug und ab. Ich glaube, ‚Arbeiterfestspiel' hieß die Veranstaltung.

Der Zug füllte sich. In Frankfurt angekommen, sah ich Typen mit Mänteln, die sich von Langhaarigen Ausweise zeigen ließen. Ich kannte das Spiel. Die nahmen dich mit, hielten dich fest bis die Mucke vorbei war und schickten dich dann wieder nach Hause.

„Ey, Futti, lass uns hinter dem Zug über die Gleise auf den anderen Bahnsteig gehen."

Gesagt, getan. Auf dem anderen Bahnsteig, der fast leer war, versteckten wir uns und beobachteten wie Gleichgesinnte abgeführt wurden. Für uns beide war das wie Kino. Wir verfolgten die nazi-ähnliche Selektion. Sogar Futti war beeindruckt:

„Ey Mann, was ist das denn für ein Scheiß?", und schaute mich entsetzt mit seinen, durch die kiloschwere Brille um ein Vielfaches vergrößerten Augen an.

„Komm, lass uns Seitenstraßen langgehen", sagte ich. „Die Typen sind überall."

Wir kletterten über ein paar Zäune, um nicht über den Bahnhofsvorplatz zu müssen. Über den Güterbahnhof gelangten wir irgendwann auf Straßen. Wir schlichen uns an das Arbeiterfestspiel heran. Wir liefen immer die Nebenstraßen entlang und mieden die Hauptstraße, die komplett mit Massen gefüllt war. Aber irgendwann muss man sich ja unter die Massen mischen.

Bei diesem Mischvorgang passierte es. Wir grauen Mäuse mischten uns unter diese Blauhemden, Uniformen und viele andere Typen.

„Kann ich bitte mal Ihren Ausweis sehen?"

Aus, das war das Aus. *SBB* adé. Soviel war mal klar.

„Geh mal vor!“, sagte ich zu dem Heinz. „Ich komme hinterher.“

Der Typ, der sich mit Futti verständigte, hatte es wesentlich schwerer. Futti sagte:

„Watt willste? Meinen Ausweis? Ey, watt'n für'n Ausweis? Vom Kleintierzüchterverein oder sowatt?“

Dann hörte ich nur noch: „Ey, fass ma ni an, du schwule Sau!“

Und zack, hatten zwei Mann ihm den Arm verbogen.

„Ey!“, schrie ich die beiden an. „Wir kommen ja schon mit, beruhigt euch mal wieder.“

Ich wusste, dass Futti das gleiche Problem hatte wie ich: antatschen, so ganz eklig antatschen, vielleicht noch von hinten. Da kamen wir beide schnell in Rage.

Wie nennt man einen Raum mit Gittern? Da brachten sie uns hin. Hunderte saßen auf dem Fußboden. Hunderte graue langhaarige Mäuse, und die Katzen schlichen um uns Mäuse herum. Die Katzen waren die Uniformierten und die *Gestapo*-Ziviltypen. Die Mäuse unterhielten sich miteinander und die Katzen riefen immer:

„Ruhe!“

Die Mäuse tuschelten dann eine Weile, bis aus dem Tuscheln wieder Gegrummel wurde und gleich riefen die Katzen wieder: „Ruhe!“

So ging das stundenlang. Dazwischen kam eine Katze mit Namen, dann sah man, wie sich eine Maus vom

Fußboden erhob und in das Verhörzimmer ging und nach einer Weile, so um die drei oder fünf Minuten später, wiederkam. Irgendwann fiel der Name Schromm. Irgendwann folgte der Name Templin. Stunden dauerte das. Es begann dunkel zu werden und über die Zeit hinweg machten sich die Mäuse untereinander bekannt. Das war ein Effekt, den die Katzen argwöhnisch beobachten mussten. Wieder ein paar Freunde mehr für meine Wochenendmeetings kennengelernt.

„Templin!"

Templin steht auf, um in das Verhörzimmer zu gehen. In meinem Kopf geht es immer hin und her. Verhör, was soll denn hier verhört werden? Verhör, das ist bestimmt ein Wort, das es nur in Deutschland gibt. Ein Wort, das immer was Fieses an sich hat. Und da war er, ein Extrafieser.

„Setzen!", lautet der Befehl. „Templin, jetzt wohnhaft in Neulietzegöricke." Damals gab es noch kein Internet, da konnte sich niemand was runtergoogeln.

„Ey, woher weißt du denn, dass ich in Neulietze…", ich habe den Satz noch nicht ausgesprochen, als schon ein ganz entschlossenes „Na, na, na!" ertönt: „Nicht in diesem Ton. Außerdem sagen Sie nur etwas, wenn ich Sie frage. Haben Sie verstanden?"

„Natürlich, Genosse!", antworte ich.

„Lassen Sie den Sarkasmus!"

Nun geht die Leier los. Immer die gleiche Scheiße,

wie heißen Sie, was sind Sie von Beruf und so weiter. Und dann: „Was wollen Sie hier?"

Das ist eindeutig eine Frage. Ich antworte: „Na ja, ich bin Arbeiter, das haben wir beide ja schon rausgefunden. Da hab ich mir gedacht, dann kann ich doch auch zu den Arbeiterfestspielen gehen, um mich mit anderen Arbeitern zu amüsieren."

„Ich sagte bereits, dass Sie den Sarkasmus sein lassen sollen. Ich kann auch ganz anders, wenn Sie mich provozieren!", schreit mich der Typ plötzlich an.

Ich, immer noch total naiv: „Was denn? Habe ich was Falsches gesagt?"

Er fällt drauf rein. Er denkt wirklich, dass ich das ernst meine. Er beruhigt sich und wird fast freundlich. Während des gesamten Verhörs leuchtet er mir mit einer hellen Lampe voll in mein Gesicht. Das ist eine fiese Sache, weil du den Typen, der dich die ganze Zeit anschreit, nicht siehst. Da ist man total verunsichert. Echt ein scheiß Ding. Er macht die Lampe aus und stellt noch ein paar Fragen, aber alles ganz ruhig. Doch bevor ich das Gefühl bekomme, dass der noch mein Kumpel wird, frage ich ihn:

„Warum dürfen wir nicht *SBB* sehen?"

Er sitzt seitlich zu mir gerichtet auf einem Drehstuhl und ich sehe, wie die Frage bei ihm ankommt. Er dreht sich und sieht mir direkt in mein Gesicht. Verachtung, die volle Verachtung, kann ich dort ablesen. Er sagt nichts, eine ganze Weile und dann fängt er an:

„Passen Sie auf, ich werde Ihnen das erklären. Hier auf dem Festspiel stehen Kameras. Sender auch aus dem kapitalistischen Ausland werden dabei sein. Nun stellen Sie sich mal vor, bei diesem schönen Fest kommen auf einmal solche Affen, wie ihr durch das Bild gelaufen. Das können wir nicht zulassen."

Das Verhör war beendet und ich ging wieder in den Mäusekäfig. Irgendwann trieben uns die Katzen raus ins Dunkel. Wir wurden verladen auf *W50*-Pritschen und ab ging es. Das hatte was von Deportation. Die Stimmung war sehr durchwachsen. Einerseits Wut, die kurz vor der Aggression stand, andererseits war da Angst. Die Fahrt endete am Bahnhof. Dort stand ein Extrazug für Affen. In den mussten die Affen rein und das ging nur noch mit Gewalt. Wir wurden in den Zug geprügelt. Der Zug hatte Endstation Berlin als Order, ohne Zwischenstopp. Jetzt schien das Hoheitsgebiet der Katzen zu enden und ein alter Schaffner sollte von nun an bis zum Bestimmungsort auf uns aufpassen. Die Wut-Liga, der größere Teil der Affen, ließ die Aggressionen an diesem armen Kerl aus. Der Schaffner wurde von der Wut-Liga verprügelt. Ich sprang zwischen die Leute und versuchte zu schlichten. Doch es waren zu viele und ich konnte nicht einen auf meine Seite ziehen. Jetzt, als der arme Kerl blutverschmiert auf dem Boden lag, fingen die auch noch an sich zu amüsieren. Der Schaffner, in Todesangst, kam wieder auf die Beine und rannte weg.

Und die, die das alles so komisch fanden, taten so, als ob sie ihn verfolgten. Der Mann schrie vor Angst. Ich habe den Ton immer noch im Ohr. Genauso wie das Lachen der Schlägermeute. Ich schämte mich für die Leute. In dieser Stimmung fuhr ich bis Berlin. Von dort aus sollte jeder zusehen, wie er in seinen Heimatort kommt, egal ob sich dieser in Thüringen, in Sachsen oder an der Küste befand. Der Zug bis Berlin war für uns kostenlos. Wahrscheinlich vom Festspielkomitee gesponsert. Danke! Ich für meinen Teil hatte die Schnauze voll. Futti sagt: „Ick fahr widder hin. Mann, ick bin nachts irjendwann da. Dett klappt schon!" Und so trennten wir uns dort, am Ostkreuz. Als wir uns verabschiedeten, sagte ich: „Futti, das nächste Mal ziehen wir unser *FDJ*-Hemd an und eine schöne Präsenthose. Das jedenfalls wäre mein Plan." Wir lachten laut. Jeder von uns besah sich den anderen und stellte sich das vor.

Kackefahren

Zu Hause angekommen, ging ich auf Arbeitssuche. Fridolin nahm mich mit zu einem Vorstellungsgespräch zur *LPG*. Die hatten eine eigene Handwerkertruppe, darunter auch Maler.

Es war der zweite Chef des Ladens, der uns in Friedrichshof, einem ehemaligen Gut, empfing. Wie ein

Großgrundbesitzer saß der Herr auf einem Gaul. Er trug Bunkerhosen, ebenfalls wie ein echter Junker, und sah mich von oben herab an, als wäre ich ein Stück Dreck. Fridolin erzählte und erzählte, während mich der Typ die ganze Zeit anstarrte. Ich glaube nicht, dass er dem Gequatsche von Fridolin zugehört hat. Sein Motto war: Macht euch vom Acker. Also sinngemäß. Wieder in Neulietzegöricke, erzählte ich Tante Else von dem eben Erlebten.

„Hm“, sagte sie, „vielleicht bekomme ich ein Stück von meinem Land zurück.“

Ihre Augen funkelten.

„Wir beide werden dann eine kleine Landwirtschaft betreiben. Ich denke so mit fünf, sechs Morgen kriegen wir das hin.“

Fridolin, der neben uns stehend dieses Gespräch verfolgt hatte, sagte: „Vergiss es, Tante Else, die geben dir kein Land. Die wollen das auf keinen Fall.“

„Hm. Schade.“, erwiderte Tante Else.

Am nächsten Tag wurde ich im Zweckverband Altreetz vorstellig. Die zogen gerade um, von Persickes in Altreetz weg nach Neureetz. Dort gab es einen Baubetrieb, der speziell für die Gemeinde da war. So war dessen Vorsitzender gleichzeitig auch ein Bürgermeister. Ich in das Büro rein, denen erzählt, dass ich Maler gelernt habe und in dem Beruf hier gerne arbeiten würde.

„Wir haben einen Maler und der schafft die Arbeit, weil das Malern nur so ein Anhängsel ist. Wir sind mehr ein Hochbautrupp mit Maurern, Tischlern und Zimmermännern. Einen Maurer würden wir nehmen."

Ich war nun mal kein Maurer. So fuhr ich nach Freienwalde und bewarb mich bei „Zickenstrick-Zenker", dem ehemaligen Chef meiner Mutter. Ich war da manchmal in den Schulferien eine Woche mit dem Kackefahrer mitgefahren und hatte schön Geld verdient. Ich hatte auch einmal auf der Müllkippe in Neuenhagen gearbeitet. Na ja, Arbeit kann man eigentlich nicht dazu sagen. Ich saß in einem Häuschen, schrieb die Nummernschilder von den Autos auf und ließ mir von den betriebsfremden Fahrzeugen die Fuhre quittieren. Die Müllkippe gehörte der Stadtwirtschaft und deren Müllautos brauchte ich nicht aufzuschreiben. Also nahm ich mir meine Klampfe mit und probte.

„Mann, Herr Templin, finden sie wirklich keine andere Arbeit?", sagte der Zenker.

„Ich hab´s versucht, aber es hat nicht geklappt."

„Haben sie eigentlich eine Fahrerlaubnis für LKW, also -5-?"

„Ja, habe ich."

„Wir haben den Raum Letschin inklusive Zuckerfabrik noch dazubekommen und überlegen schon, ob wir Schicht fahren. Könnte sein, dass wir noch jemanden brauchen."

Das mit der Fahrerlaubnis war so gewesen: Ich hatte Post von der *GST* bekommen, dass sie mich ausbilden würden, zum Militärkraftfahrer in einem zweiwöchigen

Lehrgang und zwar auf die Führerscheine -1- Motorrad und -5- LKW. Der Motorradführerschein kostete 66,- Mark und der für LKW 60,- Mark, beides zusammen 126,- Mark. Mit dem Motorrad bin ich ein paar Schleifen gefahren, das hat Laune gemacht, das erste Mal mit einer *2,5er* zu fahren. LKW war mit einem *W50*, auch spaßig. Ein *W50* fährt sich gut. Und somit war das Thema Fahrerlaubnis durch.

Ich wurde eingestellt als Kackefahrer. Die erste offizielle Arbeit auf dem Philippsberg für mich, Kacke fahren mit einem $5m^3$-*W50*-Kesselwagen. Ich denke, die üblichen 40 Stunden pro Woche standen im Vertrag, aber unter zehn bis zwölf Stunden am Tag haben wir nie geschafft. Es waren zwei Mann an Bord. Um 6:30 Uhr fuhr ich zum Büro, um Spritmarken zu holen. Wenn wir bei Minol tankten, mussten wir dem Tankwart Marken geben. Die geplante Arbeitszeit konnten wir aus mehreren Gründen nicht schaffen. Das erste große Problem war diese Mischung aus Abenteuer-, Cross- und Parcourfahren. Es gab keine Klärwerke. Wir bekamen von den Gemeinden einen Platz zugewiesen, den wir vollschissen, im wahrsten Sinne des Wortes. Diese Plätze waren aber nicht immer für uns erreichbar, zum Beispiel bei Regen. Vom Herbst an kamen wir manchmal an die ausgewiesenen Plätze nicht ran, weil wir kein Allrad-Auto hatten. Wir fuhren mit einem Straßen-LKW, mit Straßendecken, hinten Zwillinge, durchs Bruch. Das war toll. Wir hatten Decken, Schippen, Spaten und Sand dabei, schaufelten uns den Tag über frei und erfüllten eindeutig nicht unsere Norm. Anschiss war vorprogrammiert. Ausgerastet ist der kleine Mann, Zenker. Der hat uns rund gemacht im Büro. Die Konsequenz: wenn es sich ergab, also wenn keiner da war, schissen wir sozusagen überall hin. Wenn es dunkel wurde, holten wir unsere Norm wieder auf. Wir schissen die Straßengräben randvoll. Das ging so weit, dass ich mich schließlich weigerte, diesen Unsinn zu machen. Wir waren einfach nicht stubenrein, das missfiel mir. Ich kenne Stellen, da wächst heute noch kein Gras. Diese Arbeit sollte für mich keine Sache von Dauer sein. Nicht mal ein Jahr, dann war ich da raus. Weil ich mit meinem Umweltgequatsche keine Anhänger fand, waren alle froh, dass ich dort wegging.

Der zweite Grund, warum wir ewig Überstunden schrubbten, war, dass die Karre ständig kaputt war. Die Straßenkarre war für diese Geländelast nicht ausgelegt. Das hieß: jede Woche Kupplung wechseln, Bremsen, vor allem Federspeicher, Kopfdichtungen, eigentlich alles nur permanent kaputt. Wir hatten für die ganze Flotte an Fahrzeugen nur zwei Schlosser. Kurzum hieß das: wir mussten mit ran. Oft machten wir alles unter deren Anleitung. Keine Neuteile, nur regenerierte Sachen. Das war so ein Plunder, dass es manchmal nicht einen Tag gehalten hat. Die Krönung waren die regenerierten Motoren oder Getriebe. Oft brachten wir die gar nicht zum Laufen, weil zum Beispiel Kolbenringe fehlten. Wenn wir unterwegs mal einen Balloner, also einen Gelände-

W50 sahen, kamen wir ins Schwärmen. Die Ballon Allrad *W50* sind bis in die heutige Zeit begehrte Fahrzeuge. Da wo ein Balloner nicht hinkommt, kommt ein Unimog auch nicht hin, sagen einige Tiefbauer.

Schubi

Dieser Abschnitt meines Lebens, war auch jener, in dem ich Schubi kennenlernte. Wer war Schubi? Schubi war unser Freund und Helfer, unser *ABV*, Abschnittsbevollmächtigter, unser Dorfpolizist, unser Dorfbulle, unser Sheriff. Jedenfalls ein wichtiger Mann mit großem Kompetenzbereich. Er überwachte den Verkehr genauso aufmerksam wie die Polizeistunde. Schubi war ein langer, spacker, furztrockener Kerl, der es draufhatte, mit seinen auf Hochglanz polierten, stahlbeschlagenen Stiefeln in die auf Hochtouren laufende Disco ein langgezogenes „Schluss!" zu rufen.

In den Boxen dröhnte *Deep Purple, Speed King*. Der schnelle König war diesmal Schubi. Keiner diskutierte mit ihm rum. Er lief mit finsterer Miene an uns Hippies vorbei, die Hände auf dem Rücken, mit langen steifen Schritten. Klack, klack, klack. Keine Frage, er war eine Respektsperson. Bei meinem ersten Zusammentreffen mit ihm hatte ich das Gefühl, dass es nichts Menschliches an ihm gäbe. Oft tauchte er aus dem Nichts mit seinem Leuchtstab auf und nicht selten fand er auch ein Delikt.

„Guten Abend! Oberwachtmeister Schubert. Verkehrskontrolle. Fahrerlaubnis und Ausweis, bitte."

Immer maschinenähnlich mit tiefer einsilbiger Stimme, in der Miene kein Leben. Ich saß auf meinem Moped und der Typ schlich katzenähnlich um mich herum, ganz leise. Er nahm sich Zeit, manchmal hatte ich den Typen schon fast vergessen.

„Ihr Stopplicht funktioniert nicht!", kam auf einmal von hinten.

Ich zuckte zusammen, ach ja, der war ja auch noch da:

„Ja, he. Hm. Und was nun?"

„Na, Sie reparieren das jetzt hier. Nu' machen Sie schon."

Also Seitendeckel auf, in dem eigentlich das Werkzeug und auch die Ersatzbirnen drin sein müssten. Ting, kling, ting, klapperte das, was ein wirklicher Mopedfahrer braucht auf der Straße, ein Kerzenstecker und ein Schraubenzieher. Ich, mit ratloser Miene:

„Ich habe leider keine Ersatzbirne dabei."

Er dann: „Ja, und wohl auch kein komplettes Werkzeug, wie?"

Dann folgte immer wieder der gleiche Satzanfang: „Laut StVO, Paragraph ... ist der Führer eines Kraftfahrzeuges verpflichtet..." Dieser immer länger werdende, geschlossene Satz, noch lauter als sonst, mit mehr

Bass, kam immer am Ende: „Deswegen muss ich Sie mit einer Geldbuße von… bestrafen."

Ich also das Portemonnaie aus der Tasche genommen, derweil er seinen Strafzettel ausfüllte. Und jetzt kam etwas, und zwar der Kompromiss:

„Na ja, eigentlich darf ich Sie damit nicht mehr fahren lassen. Aber wenn Sie mir versprechen, den Schaden umgehend zu beheben, werde ich da mal drüber hinwegsehen."

Das hatte noch nicht unbedingt was Menschliches, aber für so einen Typen... Ich wusste, dass er Dauerklienten hatte, die er in solch einer Situation hätte nach Hause laufen lassen.

Jeden Morgen fuhr ich zur Arbeit nach Freienwalde, meistens so um vier Uhr in der Früh. Es war Sommer. Also Jesuslatschen an den Füssen und den Frühstücksbeutel am Lenker. Früh um vier sprang Schubi kurz vor Altwustrow aus dem Chausseegraben:

„Halt! Ah, Herr Templin. Laut StVO, Paragraph… ist das Tragen von festem Schuhwerk auf einem Krad zwingend erforderlich und das mit dem Beutel widerspricht dem Paragraphen… Somit bestrafe ich Sie mit einer Verwarnung von…" Meist waren es drei Mark.

Andere Woche, gleiche Arbeitsschicht. ‚Ach', dachte ich, ‚fährst du mal über Zäckerick.' Mitten im Dorf sprang aus einem Vorgarten der Herr Schubert:

„Herr Templin, schon vor zwei Wochen, an dem und dem Tag, um die und die Uhrzeit, habe ich Sie doch wegen der gleichen Sache belangt. Diesmal sind es fünf statt drei Mark."

‚Mann', dachte ich, ‚dieser Mensch kann doch nicht überall sein.'

Ich wurde eines Besseren belehrt. Mit dem gleichen Delikt erwischte er mich weitere zwei Male. Ich gab es auf, nahm einen Rucksack und packte meine Jesuslatschen mit dem Frühstück da rein. Und dann fand er beim nächsten Mal etwas Anderes. Ich denke, dass ich nicht ein einziges Mal ohne Rüge davongekommen bin.

Einmal, es war im Spätherbst, hatte ich Spätschicht und mein *W50*-Motor kackte ab. In Neuenhagen, auf der Insel, da war die *W50*-Servicewerkstatt. Dort so einen tollen Regenerierten geholt und eingebaut. Als wir das Ding zum Laufen gebracht hatten, war es bereits 23:30 Uhr und am nächsten Tag, also in einer halben Stunde, hatte ich Frühschicht. Ich holte mein Moped raus. Es fing an zu schneien und ich zog meine Regensachen an. Beim Anziehen dachte ich darüber nach, mit dem LKW nach Hause zu fahren. Man brauchte eigentlich einen Fahrauftrag, den ich natürlich nicht hatte. So stand ich da, starrte müde und erschöpft in das Scheißwetter. ‚Ach, scheiß drauf, jetzt um diese Zeit, bei diesem Wetter wird nicht mal Schubi draußen sein. Scheiß Sauwetter, scheiß Zeit jetzt.'

Gedacht, getan. Es war ja auch gleichzeitig eine Probefahrt, eigentlich für den Betrieb. Die Heizung auf volle Kanne gedreht, saß ich in dem LKW und fuhr durch die schon weiß werdende Winterlandschaft. Bei dem *W50* brummt und schwingt der Motor total angenehm, viel angenehmer als bei anderen LKW, die ich schon gefahren bin. Dazu noch die wohlige Wärme, das tiefe Brummen, das schwingende Lenkrad, das beruhigte mich total. Die schöne, weiße Bruchlandschaft und ich fuhr da durch, entjungferte dabei die Straßen, malte zwei schwarze Striche auf die Fahrbahn. Ich fing an zu träumen und wahrscheinlich lächelte ich, als ich aus meinem Traum gerissen wurde. Vor mir, in Neuwustrow, stand ein grünes Männchen mit einem Leuchtstab. In mir baute sich Hass auf. Ein sehr großer Kontrast zu meinem vorherigen friedlichen Gemütszustand.

‚Ich fahre einfach am Männchen vorbei, oder besser, ich fahre das Männchen um und dann wird das halbe Oderbruch klatschen.' Ich entschloss mich aber doch, anzuhalten, vor dem grünen Männchen mit dem schwarzweißen Leuchtstab.

„Guten Abend! Oberwachtmeister der *VP*, Schubert. Fahrerlaubnis, Ausweis und Fahrauftrag."

„Herr Schubert, eben habe ich gedacht, ich träume. Haben Sie denn nie frei?"

Dieses Gesicht ohne Leben schaute mich an, glänzend vor Nässe: „Ich bin immer im Dienst."

Und wie immer fing er wieder an zu schleichen, dann sah man die Taschenlampe mal da aufleuchten, dann wieder an anderer Stelle. Ich suchte mein Zeug zusammen und packte den Fahrauftrag vom Vortag einfach dazu. Das Wetter hatte sich verschlechtert, es war ziemlich windig geworden und Regen mischte sich mitunter. Dann auf einmal, ich bekam einen Schreck, stand er neben mir, wie immer. Ich sagte zu ihm:

„Wollen wir ins Fahrerhaus gehen? Sonst werden ja die Papiere klitschnass."

„Nein", die knappe Antwort.

Er überflog alles und meinte, ich solle alles wieder zurücktun. ‚Aua', dachte ich, ‚dann ist ja alles noch mal gut gegangen.'

So sagte ich zu Herrn Schubert:

„Auf Wiedersehen!"

„Na, na, na. Nicht so schnell. Wir haben noch nicht das Licht überprüft."

‚Der hat eine Macke, eine volle Macke', dachte ich und genau so muss ich auch ausgesehen haben. Zwei Gesichter sahen sich an, eines davon ohne jedes Lebenszeichen. Ich war irgendwie perplex.

„Na, was ist?", hörte ich. „Gehen Sie rein und schalten Sie mal alles durch."

Ich, wie benommen, in das Fahrerhaus und fing an zu schalten. Da stand das grüne Männchen, mal im Abblendlicht, mal im Aufblendlicht. Es stand vor mir, wie ein Popstar auf der Bühne. Dann begann das Discolicht, ihn rot anzuflackern. Einfach toll, diese Vorstellung. Das glänzende grüne Männchen stand dabei vor mir und gestikulierte mir Richtungen, Hand nach oben, Aufblenden, links Blinker, rechts Blinker. Tolle Mucke.

Weg war er. Dann hörte ich ihn schreien: „Bremslicht!"

Pschschscht, ich den Bremshebel neben dem Motor hochgezogen.

„Blinker rechts!", kam der nächste Befehl.

Ich saß ja in meinem schönen warmen Auto. Und der arme Irre da draußen? ‚Mann', dachte ich, ‚jetzt aber nichts wie weg nach Hause.'

Da stand der Mensch wieder neben mir und sagte, ich solle rauskommen, mein linkes Blinklicht funktioniere nicht. Mittlerweile war es so um halb eins in der Früh. In mir baute sich erneut Hass auf. Ich wollte einfach nicht raus aus dieser warmen und trockenen Kabine. Ich blickte in dieses faszinierende Gesicht des Oberwachtmeisters. ‚Na ja', überlegte ich, ‚vielleicht geht der ja danach nach Hause.'

Ich also raus, aber schon wütend. Er stakte vor mir, klack, klack, klack:

„Hier, sehen Sie mal!"

Wütend, wie ich war, kickte ich mit dem Bein voll gegen das Rücklicht. Auf einmal sah ich ein rotes Gesicht, Gesicht weg, rotes Gesicht, Gesicht weg.

„Sind Sie jetzt beruhigt, Herr Schubert?"

„Das hat mit beruhigt sein nichts zu tun. Es muss funktionieren."

„Jawoll!", stand ich vor ihm, die Hacken zusammenschlagend.

„Schönen Feierabend, Herr Templin!"

„Ja, für Sie ebenfalls, Herr Schubert!"

Schubert frönte nur einer Leidenschaft, er angelte gern. Meist an der Brücke in Bienenwerder. Auf der Buhne saß er und zog haufenweise Bleie raus. Auf dem Damm durfte man nur mit zweirädrigen Fahrzeugen fahren. Aber manchmal fuhr ich auch mit dem Auto, wenn ich Vaters Mossi haben durfte. Ich hatte eine Baustelle in Neulewin und zog mir gerade einen Schneidezahn mit der Kombizange. Der war schon ewig lose, von einer Schlägerei. Mich nervte das immer wenn ich aß. Klack, stand der nach innen. Dann fasste ich ihn und stellte ihn wieder gerade. Es ging manchmal wieder tagelang, doch die Intervalle wurden immer kürzer. Jedenfalls beschloss ich, den zu ziehen. Da hörte ich eine Bassstimme:

„Herr Templin!"

Ich konnte nicht antworten, war ja gerade beim Zahnarzt. Klack, Klack, Klack, kam es immer näher. Es stand vor mir, das leblose Gesicht. Allmählich bekam das Gesicht Konturen. Es sah so aus, als würde das Gesicht leben und eine Frage stellen. Wenig später verließ die Frage den Mund.

„Was machen Sie da?"

Ich antwortete: „Eh, he, he, eh, äh."

Zack, er war raus. Ging viel schneller, als ich gedacht hatte. Den Zahn in der Zange, lief mir das Blut in den Bart. Aus seinem Mund ertönte nochmals die Frage:

„Was machen Sie da?"

„Ich ziehe mir einen losen Zahn", lispelte ich.

Das Gesicht wurde leblos und Schubi hatte wieder

Dienst. „Wo waren Sie an dem und dem Tag und um die und die Uhrzeit?"

„Sie werden es mir wohl gleich erzählen", lispelte ich.

Mir tat die Schnauze weh und ich verzerrte dementsprechend mein Gesicht. Wieder kamen all seine Anklagen, lauter, mit noch mehr Bass: „Sie waren auf dem Oderdamm mit einem *Moskwitsch 408*."

Ich überlegte kurz.

„Nein", sagte ich, „das war ich nicht."

„Doch", konterte er, „Es ist ein PKW mit schwarzem Kotflügel vorn."

„Welche Seite?", fragte ich.

Er holte seine Aufzeichnungen heraus und las: „Rechts."

„Sehen Sie", sagte ich, „das kann ich unmöglich sein, da unser Kotflügel links schwarz ist, Lenkradseite."

Ich sah abermals Konturen in seinem Gesicht. Verunsicherung. Er blätterte nervös in seinem Notizblock. Ich sah ihm ganz gelassen in die Augen: „Und?"

„Entschuldigen Sie, Herr Templin. Sie haben Recht."

Ich fragte: „Wo haben Sie denn das Auto gesehen?"

„Brücke, Bienenwerder", die Antwort.

„Na Mann, da waren sie doch bestimmt angeln. Da hatten Sie doch frei."

„Frei? Ich bin immer im Dienst!"

‚Armer Irrer', dachte ich und schaute ihm dabei immer noch gelassen in die Augen.

Apropos Oderdamm, Bienenwerder. Schubi fing natürlich auch deswegen so viele Fische, weil er ordentlich anfütterte.

Ich kam mit meiner *2.5er* volle Kanne den Damm lang, also 130 km/h. Damals fand ich so was unheimlich toll. Zack, sprang aus dem Nichts der Schubi mit Stab auf die Straße. Damals gab es noch keine guten Bremsen. Ich leitete das Bremsmanöver ein, das Krad schlängelte und schlierte. Dieser Irre verzog, wie gewohnt, keine Miene, er bewegte sich auch nicht vom Fleck. Ich konnte nicht einmal ein Anzeichen dafür erkennen. 30 km/h waren auf dieser Straße erlaubt. Ich stupste ihn mit meinem Vorderrad fast an, als ich zum Stehen kam.

„Guten Tag! Oberwachtmeister Schubert. Verkehrskontrolle. Fahrerlaubnis und Personalausweis."

‚Ey, hat der ein Nervenkostüm', dachte ich mir, als ich die Papiere raussuchte.

„Na, wie schnell waren wir denn eben?" Dieses In-der-Dritten-Person-Gequatsche ging mir schon immer auf den Sack. So etwas gibt es bestimmt nur in Deutschland, haben die Deutschen erfunden.

Ich antwortete: „30 km/h, Herr Schubert, schneller darf man ja hier nicht fahren."

„Das waren, ja das waren wenigstens 80 km/h, wenn nicht sogar mehr. Wie schnell fährt denn so ein Krad?"

„Na, nicht viel schneller als 80 km/h, Herr Schubert." Er musste mich ziehen lassen, es gab noch keinen Laser und ich vermied es, eine Bremsspur zu machen.

Irgendwann platzte mir der Kragen im Betrieb. Wir hatten vom Chef persönlich Order bekommen ein Waldstück in Altranft zuzuscheißen. Damit nicht genug, wir sollten ebenso den Schlamm der Autowäsche Wriezen dort reinschaufeln. Es gab einen in Wriezen, der lebte davon, Motoren zu reinigen und hatte dementsprechend Sondermüll in seinen Gruben, der eigentlich von uns nach Schwedt zum *PCK* gefahren werden musste. Ich in das Büro rein, total wütend, nachdem ich das von meinen Kollegen gehört hatte.

„Genosse Zenker, sind Sie mit einer Aufhebung einverstanden?" Dieser Typ sah aus, wie eine alte weggeschmissene Aktentasche mit akkuratem Anzug. Das Gesicht voller Falten. Doch dieser kleine Mann hatte listige Augen, die mich geradewegs anstarrten. Sein Motto war immer: Unmögliches machen wir gleich, nur Wunder dauern etwas länger. Er stand von seinem Schreibtisch auf. Eine zur Faust geballte Hand blieb auf dem Tisch und schien so eine Art Angel zu sein, mit der er sich um den Schreibtisch drehte.

„Aber sicher, Herr Templin, bin ich damit einverstanden. Ich hatte gleich das Gefühl, dass es mit Ihnen hier auf dem Betrieb nichts wird."

Genosse Zenker war im ersten Leben Nazi gewesen. Für seine Verdienste hatte er wohl sogar ein Verdienstkreuz bekommen, welches er allerdings entsorgt hatte. Ich denke, dass dadurch die Idee des Entsorgens in ihm reifte und er in der Stadtwirtschaft seine Erfüllung fand. Er war für mich immer der Obermüllmann. Solche Zenker-Typen gab es viele in unseren sozialistischen Produktionen.

Verhandlungen

So war ich wieder ein Arbeitsloser, was es im Sozialismus offiziell nicht gab. Ich ging erneut auf Arbeitssuche. Überall wurde ich abgelehnt, weil ich nicht den Idealen entsprach, schon vom Äußeren her nicht. So konnte ich mit Tante Else auf dem Philippsberg schön was schaffen. Das war ein positiver Nebeneffekt. Wir lernten uns zudem kennen, das war für uns beide ganz wichtig.

Irgendwann sagte Tante Else zu mir: „Tante Lene, Frau Baumann aus Karlshof, kommt und will sich mit uns über das Haus und wie das hier weitergehen soll, unterhalten."

Tante Lene kam mit dem Fahrrad und begrüßte mich auf schlesisch, in der Sprache meiner Vorfahren.

Ich fragte gleich: „Aus welcher Ecke Schlesiens kommen Sie?"

„Von Nederschlesien i kumm", antwortete sie. „Lang her is."

Wir saßen am Tisch, Tante Else hatte wie immer Kuchen gebacken und Kaffee gemacht, und so begannen die Verhandlungen.

„Sie wollen den Philippsberg erwerben?“, eröffnete Tante Lene.

„Ja, gerne“, antwortete ich.

„Wie stellen Sie sich das vor?“

„Ich müsste den Kaufpreis erfahren und dann würde ich versuchen, wie auch immer, das Geld zu besorgen.“

Die beiden Frauen rutschten zurück und fingen an zu tuscheln. Ich saß wie auf heißen Kohlen, rutschte mit dem Arsch hin und her.

„Ja“, machte Tante Else weiter, „es sind noch Ritterschaftsschulden auf diesem Grundstück, die erst bezahlt werden müssten. Es sind 3.500,- Taler, die im Sozialismus 1:1 umgerechnet wurden, also 3.500,- Mark. Dann erst ist es mir möglich das Grundstück zu verkaufen.“

Und dann fragte ich: „Was willst du noch haben?“

Wieder rutschten die beiden nach hinten, das sah niedlich aus.

„10.000,- Mark. Das ist nicht zu viel, denke ich“, sagte Tante Else und Lene nickte dabei.

Mein Kopf ratterte auf Hochtouren. Das war für mich eine utopische Summe. Ich muss wie ein Bescheuerter ausgesehen haben, als ich sagte:

„Ja, das ist in Ordnung.“

„Wenn Sie die 3.500,- Mark abgelöst haben, dann sehen wir weiter“, sagte Tante Lene.

Wir tranken Kaffee, die beiden Frauen unterhielten sich ganz entspannt und kicherten dabei. Im Gegensatz dazu brummte mir der Schädel, denn wenn ich

500,- Mark verdiente, wie viel konnte ich ihr davon überlassen? Auf der anderen Seite war ich beruhigt, weil ich jetzt genau bescheid wusste. Was machen alle jungen Menschen in solch einer Situation? Betteln. Genau! Als richtiges Betteln empfand ich es nicht, als ich meine Oma fragte, denn sie hatte ja ‚mein Haus' verkauft. Als ich ihr alles erzählte, schaute sie kurz auf den Boden und unterbrach mich bei meinen Erklärungen mit dem Satz:

„Ich bezahle dir deine Ritterschaftsschulden."

Ich hörte auf zu quatschen und dachte: ‚Okay, ich habe mir zwar mehr erhofft, aber das ist auf jeden Fall ein Anfang.'

„Und ich will die Frau kennenlernen, die Tante Else."

Dieses ‚Tante Else' kam ein wenig zynisch.

„Na klar", antwortete ich. „Auf jeden Fall. Ich will ja auch, dass du dir das ansiehst."

Wir organisierten ein Familientreffen. Das sah letztendlich so aus, dass meine Mutter Oma abholte und die dann rüberkamen. Alle waren aufgeregt, am meisten Tante Else. Der Moskwitsch kam an, zu erkennen an dem schwarzen Kotflügel. Meine Mutter weinte, ich weinte und meine Oma begrüßte Tante Else sehr förmlich. Beide zogen los, ins Haus. Weg waren sie. Rita und Veit standen vor der Treppe, eine ganze Weile, bestimmt zwei, drei Minuten. Meine Mutter fing an zu lächeln und sagte:

„Na, zeig mal, was du so hast!"

Sie ging die Treppe hoch, da fiel mir auf, wie dünn die

Frau geworden war. Doch genauso sah ich Stärke. Eine starke, eine zähe Frau, nicht totzukriegen, wie man hier zu sagen pflegt. Als sie im Tunnel stand, sah ich, dass ihr die Klappe runterfiel. Ein entsetztes Gesicht. Die beiden Omas tranken Kaffee. Die bekümmerte nichts, hatte ich den Eindruck.

Meine Mutter hingegen: „Veit, das ist ja eine Ruine!" Sie war fassungslos.

Ich, wieder gelassener geworden, antwortete: „Das kriege ich alles wieder hin. Mach dir mal keine Sorgen. Bitte."

Meine Mutter faselte weiter: „Das ist ja alles riesig hier. Veit, das kannst du gar nicht schaffen. Du musst verrückt sein."

„Mach dir bitte darüber keine Sorgen. Ich schaffe das."

Wir gesellten uns zu den Omas, Kaffee trinken. Jetzt begann das große Kennenlernen. Tante Else war, wie ich es erwartet hatte, gelöst und unkompliziert, was die Atmosphäre auflockerte. Es folgte natürlich das Frage-Antwort-Spiel. Jeder war neugierig. Tante Else erzählte gerade, dass sie vor einem Jahr schon einen jungen Mann hier gehabt habe, der den Philippsberg kaufen wollte. Sie habe ihm den Laufpass gegeben, weil er das Wohnhaus abreißen und den neuen Stall zum Wohnhaus umbauen wollte.

„Ich musste meinem Vater am Totenbett schwören, das Wohnhaus wieder aufzubauen", erzählte sie weiter.

„Na ja, und der junge Mann hat komische, sinnlose Sachen gemacht. Zum Beispiel hat er die Elektrik im alten Stall demontiert und das ist doch wirklich erst mal nicht wichtig. Veit hat dagegen den Hof aufgeräumt und einen Hühnerstall gebaut. Das gefällt mir."

Meine Oma hakte ein: „Na der Junge musste zu Hause auch arbeiten, der kennt das, was wichtig ist und was nicht." In der Zeit, in der meine Oma erzählte, versuchte sie den Hund, der neben ihr stand und sie groß ansah, winselnd, loszuwerden: „Hau ab Köter! Nu' los."

Tante Else staunte darüber. Natürlich über meine Oma, das war klar, aber noch viel mehr über Heidi, dass er einen fremden Menschen gut fand. Als beide weg waren, war das auch die erste Frage von Tante Else, was das zu bedeuten habe mit dem Hund. Ich erklärte ihr, dass egal wo meine Oma sei, alle Tiere zu ihr kämen und ihr Freund sein wollten, meine Oma aber keine Tiere leiden könne. Die tutterte alle Tiere an. Ich kannte das nicht anders von ihr.

„Komisch", sagte Tante Else mit ganz überraschtem Gesicht. „Was es nicht alles gibt!"

Dicker Schädel

Am nächsten Tag machte ich einen Selbstversuch. Den Schädelhärtetest. Die Anfangszeit auf dem Philippsberg war die Holzmachzeit bei gleichzeitigem Aufräumen. Es waren Stücke mit dabei, die geklöbt werden mussten, weil sie zu groß waren. Also mit der Axt erst anschlagen, sodass man einen Keil ansetzen konnte. Dabei schlägt man zuerst mit der scharfen Seite auf das Stück. Mit einer Brechstange rollte ich mir zuerst eines von den Dicken raus, und weil ich ja auf einem Berg, dem Philippsberg wohnte, rollte das Stück los. In dieser Rollbewegung schlug ich an und saß im gleichen Moment auf dem Hosenboden. Benommen sah ich das Stück weiterrollen. Ich sprang auf und schlug erneut an, dieses Mal ein bisschen kräftiger. Bei Veit gingen kurzzeitig die Lichter aus und als sie wieder angingen, bemerkte ich, dass mir der Schädel wehtat. Ich kam dieses Mal auch nicht hoch, nur ein Stückchen, dann sackte ich gleich wieder zusammen. Ich sah Tante Else, wie sie angerannt kam, sie hatte den Mund weit geöffnet, als ob sie schrie, doch ich konnte nichts hören, selbst der Film hatte Lücken. Mein Kopf fing an zu piepen und dazwischen hörte ich Tante Else ganz leise etwas sagen. Ich konnte nicht verstehen, was sie mir sagte. Der Film wurde wieder störungsfreier. Ich sah Blut auf meiner Hose, vor mir auf der Erde, überall Blut. Ich rollte mich auf die Knie und saß wie ein Köter da, verstand überhaupt nichts. Was bedeutete das hier alles? Immer noch benommen, schaute ich mich um. Irgendeiner musste mir auf den Kopf geschlagen haben. Ich entdeckte Tante Else am Handschwengel, sie füllte einen Eimer mit Wasser. Sie kam auf mich zu, mit einem Lappen wusch sie mir den Kopf, es war gleichzeitig kühlend. Das Piepen ließ nach und ich konnte Tante Else hören.

„Ich weiß nicht was passiert ist. Ich weiß es nicht!“, sagte sie immer und immer wieder.

Mann, brummte mir der Schädel. Ich weiß nicht, wie lange es dauerte, bis ich wieder auf die Beine kam. Als ich wieder stand und die ersten Laufversuche machte, ging ich schon kriminalistisch an den Fall heran. Dort lag das Beil, eigentlich genau vor mir. Tante Else machte sich die ganze Zeit irgendwelche Vorwürfe, das nahm ich nebenbei wahr. Die Kriminalistik war momentan für mich wichtiger. Ich lief zum Haus und setzte mich auf die Treppe, kam wieder ganz gut zu mir. Tante Else legte mir dort gleich einen Wundverband. Ich sah ununterbrochen zum Tatort, den ich von der Treppe aus gut einsehen konnte, dann kam es ganz plötzlich in mir hoch. Ich hatte zweimal auf dem Arsch gesessen. Eine Widerholungstat? Ich sprang auf, ging zum Tatort mit einer Ahnung, die da hieß, der Täter war beide Male die Wäscheleine. Ich nahm mir die Axt und simulierte den Vorgang. Es passte alles haargenau. Ich war beim Anschlagen in die Leine gekommen, die ich nicht sehen konnte, weil ich mich auf das Stück konzentriert hatte, das auf dem Boden lag. Sie war aus geflochtenen Plastikseilen, also besonders elastisch. Die Leine schleuderte die Axt katapultähnlich zurück, genau, mit der zum Glück stumpfen Seite, an meine Stirn. Am nächsten Tag konnte ich bereits laut darüber lachen. Über meinen Schädel und vor allem darüber, was so ein Schädel aushalten kann.

Mit meiner Hauptpassion, der Musik, verhielt sich das so, dass ich zu der Zeit noch mit Knisterwind musizierte und wir sogar in Frankfurt die Sonderstufe schafften. Da wir jetzt interessant waren für die sozialistische Kultur, bekamen wir einen Mentor, der uns soweit voranschob, dass wir für ein Studium vorgesehen waren, mit dem Ziel die Sonderklasse zu schaffen. Wir sollten Berufsmusiker werden, jedoch immer nur als Ensemble. Wir mussten alle studieren gehen, in Weimar. So passierte es, dass die Band bei einer Probe an mich herantrat und mir freudestrahlend mitteilte:

„Mensch Veit, wir ham et jeschafft. Wir werden jetzt Profis. Wir jehn in paar Jahre studieren und denn is et jut. Watten Alter, freust dir ni? Wat is´n los mit dir?"

„Ich kann nicht mit nach Weimar studieren gehen. Ich hab ein Haus an der Backe."

Und nun gab es Stress. „Dit Haus vakoofste, dit is do klar!"

„Ihr seid gut", sagte ich. „Ich bin gerade dabei, mir ein neues Leben aufzubauen."

„Ey, Musik is unser Leben! Wat is denn nu?", kam als Antwort von der Band.

Ich quengelte rum: „Na ja, ihr habt ja Recht, aber da ist noch Tante Else und die kann ich jetzt nicht mehr alleine lassen." Die Stimmung erreichte ihren Tiefpunkt. Alle hingen rum, keiner hatte mit solch einer Reaktion von mir gerechnet. „Mann", sagte ich, „ihr könnt doch das Ding ohne mich durchziehen. Ihr holt euch einfach einen neuen Basser."

„Nein", kam als Antwort, „das geht nur in dieser Konstellation."

„Versucht es doch wenigstens. Jupo kann mich sowieso nicht leiden, der nörgelt nur an mir rum. Ich darf keine Disharmonien spielen, keine Akzente spielen, muss mich anders anziehen."

Jupo war unser Mentor, so ein Typ mit absolutem Gehör. Das heißt, der hat unsere Musik in Noten geschrieben. Er hat sich beim Spielen jeden Einzelnen von uns vorgenommen und danach ausgewertet. Das war letztendlich eine wissenschaftliche Abhandlung. Die Subdominante von… ist… und deswegen musst du… spielen. Zum Schluss war das gar nicht mehr unsers. Es war sterile, saubere, durchsichtige Brühe geworden. Darauf hatte ich keinen Bock. Einmal stand Jupo vor mir und sagte:

„Hören Sie mal. Ich beobachte Sie die ganze Zeit. Sie spielen permanent falsche Tonfolgen, oft zwischen den Takten. Eigentlich alles falsch, aber ich kann es mir nicht erklären, es hört sich nicht falsch an. Es hat irgendwie etwas. Komische Sache für mich."

Ich war nun der Spielverderber, im wahrsten Sinne des Wortes. Nach einer Woche hatten wir kein Verhältnis mehr zueinander und weil der Bandleader sowieso nicht kompromissbereit war, alles nur nach seiner Nase ging und sich kein anderer einbringen konnte, schmiss ich hin. In dem Moment wurde aus Freundschaft eine Feindschaft. Das ging soweit, dass die mir mein Equipment nicht wiedergeben wollten. Ich stellte die Typen vor die Wahl.

„Entweder ihr schließt den Proberaum auf oder ich schlage die Tür ein." Da hatten sie die Idee, sich mit mir zu prügeln.

Lautstark antwortete ich: „Ich habe damit kein Problem! Die Prügelei wird die Situation aber nicht wesentlich verändern."

Die gaben auf, ich holte mein Zeug da raus und das war´s mit Knisterwind. Ein paar Musiker von Knisterwind schlugen sich auf meine Seite und wir gründeten eine neue Band *Ausbau104*, so hieß der Philippsberg offiziell. Geprobt haben wir im Dachgeschoss, Nordgiebel, ohne Decken, ohne Wände, ohne Heizung. Tante Else gefiel das, sie hörte oft zu bei den Proben. „Endlich wieder Musik hier auf dem Philippsberg", sagte sie dann immer. Wir haben es nicht geschafft, sind nie aus dem Proberaum rausgekommen. Das Projekt starb. Erst zwanzig Jahre später sollte ich wieder zur Musik finden. Das ist schon verrückt. Wie sehr hätte ich mich vor dem Philippsberg über dieses Weimar-Studium gefreut. Weg vom Horrorkonsum, raus in die Welt. Musiker werden, das war schon immer mein Traum gewesen. Die Kiste ein Jahr früher und ich wäre weg mit meinen Kumpels gewesen, ab nach Weimar, ab nach Thüringen.

Wir, die beiden Philippsbergbewohner, räumten weiter auf. Beim Abendbrot beschlossen wir, uns den Stallgiebel vorzunehmen, denn der drohte, auf unser Scheißhaus zu fallen. Die Ecke musste neu hochgemauert werden, dann hätte nach meinen Berechnungen der Giebel wieder stehen müssen. Ich hatte vorher noch nie gemauert. Somit sollte die Stallecke meine erste Maurerarbeit sein. Tante Else putzte die Ziegel ab, stapelte sie auf. Ganze da, Halbe da, Meisterquartier da, Riemchen da. Perfekt. Ein Tag und die Ecke war wieder da, ging viel schneller als ich dachte. Für uns beide war das, was wir dann zelebrierten, so eine Art kleines Richtfest. Die erste Baumaßnahme auf dem Hof seit 1952. Das war für Tante Else bedeutend.

Tag für Tag, Woche für Woche räumten wir auf.

Als Straßenköter

Irgendwann war ein Ende unserer Aufräumarbeiten in Sicht. Als wir so richtig bei der Arbeit waren, kam eine blaue Schwalbe, mit einem grünen Mann drauf, angefahren. Schubi, unser Sheriff. Mit seinen auf Hochglanz polierten Stiefeln kam er angestakst, direkt auf uns zu.

„Herr Templin, Sie kümmern sich zu wenig um eine neue Arbeitsstelle."

„Guten Tag, Herr Schubert! Lange nicht gesehen. Wie geht es Ihnen?", fragte ich.

Tante Else bemerkte erst jetzt unseren Besuch, trat an mich heran und fragte:

„Was will der denn hier?"

„Ich habe mich schriftlich bei drei Betrieben beworben, davon haben zwei abgesagt und bei einem Betrieb steht die Antwort noch aus."

Ich blickte in sein lebloses Gesicht. Sein Kopf arbeitete, das konnte ich sehen.

„Das dauert zu lange", ertönte der tiefe, laute Bass. „Kommen Sie mit! Ich habe Ihnen eine Arbeit besorgt."

„Aha, sehr interessant", antwortete ich, „und diese Arbeit muss ich dann nehmen, oder wie ist das?"

„Sie finden hier sowieso keine Arbeit", sagte Schubi forsch.

Ich fragte noch mal: „Ich muss die Arbeit nehmen, ob ich will oder nicht?"

„Sie müssen wieder arbeiten, das ist wichtig. Sie sind in meinem Abschnitt der einzige Arbeitslose. Das geht so nicht."

„Ach so, ich reiße die Statistik runter…", den Satz konnte ich nicht zu Ende sprechen, weil mich das Gesetz anbrüllte:

„Lassen Sie die Sperenzchen. Kommen Sie jetzt mit und seien Sie endlich ruhig."

Tante Else bekam es jetzt mit der Angst zu tun. Mit großen fragenden Augen hielt sie meine Hand. Ich tröstete sie.

„Ist schon gut. Mach dir keine Sorgen, das wird schon alles."

Schubi fuhr vor, ich mit meinem Moped hinterher. Ziel war die *LPG-P* Neulewin. An der Baracke stakste er die Treppe hoch, klack, klack, klack und ich wie sein Köter hinter ihm her. Wir blieben dann an einer Tür stehen, an der geschrieben stand: Geber – Parteisekretär. Poch, Poch.

„Herein!"

Wir standen vor einem Schreibtisch und die Genossen begrüßten sich gegenseitig, der Köter ging in der Ecke.

„Hier ist der Besagte, von dem ich dir erzählt habe. Der junge Mann sucht eine Arbeit und findet leider keine. Er ist meinem Abschnitt zugezogen von der Insel runter nach Neulietze."

Total verachtend schaute mich dieser Geber an.

„Der Halbaffe da? Der ist doch kriminell. Habe schon von ihm und seiner kriminellen Familie gehört. Du hast mir nicht erzählt, dass es sich um den Halbstarken handelt."

Ich stand da wie versteinert, mit einem dicken Kloß im Hals. Schubi brüllte im tiefsten Bass: „Das sind alles Verleumdungen! Die lassen sich nicht beweisen. Du nimmst den Herrn Templin jetzt im Kollektiv auf und fertig!"

Er ließ sich nach vorne fallen und beide Fäuste schienen den Schreibtisch zu durchbohren: Bumm! „Haben wir uns verstanden, Genosse Geber oder haben sie noch irgendwelche Fragen von Belang?"

„Du wirst schon sehen, was du von deiner Gutmütigkeit hast", kam als Antwort.

Schubi stand regungslos da, die Fäuste immer noch auf den Schreibtisch gestützt, ohne ein Wort zu sagen. Das sah für mich wie eine Drohung aus. Für Geber ebenfalls, er wurde nervös. Irgendwann stieß Schubi sich ab, ohne ein Wort zu sagen ging er aus der Tür. Der Köter hinter seinem Herrchen hinterher, vor dem Schreibtisch noch kurz knurrend. Draußen angekommen drehte sich Schubi zu mir um und sagte: „Die *LPG* wird sich in den nächsten Tagen bei Ihnen melden."

Mein Kopf ratterte. Die lassen mich doch niemals normal ohne Schikane dort arbeiten. Halbanwesend sagte ich: „Ja. Hm. Wiedersehen."

Vielleicht befand ich mich in so einer Art Schockstarre, als ich da noch eine Weile dumm rumstand und Schubi hinterhersah. Da passierte es. Es baute sich Hass in mir auf. Hass auf diese scheiß Bevormundung. Hass auf diese Verleumdungen. Hass auf diese tratschenden Dörfler, die auch Tante Else damit verrückt machten. Vor allem Hass auf diesen Geber. Der stand jetzt auf meiner Feindesliste ganz oben. Aber was war mit Schubi? Das war doch nicht nur dienstliches Vorgehen seinerseits, da war doch ein bisschen Menschlichkeit, ja sogar

Protest zu erkennen, als er Geber am Tisch drohte und ohne ‚Auf Wiedersehen' zu sagen das Büro verließ. Oder habe ich das fehlgedeutet? Mir war ganz schwummerig, taumelig, als ich auf dem Moped saß. Ich fühlte mich wirklich wie ein Köter, wie ein Straßenköter, der Krätze hat. Ein Köter, dem lieber alle aus dem Weg gehen. Wie ein Stück Scheiße fühlte ich mich. Total niedergeschlagen kam ich zu Hause an. Tante Else war ganz aufgeregt, kam mir schon auf der Straße entgegen. Sie sah sofort, dass es mir nicht gut ging. „Veit, ich helfe dir", hörte ich sie sagen. Ich stieg vom Moped ab. „Was ist passiert?", fragte Tante Else. „Erzähl mir alles, lass nichts aus! Ich helfe dir. Wirst schon sehen, wir kommen da raus."

Ich war nicht in der Lage, etwas zu sagen, stand nur da und schaute in Tante Elses Gesicht. Sie nahm mich an die Hand: „Komm, Veit! Komm rein! Erzähl mir alles! Komm zu dir, lass dir Zeit! Setz dich hin, ich mach mal frischen Kaffee."

Sie bewegte mich wie eine Puppe und setzte mich auf die Ofenbank. Weg war sie, flink wie ein Wiesel. Ich hörte es in der Küche klappern und ruck, zuck war sie wieder zurück. Ich stand immer noch unter Schock, saß auf der Bank und starrte wie ein Doofer aus dem Fenster. Keine Empfindungen, alles war taub. Meine Gedanken waren nicht frei. Ich konnte sie einfach nicht sortieren. Ich kriegte es nicht hin.

„Veit, komm iss ein bisschen was."

Zeitlupenähnliche Bewegungen machte ich in Richtung Tisch. Was wirklich selten passierte, ich hatte keinen Hunger. So nach und nach kam ich zu mir, erzählte ihr scheibchenweise die Geschichte, die ich soeben erlebt hatte.

„Ja, hier im Dorf erzählen die, dass deine Mutter gerade aus dem Gefängnis gekommen ist", antwortete Tante Else. „Die bedauern mich alle", sagte sie weiter und grinste dabei. „Mach dir keine Sorgen deswegen."

Mit versteinerten Augen saß ich da, mir drehte sich alles im Bauch. Ich sprang auf und sagte:

„Wenn ich mir deswegen keine Sorgen machen soll, worüber denn sonst? Das ist ganz und gar ungeheuerlich, das Alles." Total verzweifelt fiel ich auf meinen Stuhl, vergrub das Gesicht in meinen Händen und fing an zu weinen.

„Veit, höre auf mich! Die sind alle doof, auf die höre ich gar nicht. Ich weiß, dass du gut bist. Vom allerersten Moment an wusste ich das. Die können mir sonst was erzählen, ich höre da gar nicht hin. Das musst du mir glauben!"

Nu mockt blos hi

Wir beide machten weiter, auf dem Hof gab es noch einige Dinge zu tun. Ich wartete, wie auf eine Einberufung, auf Antwort von der *LPG*. Zwischenzeitlich beglich ich die Ritterschaftsschulden und dann ging es um das Thema des Überschreibens. Abermals war ein Termin mit Tante Lene angesetzt worden, weil Tante Else sich jetzt sehr unsicher war. Wir saßen am Tisch bei Kaffee und Kuchen. Tante Else eröffnete das Gespräch. Mir fiel die Klappe runter, denn sie sagte, dass sie am liebsten erst zum Notar gehen würde, wenn sie das komplette Geld von mir habe. Ich war sprachlos. Das würde dann einige Jahre dauern, nach meinen Berechnungen. Tante Lene lenkte ein.

„Else, das kannst du nicht machen. Du bremst Veits Motivation damit aus. Wie soll er zum Beispiel das Dach machen, wenn es nicht sein Haus ist. Wie stellst du dir das vor, er hat ja überhaupt gar keine Sicherheiten. Oder wie denken Sie darüber?"

Ich antwortete: „Hm. Ja. Hm. Na ja. Hm."

„Na ja, egal", fuhr Tante Lene fort. „Du schwärmst mir die ganze Zeit die Ohren voll, wie fleißig und hilfsbereit Veit ist. Nun geht doch beide zum Notar, sodass Veit endlich anfangen kann zu bauen. Es wird nämlich allerhöchste Zeit, denkst du nicht?"

Stille, völlige Stille beherrschte den Raum. Die nächsten zwei Minuten saßen alle am Tisch nachdenklich herum. Dann hörte man plötzlich Tante Else tief durchatmen.

„Du hast Recht, vollkommen Recht, Lene. Du bist mir eine wirkliche Stütze für all meine Sorgen. Was wäre ich nur ohne dich, Lene?"

Lene blickte düster drein, als fühle sie sich verarscht und sagte: „Nu ja, nu mockt blos hi."

Tante Else und ich sahen in Lenes, immer noch trübes, Gesicht. Dann eine kurze Pause und alle fingen an zu lachen. Ein köstlicher Moment war das. Jetzt war es beschlossen, Veit wird Eigentümer des Philippsberges. Es wurde das Problem des Bezahlens besprochen. Nach langem Hin und Her einigten wir uns gemeinsam darauf, dass ich monatlich 150,- Mark abdrücken würde. Die Schuld würde so in circa sechs Jahren beglichen sein. Es wurde ein Heft gebastelt, die Monate eingetragen und ich zahlte die erste Rate. Wir holten uns einen Termin beim Notar, fuhren später dorthin und veranlassten die Auflassung. Jetzt geschah das, was Tante Lene schon geahnt hatte, ich bekam Lust, zu bauen. Das erste und wichtigste Projekt war natürlich das Dach. Das bedeutete, für etwa 350 m² Dachfläche Material einzukaufen. Doch zu der Zeit war es nicht möglich, einfach Material zu kaufen. An Dachsteinen gab es nur die sogenannten Doppelrömer. Eigentlich nur mit Beziehungen kam man an diese Dinger ran. Meine Mutter kannte jemanden bei der *BHG*, der uns die besorgte. Der Mann wunderte sich nur über die Menge:

„Was? 3.500 Stück? Wollt ihr eine Kirche eindecken?"

Dachlatten gab es gar nicht, also auch nur über Beziehungen. Ich hatte einen Kumpel, der als Tischler arbeitete und der versuchte bei seinem Meister Schwammholz zu bekommen. Schwammholz, damit ist nicht der Echte Schwamm gemeint, sondern der Braune, der entsteht vom Kern aus, wenn die Bäume im Wald absterben. Das Holz war minderwertig und oft bekam man nur vier bis sechs Dachlatten aus einer Bohle raus, der Rest war nur als Brennholz zu gebrauchen. Die Latten, die wir auf diese Weise gewannen, reichten nicht aus. So nahm ich die Dielung auf dem Boden auf und schnitt daraus Latten. Wie sollte ich das Material kaufen? Ich verkaufte mein Motorrad, meinen *Luxor*-Bass und meinen *EV*-Lautsprecher mit selbstgebastelter Box. Der *Luxor*-Bass war ein *Rickenbacker*-Nachbau, der total abgespielt war. Das heißt, die Bundstäbe waren durch. Ich reparierte das Ding mit hohem Aufwand. Ich verkaufte alle meine Leidenschaften, meine Passionen. Einen Ersatz für mein Motorrad bekam ich durch Zufall. Mein Vater hörte von jemandem aus Hohensaaten, der Winterreifen für seinen *Trabbi* suchte und die gegen ein Motorrad tauschen würde. Unser *Trabbi* war verkauft, wir hatten seitdem einen *Moskwitsch*, aber es lagen bei uns im Horrorkonsum in der Garage noch zwei Reifen rum. Mein Vater gab mir die Reifen, dann fuhren wir nach Hohensaaten. Er wusste nicht, was für ein Motorrad ich dafür bekommen würde, ein Altes, mehr Informationen hatte er nicht. Wir gingen in die Garage des Mannes, in der er unsere Reifen begutachtete.

„Ja, die sind gut. Das Motorrad steht da unter der Decke."

Ich nahm die Decke hoch. Eine *EMW*, da war doch

echt eine *EMW* darunter, mit den der Zeit entsprechenden Abnutzungserscheinungen. Die Reifen waren platt, aber noch nicht durchgestanden. Der Motor war fest, doch als ich einen Moment auf dem Kicker stand, löste sich der Kolben. Das Motorrad hatte wohl so an die zehn Jahre da rumgestanden, meinte der Mann. Die Batterie war natürlich platt.

Gut, dachte ich, mit dieser Materie kennt sich Fridolin gut aus. Am nächsten Tag fuhr er mit mir, ich saß im Beiwagen, dorthin. Er tippte auf altes Benzin im Vergaser. Daher überbrückte er die Batterie, beim zweiten oder dritten Schlag, bupp, bupp, bupp, bupp, da war das Gerät gängig. Luft rauf, angezogen, Gang rein und ab zum Philippsberg. Es war eine Solomaschine. Für meine Bauerei war natürlich ein Beiwagen vonnöten. Ich bekam einen bei Pusti in Hohenwutzen und so sollte dieses Teil ein treuer Begleiter für die nächsten Jahre sein.

Unten durch

Vor meiner Dachaktion hatte ich schon ein Bad gebaut. Also das fängt natürlich mit dem Einbuddeln der Gullyringe an. Dabei lernte ich auch gleich das Bodenprofil kennen. Zuerst einen halben Meter Erde, dann einen Meter Sand und dann Lett, so nennen es hier die Einheimischen. Das ist ein extrem bindiges Lehm-Tongemisch. Drei Meter wollten wir rein. Die ersten zwei Meter schafften wir an einem Tag, danach brachen wir vier Spaten durch und brauchten vier Tage. Es wurde immer fester, doch wir gaben nicht auf. Wir, das waren Fridolin und ich, und als wir am nächsten Tag weitermachen wollten, traute ich meinen Augen nicht. Da stand der letzte von uns eingerackerte Ring im Drückewasser. Das war deprimierend. Es ging weiter mit dem Verlegen des Abflussrohres, 100er Ton war damals üblich. Nun lernte ich die Wandstärken meines Hauses kennen und die Unbezwingbarkeit eines Feldsteinfundamentes. Das ging folgendermaßen: Fridolin, gelernter Klempner, machte mit einem Stück Kreide ein Kreuz im Keller und sagte:

„So, Veit, da machst du mir ein Loch durch. Brauch' nur ein 100er Rohr durchpassen."

Ich pulte einen Feldstein nach dem anderen raus und war vielleicht einen halben Meter drin, da hatte ich schon ein Loch, so groß, dass ich mit dem Motorrad hätte durchfahren können. Ich bekam es mit der Angst zu tun, es bildeten sich nämlich oberhalb des Loches Risse. Was jetzt? Zumauern! Also mauerte ich das wieder zu und das war, auch aus heutiger Sicht, die richtige Entscheidung. Ja und was nun? Tante Else sagte:

„Du musst unten durch."

„Ja, aber dann habe ich ja nicht genug Gefälle und komme zwei Meter tief in den Gully."

Mir fiel auch nichts Besseres ein, so bohrte ich mich wie ein Molch durch die Sohle, die fast zwei Meter dick war. Mit einem Durchbruch wäre ich niemals durchgekommen ohne dass mein Haus dort nicht eingefallen wäre. Ich kam zwei Meter tief im Gully raus. Es funktionierte trotzdem, der Druck aus dem Haus reichte, den Gully zu füllen. Somit war unser Tonrohr ständig voll Kacke, aber es funktionierte über Jahrzehnte hinweg, bis zum Bau der Pflanzenklärung, ohne Probleme. Irgendwann war es dann soweit, die Premiere näherte sich. Es wurde ein Toilettenbecken installiert, zwar noch ohne Wasseranschluss, aber man konnte ja auch mit einem Eimer nachspülen. Wir beide, Tante Else und ich, machten eine Anschiss-Party. Tante Else war sofort ein Fan dieser neuen Situation, nicht mehr nachts mit der Taschenlampe im Schneetreiben ihr Geschäft erledigen zu müssen. Ein alter Freund, den Tante Else schon von der Schule her kannte, Opa Willi, kam vom Angeln und machte erstmal einen kleinen Abstecher zum Philippsberg. Opa Willi war Fridolins Opa und war Bauer und der Dorfholzschuhmacher. Ein spacker, drahtiger und Platt quatschender markiger Typ. Ich hörte nur:

„Na Mensch, Willi! Schön, dass du mich mal besuchen kommst. Ich mache rasch Kaffee."

„Hebbe jehofft di wier schon soweit. So viel Tiet hebb ick eigentlich joani."

Tante Else legte den Sprachschalter um und quatschte mit ihm Platt: „Nu komma. Hebb di man ni wie ne

Zicke am Strick." Da saß ein Stück Neulietzer Geschichte am Tisch und trank Kaffee. Die beiden unterhielten sich angeregt, auf einmal: „Mensch Willi, hebb di verjoaten zu vertellen. Mi hemm in Topp mit Woaterspülung jetz im Hus."

„Zeich ma!" Die beiden raus aus Tante Elses Stube. Tante Else flink wie ein Wiesel vorne weg, standen sie am Schacht. Jetzt passierte etwas Verrücktes. Willi verzog das Gesicht, als ob er sich ekelte, ein lang gezogenes „Ihhhh" entfuhr ihm.

„Mensch, Else, det hebb ick di ni zujetraut, schittst in deen eegnet Hus? Dat is ja eklich."

Auf den Hacken kehrt machend, verschwand Willi. Tante Else sah mich verwundert an.

„Der spinnt. Der spinnt", sagte sie und gestikulierte das mit der Hand am Kopf.

Ja, meine Tante Else war ein wirklich fortschrittlicher Mensch.

Mit allen Schikanen

Die Einberufung kam und ich wurde, ob ich wollte oder nicht, Traktorist. Mein Brigadier zeigte mir das Kollektiv. Keiner begrüßte mich und ich stand da wie ein begossener Pudel. Genauso hatte ich mir das vorgestellt. Ich wurde kurz auf einem *50er Russen* eingewiesen und es ging los mit dem Eggen. Für mich war das alles sehr neu und ohne Hilfe gar nicht zu schaffen. Ich fuhr auf irgendeinem Schlag los, hunderte Hektar groß, und fing an, die Erde durchzuharken. Die Schikane begann. Das Land war nass, die ließen mich absichtlich nassen Acker eggen. Das heißt im Klartext: hundert bis zweihundert Meter fahren, anhalten, Egge umschmeißen, saubermachen mit einem Spaten oder Ähnlichem und dann wieder hundert Meter fahren. Einfach toll, denn so eine Egge wog schon mal mehr als anderthalb Zentner und ich hatte sechs oder acht von den Dingern hinten dran. Der *Russe* brüllte, ein irres Gefährt. Wenn es ihm schwerfiel wurde er nicht langsamer, er brüllte einfach nur. Mein Brigadier kam und kritisierte, dass meine Reihe nicht gerade und ich zu langsam sei. In dieser Geschwindigkeit würde ich auf keinen Fall meine Norm schaffen. Es war alles genauso, wie ich es mir vorgestellt hatte. Der *Russe* brüllte und brüllte, ich immer wieder raus, selbst schon zu einem Zweimetermann angewachsen. Die Sache kannte ich schon von meiner Oma, dort gab es den gleichen Boden. Das war der Wahnsinn, wie das Zeug an den Schuhen anbackte. Der *Russe* brüllte wieder und dann ging plötzlich der Motor aus. Ich ahnte Schreckliches und Tatsache, die Jungs hatten mich mit zu wenig Diesel ins Gefecht geschickt. Pure Absicht, das sah ich den Typen an, als ich angewandert kam.

„Na ja, hier hast du vierzig Liter, damit müsstest du hinkommen."

Ich weiß nicht, ob da jetzt einer mitreden kann. Der *Russe* stand circa drei Kilometer entfernt, mitten auf dem fettesten Acker. Mit zwei Zwanzig-Liter-Kanistern dort hinlatschen, das ist mehr als anstrengend. Meine Arme wurden immer länger und immer wenn ich eine Pause machte, versuchte ich mich wieder aufzubauen: Veit das sind Idioten, die können nichts dafür, dass die so primitive Sachen machen. Immerhin bin ich ja auch ein halbstarker Halbaffe, mit dem muss man so umgehen.

In mir kam die Gewissheit hoch, dass ich so etwas niemals tun würde – einem Menschen oder auch einem Halbaffen in meiner jetzigen Situation nicht zu helfen. Ich bestieg den *Russen*, Scheiße, kein Trichter. Mit viel Verlust das Ding betankt, dann den Motor entlüftet. Das kannte ich zum Glück von meiner Insel. Wenn ich Weber, unserem Großbauern, bei der Ernte half, lockte er mich immer damit, dass ich Trecker fahren durfte – und welcher Junge auf dem Dorf mochte nicht Trecker fahren. Mir hat der alte Weber nebenbei gleich mal die Funktionsweise von so einem Motor erklärt und so auch, wie man die Dieselpumpe und die Leitungen entlüftet. Das war jetzt mein Glück, ansonsten hätte ich noch mal zurückgehen müssen und die Typen hätten sich erneut auf die Schenkel geklopft. Ich bekam das Aggregat wieder zum Laufen, der *Russe* brüllte mich wieder an. Damals war das noch nicht so mit Arbeitsschutz, wie zum Beispiel Ohrenschützern. Wenn ich dann nach

Feierabend mit Tante Else auf der Treppe saß, hatte ich das Gefühl, ich käme gerade von einem *Deep-Purple*-Konzert. Jeden Abend.

Die Situation verschärfte sich so weit, dass mir mein Kollektiv abends auflauerte um mich zusammenzuschlagen. Die Anführer waren Döhlers Otto und Sternbergs Otto. Ich stellte meinen Trecker in die Halle und als ich ausstieg, kam der ganze Trupp aus der Ecke.

„Was wollt ihr?“, fragte ich.

„Joa doa widder hi wo ju herjekoam, ju halfstarke Su!“

In mir baute sich Hass auf: „Ihr müsst mich schon totschlagen. Ich werde nicht aufgeben, bevor ich nicht einen oder zwei von euch zu Krüppeln gemacht habe“, sagte ich ganz leise.

Das hatte ich von meiner Mutter. Wenn die aufs Äußerste gereizt war, flüsterte sie. Ich hatte das zweimal erlebt. Wenn man diese Schwelle überschritt, klickte sie voll aus. Zwei, drei Typen oder mehr wurden unruhig, denn ich ging, zu allem bereit, auf die Truppe zu. Gefechtsbereit sozusagen. Jetzt nahm Otto Döhler einen gefrorenen Schlauch. „I schloa di dot, ju halfstarke Su.“

„Halbstark? Ich bin halbstark? Mitkommen!“, befahl ich. So ging ich an den armen Willis, das war für uns damals der Begriff für Idioten, vorbei in die Schmiede. Jetzt packte ich mir den Vier-Zentner-Ambos auf die Unterarme. Ich merkte keinen Schmerz, total high vor Erregung begann ich, das Ding anzuliften. Ich schrie aus voller Kehle, als das Teil sich vom Boden erhob. Jetzt drückten die Amboshörner, vor allem der Bock, an meinen Oberschenkeln. Ich schrie pressend laut, viehisch laut, merkte immer noch keinen Schmerz und lief mit dem Teil etwa drei Meter in Richtung Tür. Stellte das Ding kurz vor der Schlupftür ab. Ich schrie immer noch, war auf das Äußerste erregt. Blut lief mir an einem Unterarm runter und tropfte von meinen Fingern herab. Ich hatte zwei riesige Blutergüsse an meinen Unterarmen. Es wurde warm an meinen Schienenbeinen, ebenfalls Blut vom Ambosbock. Ich war so richtig in Stimmung. Dagegen änderte sich die Stimmung in der Schlägertruppe. Die Bande wurde immer kleiner. Einige verzogen sich in den Treckerschuppen, hinten raus. Den Rest ging ich an, die Arme zur Seite gespreizt und brüllte:

„Wer trägt jetzt das Ding vom Halbstarken wieder zurück an seinen alten Platz? Hm? Wer macht das von euch Spinnern?"

Jetzt waren alle weg. Ich stand allein in der halbdunklen Schmiede. Dann sackte ich zusammen, saß auf dem Fußboden. Völlig verzweifelt schrie ich erneut. Von draußen betrachtet, muss das unheimlich gewesen sein. So saß ich noch ein paar Minuten. Mein Puls hatte sich wieder normalisiert, ich atmete wieder ruhig durch, ich stand auf. Die Schmerzen kamen, als ich zum Lichtschalter humpelte und das Licht losch. Jetzt saß ich auf dem Moped und konnte einfach nicht die Kupplung ziehen. Es wollte mir einfach nicht gelingen, den

Hebel an den Lenker zu ziehen. Ich gab Vollgas, haute den Gang ohne Kupplung rein und sprang los wie ein Häschen. Mir wurde übel. Zu Hause angekommen, verarztete mich Tante Else, in derweil erzählte ich ihr alles. Sie schüttelte den Kopf.

„Wir müssen Schubi holen", sagte sie auf einmal.

„Nein", antwortete ich, „was soll ich denn erzählen? Wie soll ich das beweisen? Selbst wenn ich es beweisen könnte, was würde sich ändern?"

Immer wieder sagte sie nachdenklich: „Döhlers Otto, ich kann mir das gar nicht vorstellen."

Als ich mir in Ruhe meine Blutergüsse ansah, stellte ich fest, dass nur der rechte Arm regelrecht durchgedrückt war. Wochen später kniete ich mich vor den Ambos und sah von unten, dass vom Gießen so eine Art Naht am Rechteckhorn vorhanden war. Das war die Erklärung für den blutenden rechten Arm.

Am nächsten Tag ging ich wieder arbeiten. Alle gingen mir aus dem Weg, ich war der Außenseiter. Es gab dort auf dem Kolchos neben Anschweig, meinem Brigadier, nur einen, der mit mir sprach, das war Walter Mandur. Er schien kein Problem mit meinem Äußeren zu haben. Der Mann wollte mich kennenlernen, er war neugierig. Es gab doch auch gute Menschen in Neulietze. Genau drei Menschen hatten nichts gegen mich: Tante Helga, ihr Mann Gotthard und Walter Mandur. Das war´s, alle Anderen konnten mich nicht leiden. Das ging soweit, dass, wenn ich mit meinen Freunden durch das Dorf lief, die Menschen ihre Kinder von der Straße holten. Ich arbeitete mich so langsam ein als Traktorist und bekam einen anderen Trecker, einen *Universal 605M.* Das war was Bulgarisches. Das Ding hatte Allrad, war heller und damit auch übersichtlicher. Es gab nur ein Problem, der Sitz war kaputt. Der Trecker war allgemein ein bisschen moderner gemacht, hatte eine Sitzfederung mit Stoßdämpfern. Dieses System war kaputt und so schlug der Sitz immer unten auf. Das war so schlimm, dass mir der Arsch blutete. Die Schlosser erklärten mir, dass bei Hansemeier, der das Ding vor mir gefahren hatte, das auch schon nicht repariert werden konnte. Schikane, alles Schikane, denn man kann alles reparieren oder umfunktionieren. Die Schikane nahm immer größere Auswüchse an. So fuhren wir Futter für Zäckerick und der Siloschieber Otto Sternberg wies mich ein und ließ mich wohlwissend in die Jauchekute fahren. Ich versank dort so tief, dass ich vor der Jauche flüchtend zum Schluss auf der Motorhaube saß. Ha, Ha, Ha. Und die Kollegen klopften sich auf die Schenkel und lachten. Sie ließen mich im wahrsten Sinne des Wortes in der Scheiße sitzen, wollten sehen wie ich da durchschwimme. Irgendwann erbarmte sich der Initiator und zog mich mit dem *T100* raus. Ach, was war ich doch für eine tolle Witzfigur. Am nächsten Tag, gleiche Arbeit, wir fuhren mit den Häckslern und die machten uns die beiden Hänger voll. Es war warm und mein moderner Trecker hatte ein Dach zum

Öffnen, also klappte ich es an. War der Trecker vor einem voll, rückte man auf und fuhr mit der Maschine am Häcksler vorbei. Alles wurde in Bewegung gemacht, dann machte der Häcksler den Schieber auf, wenn sich der erste Hänger neben ihm befand. An diesem Tag sollte Rausche aus Güstebiese der Star sein. So rückte ich auf, fuhr an den Häcksler ran und Rausche machte jetzt schon den Schieber auf. Ich saß bis zum Hals im Häcksel. Mann, haben sich da alle amüsiert. Ich hielt an, kletterte durch das Dach, weil ich die Tür nicht öffnen konnte. Das muss toll ausgesehen haben und dann von außen die Tür aufgemacht. Ich habe bestimmt eine Stunde die Kabine gesäubert. Es hat mich jeden Tag davor gegrault, arbeiten zu gehen.

Es gab noch mehr Schwierigkeiten. Ich weigerte mich, Mitglied in der sogenannten Genossenschaft zu werden. Jetzt kam die Schikane von allerhöchster Stelle: also kein Deputat, keine Prämien und keine Vergünstigungen mehr. Brauchte ich zum Beispiel einen Trecker für meinen Hof, dann musste ich bis zum Big Boss oder zum Little Boss und beide freuten sich darüber, mir so etwas auszuschlagen, immer mit dem Vorwand, dass ich ja kein Mitglied sei. Obwohl ich kein Mitglied war, musste ich natürlich genauso meine Pflichten erfüllen. Einen Morgen Rüben hacken. Das war so: auf der *LPG-P* hatte sich jeder persönlich nach Feierabend um wenigstens einen Morgen Rüben zu kümmern. So musste ich einen Schlag hacken, der ging von Neulietze bis nach Karlshof, also zwei Kilometer eine Reihe. Das waren zwar nur drei Reihen, aber mir machte das keinen Spaß. Zum Glück war Tante Else da, die mir half. Ich verdiente, auch oder vor allem weil ich kein Mitglied war, viel weniger Geld und schruppte dafür Stunden ohne Ende. So begab es sich, dass mir mein Brigadier, weil sich die Stunden nur so anhäuften, mal frei gab. Das war mehr intern, die Baracke in Neulewin wusste nichts davon. Das wiederum war für Geber, den Parteinik, Wasser auf seine Mühlen – Templin, die asoziale Sau, geht einfach nicht arbeiten! Er plädierte für eine Abmahnung, das ist schon ein bisschen mehr als die gelbe Karte. Alschweig kam, gab mir die Abmahnung und wollte oder konnte mich nicht rehabilitieren. Kurz gesagt, der Mann hatte keinen Arsch in der Hose. Ich fuhr zur Baracke und wollte Geber lynchen, so sehr war ich in Fahrt. Im Nachhinein muss ich sagen, es war mein Glück, dass er nicht da war. Trotzdem fiel das schon auf, wie ich in die Baracke rein bin. Keiner hatte den Mut, sich mir in den Weg zu stellen. Der Tunnel war voller Bürohengste, die neugierig rauskamen, weil draußen jemand rief:

„Wo ist Geber? Den will ich haben! Geber, wo versteckst du dich?“

Das war nicht mehr reparabel und weil es dort wirklich immer schlimmer für mich wurde, kündigte ich.

Übrigens stand der Ambos mehrere Tage an der Tür.

Futti zu Besuch

Der Philippsberg hatte einen Dauergast. Futti hing in der Luft, wollte Germanistik studieren, aber die hatten ihn nicht genommen. Zu Hause wollte er nicht bleiben und er suchte einen ruhigen Fleck, um ein Buch zu schreiben. Das war eine lustige Zeit mit ihm und jede Hilfe war willkommen. Tante Else schaffte mit Futti tagsüber bis ich kam, und nach dem Abendbrot machten wir uns alle drei ran. Abends beim Zubettgehen offenbarte mir Futti, dass er morgen Brennholz schneiden wolle. Wie er mir das erzählte, also im Zusammenhang mit vielen anderen Sachen, fast beiläufig, schlief ich bereits ein. Zack. Beide Augen waren bei mir offen. Das war ein Schreck, den ich bekam: Futti an der Monstersäge. Ich sagte keinen Ton, wenige Minuten später kam ich zur Ruhe und hörte ihn ellenlange Sachen erzählen, philosophische Sachen, bis ich einschlief. Am nächsten Morgen ging ich zuerst in den Motorenschuppen, den Flachriemen verstecken. Nun war mir besser. Abends, zu Hause angekommen, lief mir Futti entgegen: „Mensch, Veit, wir könn‘ den Riemen vonne Säge ni finden. Weeßt du, wo der is?“

„Nee.“

Er sah mich an.

„Was ist?“, fragte ich.

„Ick weeß et ni jenau, aba ick denke, du weeßt, woa is, sacht mein Jefühl, sacht mir dit“, antwortete Futti.

„Ich hab es nicht böse gemeint. Die Säge ist scheißgefährlich."

„Und", sagte er laut, „da haste dir Sorjen jemacht, der unjeschickte Trottel und so."

„Nein, so habe ich das nicht gemeint", antwortete ich.

„Wat'n denn?", fragte er. Ich fing an rumzudrucksen. „Na, wat denn nu?" rief Futti.

„Na ja, so ganz doll geschickt bist du aber doch wirklich nicht", sagte ich. Da war es raus, da war es passiert, ich hatte es vergeigt, denn ich sah sofort, dass er seine Minderwertigkeitskomplexe bekam.

„Ja, ich bin zu nüscht, bin ick nutze", sagte er und ging los, ging vom Hof und als ich hinterherlief um zu sehen, wo er hinlaufen würde, war Futti schon weg.

„Scheiße, der muss in den Mais gelaufen sein, der zurzeit auf dem Acker steht." Tante Else stand ratlos neben mir und fragte: „Wo ist er hin, der Lange?", so hieß Futti bei ihr. „Ach, der wird schon wiederkommen", antwortete ich.

Immer noch dieses ratlose Gesicht: „Was hat er denn?" „Seinen Moralischen", antwortete ich. „Hat der so was öfter?" – „Ja." Tante Else schnalzte mit der Zunge und wackelte dabei mit dem Kopf. Das war immer ihre Reaktion, wenn sie überrascht war. Es wurde dunkel, Futti kam nicht. Wir setzten Heidi an: „Los, such Futti! Such!" Aber Heidi konnte Futti nicht leiden. Also Taschenlampe raus und Futti suchen. Ich weiß nicht wie viele Stunden wir gesucht hatten, als wir ihn schließlich fanden. Er saß auf dem Hosenboden, schaute mich an und sagte: „Na."

„Du Futti, kommst du mit nach Hause?" – „Ja." Er stand auf und wir gingen. Keiner sprach ein Wort. Als wir zu Hause ankamen, sah mich Tante Else an und sagte: „Mein Gott, ist das ein komischer Vogel", es folgte das Schnalzen, „Ei jei jei", mit dem Kopfschütteln.

Zum Thema Geschick bei Futti. Futti bekam eine Haftschale. Ganz stolz saß er nun am Abendbrottisch und demonstrierte uns, wie man das Ding rausnimmt. Das musste der Doktor mit ihm geübt haben. Er machte sich den Finger nass und schwupp war das Ding raus. Tante Else und ich aßen weiter. Wir empfanden das als nicht so sehr interessant. Er immer wiederholend, mit der Zunge den Finger nassgemacht, die Schale rausgeholt und wieder reingesteckt. Er hatte Spaß dabei, das konnte man sehen. Jetzt bemerkte ich, dass er die Schale statt ins Auge, in den Mund steckte und weg war sie.

„Du hast doch nicht etwa die Schale runtergeschluckt?", fragte ich.

Er, immer noch in der letzten Bewegung verharrend: „Doch. Ick werd verrückt. Scheiße Mann. Muss mir natürlich passieren, is ja klar. Sowat is bestimmt no jakeen passiert, Mann." Tante Else sagte auf einmal: „Wir können doch morgen mal nachsehen. Vielleicht finden wir ja das Teil."

„Wie finden?", fragte Futti.

„Nicht wie“, sagte ich, „wo finden, ist die richtige Frage.“

Futti schaute mich entgeistert an: „Wo?“, fragte er anschließend. „Na, in deiner Scheiße“, antwortete ich. „Das ist doch nicht euer Ernst?“ „Na klar“, winkte Tante Else locker ab, „das ist doch kein Problem.“ „Ehhh“, machte Futti, „ihr spinnt doch beide!“ „Schön Bescheid geben, wenn du deinen Stuhlgang erledigt hast, bitte“, sagte ich.

Er gab am nächsten Tag schön Bescheid und wie die Pfadfinder suchten und fanden Tante Else und ich die Haftschale. Wir spülten die Schale schön ab, mit Fit und gut war es.

Futti hat kein Buch geschrieben. Ich weiß nicht, ob er oder wie er das probiert hat. Jedenfalls gab es kein Resultat. Er konnte mir auch nicht sagen, was er schreiben wollte. Nach ein paar Wochen ging er dann nach Hause, fing bei seinem Vater an Steinmetz zu lernen oder, besser gesagt, Grabsteinfritze. Die Werkstatt machte zu hundert Prozent Grabsteine, also vorwiegend Schrift. Mein Freund Futti hatte einen abgeschlossenen Facharbeiterabschluss. Er arbeitete noch als Arbeiter in der Werkstatt, aber der Rücken spielte verrückt. Dieses ewige gebeugte Sitzen, in einer Position verharrend, war nicht das Richtige für so ein langes Skelett, das Futti nun mal war. Er gab auf und hing abermals in der Luft. Dann verlor ich ihn aus den Augen, hörte von Freunden aus Fürstenwalde, dass Futti dort wohnte und als Bierkutscher arbeitete. Sofort hatte ich ein Bild vor Augen, wie Futti mit einer Sackkarre voller Kästen die Kneipen und Konsums beliefert. In Fürstenwalde gab es Kellerkneipen, schönes Bild, wie Futti mit der Karre dort runterfährt. Erste Stufe, vorsichtig, die zweite Stufe, jetzt kommt Geschwindigkeit rein, Futti wird kleiner, proportional zum Weg versinkt Futti im Erdboden und in einem Klirrgewitter endete das Bild für mich. Vielleicht noch nicht ganz. Futti ist ja jetzt in der Erde drin, nicht mehr zu sehen, aber ich höre mitten in diesem Lärm ein ‚Scheiiiße'. Jetzt war das Bild vollständig. Er machte das nicht lange. So wurde er Krankenschwester und ich sollte lange Zeit nichts mehr von ihm hören. Er kam auch nicht mehr so oft nach Freienwalde.

Solche und solche Arbeit

Mit meinen ständigen Wochenendgästen, das wurde immer größer. Ich verlor die Übersicht. Das heißt, es kamen Menschen, die mir fremd waren. Das war gefährlich in unserem Land. Ich machte an so einem Wochenende die Ansage, dass ich demnächst anfangen würde, das Haus zu reparieren. „Ja", ging es rum, „wir helfen dir, endlich geht es los." Mann, war ich in Freude. Geil war das, so viele Freunde zu haben. Es war fast so weit, dass ich ein Menschenfreund wurde und an die Gesellschaft glaubte. Was von Kindheit an nie so gewesen war.

Ich bewarb mich nochmals beim Zweckverband Altreetz. Otto Kork war schon weg und Stürmer hatte den Laden übernommen. Das war Ottos zweiter Mann gewesen, der jetzt aufgerückt war. Die Truppe war immer noch fleißig mit dem Umzug beschäftigt. Sie stellten mich ein, als Hucker. Stürmer war ein launischer, undurchdringlicher Typ, hatte wohl mal Maurer gelernt. Als ich mich bewarb, stand auf einmal dieser Typ vor mir, schaute mich an. Ich konnte nicht einschätzen, was das zu bedeuten hatte. Jetzt kam Bewegung rein und der kleine Mann, Stürmer, lief einmal um mich herum, schaute mich dabei an, als wäre ich sein Sklave. Dann grunzte er los: „Du bist wohl ein Starker, was?"

Ich antwortete nicht, sah voll an ihm vorbei und dachte bei mir: Au Mann, der hat aber auch nicht alle Latten am Zaun.

Ich stand mit Tante Else auf dem Hof und sah wie ein vor Volllast schnaufender *W50* den Fährweg bei uns runterkam.

„Mann!", schrie ich vor Glück. „Das ist Balli von der *BGH*, der bringt die erste Ladung Dachsteine!" Tatsächlich, ein voller Zug noch warmer Steine, mit Hänger, aus Jatznick. Ich organisierte eine handvoll Leute und wir luden den Zug Stein für Stein ab und stapelten alles wieder auf. Das dauerte Stunden. Tante Else und ich lächelten uns fortwährend beim Abladen an. Wir waren glücklich. Ich, zum Glück noch unwissend, in dem

Gefühl, dass ich mit meinen Freunden etwas schaffen könne, und Tante Else ganz einfach, weil sie stolz auf mich war. Hatte sowieso das Gefühl, dass ich nach und nach ihr Sohn wurde. Sie selbst hatte keine Kinder. Warum, erzählte sie mir später.

Balli sagte: „Ich komme diese Woche noch einmal und dann müsste alles hier sein."

„Fein", sagte ich und wir verabschiedeten uns.

Am Abend lag ich im Bett und konnte nicht einschlafen. Dachdecken, hm, wie macht man das eigentlich? Erst mal die Biber runter. Aber wohin? Vielleicht in meine Auffahrt? Was mache ich mit der Fledermaus auf dem Hof? Ob die Latten noch einmal zu verwenden sind? Was mache ich mit dem kaputten Dachstuhl? Muss ich den vorher ganzmachen? Was ist mit den desolaten Simsen? Muss ich die aufnehmen und neu mauern? Ich sprang auf. Mann, was ist eigentlich mit einer Dachrinne? Die Sache hatte ich bis Dato überhaupt nicht auf dem Sender gehabt. Scheiße, wo bekomme ich denn eine Rinne überhaupt her? Wie groß muss die für mein Haus überhaupt sein? Ich bin gelernter Maler, der schon mal Scheiße gefahren und als Traktorist gearbeitet hat. Wird so eine Rinne nicht gelötet? Was nimmt man da für ein Flussmittel? Wo bekomme ich den Lötkolben her und den richtigen Zinn? Wie wird so eine Rinne angebaut, sodass Wasser zum Kasten läuft? Wie macht man das? Kennst du einen, der dir da einen Tipp geben kann? Was für eine Überdeckung hat ein Doppelrömer? Wie sieht die Traufe aus? Wie wird die erste Reihe ausgelegt? Wie macht man einen Ort? Wie deckt man den First? Muss ich die Dachfläche vorher abgleichen? Wie macht man das? Kenne ich jemanden, der mir da einen Tipp geben kann? Was brauche ich für Nägel? Hunderter? Waren das nicht immer Hunderter? Wie komme ich an den Walm ran? Kenne ich jemanden, der eine Rüstung hat? Mache ich da auch eine Rinne ran? Ich sprang abermals hoch. Die Schornsteine! Veit, du hast die Schornsteine vergessen. Wie rüstet man einen Schornstein ein? Dann müssen ein Dachfenster und eine Laufanlage rein. Wo bekomme ich so was her? Wie baut man so was ein? Ob ich die Ziegel vom Schornsteinkopf wiederverwenden kann? Ansonsten, wo bekomme ich neue Ziegel her?

Mein erster Tag im Zweckverband Neureetz. Erst im Büro, Papiere fertig machen. Schester, der zweite Chef, machte eine Arbeitsschutzbelehrung. Dann wurde ich auf den Bau geschmissen, lieblos, interesselos, sinnlos, als Hucker. „Los! Geh mal da hinten hin und sag, dass du der neue Hucker bist! Die Jungs werden sich um dich kümmern", sagte Schester.

Die Maurer bauten gerade einen alten Stall in eine Werkstatt um. Ich ging rüber zu den Jungs und stand plötzlich vor lauter Siegberts. Nach drei Minuten stand für mich fest, dass bestimmt zwei Drittel von denen Alkoholiker waren. Ich kann so etwas sehen, bin so eine Art Spürhund für Alkoholismus. Die Truppe stellte mich an einen Mischer, ein Ding mit etlichen Macken und komplett inkontinent. Nach zwei Minuten war ich durch und durch nass und voller Kalk. Es gab einen Trick: man musste bei jeder Umdrehung, bei einem bestimmten Geräusch, zur Seite springen. Das hatte mir natürlich keiner gesagt, ich musste allein drauf kommen. Das übliche Bild, die übliche Reaktion, Leute lachten sich schief und hauten sich dabei auf die Schenkel. Schikane, ich konnte machen, was ich wollte, ich wurde schikaniert. Ich hatte noch nie an einem Mischer gestanden. In Hohenwutzen mischten wir immer von Hand. Das Alles war für mich Neuland.

„Pass auf!“, sagte mir einer der Typen. „Bis vier kannst du doch zählen, oder? Also du machst vier Schippen Sand und danach eine Schippe Kalk da in das Loch rein. Und das machst du insgesamt viermal. Alles klar?“ Aus dem Augenwinkel heraus sah ich, wie der Zahlenkünstler sich mit einem Altgesellen unterhielt und dabei immer auf mich schaute. Jetzt ging gleich wieder was ab, die heckten was aus.

„Du“, kam der Zahlenkünstler auf mich zu, „verplemper hier nicht so den Kalk. Du musst die Schippe schon tief in den Mischer stecken beim Reinschippen!“

Bumm, saß ich auf dem Arsch und sah Sterne. Mann, die Maurer pissten sich fast in die Hosen vor Lachen. Was war passiert? Ganz einfach, ein Gesetz missachtet. Halte niemals die Schippe in den Mischer, weil die garantiert im Rührwerk hängen bleibt. Im ungünstigsten

Fall, der nun vorlag, bekommst du die Schippe in die Fresse.

So toll ging es den ganzen Tag über weiter. Deprimiert fuhr ich mit dem Moped nach Hause. Tante Else stand schon auf der Straße und wartete auf mich.

„Und?", fragte sie. – „Mir brummt der Schädel." – „Wie das?", fragte sie weiter. – „Lass mich erst mal etwas essen, dann erzähl ich dir alles." – „Ja, ich habe alles fertig. Hab uns heute mal ein Hühnchen gemacht."

‚Mann', dachte ich, ‚Tante Else ist die Beste.' Das Hühnchen baute mich wieder auf.

„Veit, das wird schon wieder. Wirst schon sehen, dauert eben alles seine Zeit." Ich lächelte diese gute Frau an ohne etwas zu sagen. Sie freute sich darüber.

Schluss machen

Oft kam Iris, um mich zu besuchen. Sie machte gerade ihr Prüfungen und war deswegen genervt. So ging es mir auch, bei all meinem Stress. Irgendwie wusste ich nicht mehr, ob ich Männchen oder Weibchen bin. So schlimm sah es bei mir aus. Ich ließ diesen Frust zum Teil an Iris aus. Immer wenn sie wieder wegfuhr, tat es mir leid. Sie konnte wirklich nichts dafür. Das Einzige, was mich an uns nervte, war diese Achte-Klasse-Beziehung. Also dieses Kommen und Gehen. Ich brauchte einen vollen Partner an meiner Seite, ich war jetzt auf jeden Fall erwachsen, und ich wollte auch gerne eine erwachsene Frau.

Iris kam mit dem Moped angefahren. Ich machte Schluss, gleich auf der Straße, standrechtlich sozusagen. Iris saß auf dem Moped, machte riesen Augen, ihr fiel die Klappe runter und sie fing an zu weinen. Stocksteif kickte sie das Moped an und fuhr los. Genau in diesem Moment kam Fridolin mit der *EMW* den Fährweg runter und verrenkte sich fast den Hals, als er Iris nachsah, die nicht gegrüßt hatte. Erst verstand er nichts. Dann kam er um die Ecke und sah mich, da verstand er alles.

„Was ist los?“, fragte er. „Verpiss dich!“, antwortete ich. Ich muss dabei unhöflich ausgesehen haben, denn ohne zu diskutieren, bupp, bupp, bupp, sah ich auch ihm hinterher.

Das war's mit Iris. Das war das Kapitel einer Liebe die hier und jetzt endete.

Kuchen und etwas Neues

Ich arbeitete jetzt jeden Tag auf dem Bau. Lernte wie man Ziegel stapelt, wie man eine Karre lädt, wie man Pfahlrüstungen baut und Riegel dabei strickt, lernte, welche Konsistenz Mörtel haben muss, lernte Sand zu sieben, lernte die Maurersprache und vieles mehr.

Jedoch funktionierte eins einfach nicht bei mir und das war das Saufen. Ein sozialistischer Maurer hatte immer Durst und dieser musste mit einem Hellen, also Bier, gelöscht werden. Die Kollegen hatten überall Verstecke, total kreativ waren die, wenn es darum ging, Fusel zu verstecken. Die Truppe löste sich dann immer in Einzelgruppen auf.

„Kommt mal. Wir werden mal sehen, ob der Kuchen schon soweit ist."

Kuchen, spukte es in meinem Kopf, was soll das sein? Ich befand mich jetzt in einer dieser Gruppen, die sich aufmachte, um zu schauen, was der Kuchen macht. Die Reise ging über Schutthaufen, anschließend über Gebüsche und endete auf dem Schrottplatz. Dort stand abgetarnt eine alte Kochhexe, uraltes Ding, aus Kaisers Zeiten. Ich versuchte irgendetwas zu entdecken, das auf einen Backvorgang schließen lassen würde, zum Beispiel Rauch. Wir kamen bei der Hexe an, die eindeutig kalt war. Alle standen andächtig um die Hexe, dann klatschte ein Kollege in die Hände und rieb sie sich. Er lächelte, ging auf die Röhre zu, fasste an den Griff und zuckte zurück.

„Aua! Ist das heiß!", simulierte er.

Er machte die Röhre auf und holte einen *Blauen Würger* raus oder *Vierzehn-Fünfzig, Juwel Klarer*, genannt. Er hielt ihn hoch und zeigte den Kuchen in die Runde. Man sah die Alkoholikeraugen funkeln. Ein Raunen ging um. Das hatte schon was Zeremonielles.

„So, Leute. Ick wer ma probiern", er nahm einen Schluck. „Hömm. Der is no ni soweit", und stellte den Kuchen wieder rein. Jetzt wurden die Alkoholiker nervös.

„Ey. Lass mir ma probiern!" „Mir och!", hörte ich es von allen Seiten.

„Ja ja, ist ja schon gut. Ihr könnt natürlich auch probieren", und er gab den Kuchen rum.

Alle probierten und gaben ihren Kommentar dazu ab: „Also ick finde, der is soweit."

„Ne, der muss no", sagte ein Anderer. Das ging so lange bis ich an der Reihe war. Die Runde war jetzt fröhlich geworden, die Andacht war vorbei und es war laut geworden.

„Hier haste!"

„Nee, danke! Ich bin Antialkoholiker."

„Watt haste eben jesacht? Hab dir von da hinten ni vastanden." Ich wiederholte.

„Ey, hört ma alle!", rief der Typ. „Der hier säuft ni. Sacht, dass er Antialkoholiker is." Sofort herrschte Ruhe in der Runde, man hätte eine Maus pissen hören können. Einer fing an: „Watt is´n ditte? Antialkoholiker, mein ick?" – „Ganz einfach, ich trinke keinen Alkohol." – „Sowat jibt´dit och? Dit hab ick ja no nie jehört?" Ein Anderer: „Biste krank oder sowat?" – „Nein." Jetzt entbrannte eine Diskussion in den Reihen: „Du horch ma, wir sind hier uff´m Bau, da musste hier ma mit anfangen. Dit hat ja och wat mit Kamaradschaft zu tun, wa. Dit verstehste do, oder?"

Der Redner hielt mir die Flasche hin und alle anderen schauten mich an. „Nein, danke“, war meine Reaktion.

„Du horch ma, biste ′n Anscheißer oder sowat?“ - „Nee, ich bin kein Anscheißer. Es ist für euch vielleicht nicht nachvollziehbar, aber ich habe es in meiner Kindheit mit dem Alkohol übertrieben.“

„Wat′n und deswejen säufste ni mehr?“ – „Genau“, antwortete ich.

„Mann, dit is ja Wahnsinn. Dit is do schon so lange her, musst do zwischendurch schon ma Durscht jehabt haben. So hart kann do keener zu sich selbst sein. Hier, komma!“

„Nu lass en do“, hörte ich es von der anderen Seite. „Wenn′a nu ne will. Ham wir do mehr. Is do och ne schlecht, oda?“

„Ja, genau“, sagte ich.

„Na jut, aber ick hab jetzt nen Ore uff dir.“ Die Runde wurde wieder fröhlich und ruck, zuck war der Kuchen aufgegessen. Ich stand außen vor, wirklich wie ein Außenbetrachter. Ein alter Maurer kam auf mich zu und sagte: „Mein lieber Freund, da kannste uns ma gleich beweisen, ob de nen Anscheißer bist oder ne. Hast bestimmt mitjekriecht, der Kuchen is alle jeworden. Hier haste Jelt, hol man en Neuen vom Konsum.“

Ich, Rucksack drüber, rauf auf das Moped und zum Konsum gefahren. Die Maurer freuten sich über den neuen Kuchen. Der war nur angebacken, also schnell in die Röhre damit. In den Pausen saß ich wie gewöhnlich abseits, alleine, Außenseiter eben und das schon immer, egal wo ich arbeitete. Aber jetzt kam einer der Alkoholiker auf mich zu, mit seiner Stulle in der Hand und setzte sich neben mich: „Ick bin Fritze. Horch ma, mach ma die Mischung erst nen bisschen dünner, denn spritzt der Mischer ni so und denn mit Sand zum Schluss dicker machen. Dit is besser, verstehste?" – „Ja, vielen Dank."

Er blieb sitzen und aß mit mir zusammen Frühstück. Es schien sich niemand daran zu stören. Was war denn jetzt los? Gerade als ich mir diese Frage stellte, erzählte Fritze weiter. „Wo kommst´n her?"

Ey, will der mich kennenlernen?

„Ich komme eigentlich aus Hohenwutzen, von der Insel, wohne aber jetzt in Neulietze."

„Ick komme aus Olle Ranft."

Immer noch alles harmonisch, keiner störte sich dran, dass Fritze bei mir saß. Ich wusste gar nicht genau, wie ich damit umgehen soll. „Ja, Ranft, hm, war schon öfter auf Disco da."

„Bei Essers meinste." – „Ja." – „Die Sau bescheißt mir immer, gloob ick. Immer wenn ick dahin jehe, hab ick keen Jelt mehr. Du pass ma uff, wenn ick die Ecke dahinten fertig habe, kann ick dir helfen kommen. Watt du da machst, is sowieso zu fille für Eenen."

Mein Kopf ratterte. Hatte ich jetzt einen Kumpel? Die Pause war vorbei, Fritze ging an seine Ecke und ich ging an meinen Mischer und dachte bei mir: ‚Der kommt nicht, um mir zu helfen.' Ich, voll in meine Arbeit vertieft, rannte dorthin, brachte Kalk, rannte dahin, brachte Steine, rannte woanders hin, brachte Stürze, kam zurück zum Mischer, um eine neue Mischung zu machen. Ich traute meinen Augen nicht, Fritze Henschke stand am Mischer und hatte schon eine Mischung fertiggemacht. Wahnsinn! Ich muss einen komischen Blick draufgehabt haben, als Fritze mich anschaute und mir befahl, die Karre unter den Mischer zu stellen. „Komm unter mit deiner Karre! Die kannste Gertchen bringen!"

„Ja, mach ich. Ja, hm", sagte ich verstört und stand verdattert vor ihm. Er drehte sich um: „Na jut, denn ma los. Uff wat warteste denn no?"

Mit einem Lächeln auf den Lippen ging ich los. Mann, war das ein Gefühl, ein vollkommen neues Gefühl. Der erste Mensch, der nicht auf mir rumhackte, mir stattdessen sogar half, aus freien Stücken. Jetzt musste kein Maurer mehr auf irgendetwas warten und ich musste nicht mehr rennen. Eine völlig neue Situation. Keiner meckerte mehr, dass die Mischung zu dünn sei, weil jeder Fritze am Mischer stehen sah. Der Tag war schön, mit entsprechender Laune kam ich zu Hause an. Tante Else bemerkte das gleich.

„Ich hab dir ja gesagt, dass alles gut wird. Veit komm mal mit raus, ich muss dir was zeigen."

Wir gingen zum Stall rüber.

„Die *LPG* hat mir zwei Ferkel gebracht. Veit, ist das nicht schön?"

„Na klar", antwortete ich.

„Eins geben wir ab und eins kann uns Klaus schlachten“, erzählte Tante Else weiter.

Das tut gut, mal einen richtig guten Tag zu haben.

Heidi denkt um

Heidi pisste immer noch an meine Tür und knurrte mich an, wenn ich mit ihm alleine war. Er duldete mich noch nicht, obwohl ich mindestens schon ein Jahr da war. Abends gab es immer das gleiche Schauspiel:

„Na, Heidi, das war ein harter Tag heute, was?“

„Wau, hu, hu, wa, hu.“, antwortete er dann immer.

„Heidi, ich glaub hinter dem Ofen ist eine Maus.“

Heidi rannte sofort zum Ofen, wechselte von einer Seite zur anderen. Tante Else mit einem Feuerhaken bewaffnet, stocherte in den Ecken. Ich aß und sah mir das Treiben an. ‚Interessantes Fernsehprogramm heute‘, dachte ich mir gerade, als es auch sofort spannend wurde. Die Maus fing an zu piepen. Ich legte die Stulle hin, jetzt bedrängten Tante Else und Heidi die Maus. Ich hatte das Gefühl, dass die Maus ihre Nerven verlor. Auf jeden Fall spannend, der Film. Mit Vollgas, mit allem, was drin ist in so einer Maus, flüchtete die in Richtung Bett. Tante Else schmiss den Feuerhaken nach dem Tier, der Streifen entwickelte sich zum Actionfilm. Heidi einmal um den Tisch rum. War das spannend. Die Maus schlug einen Haken, aber Tante Else und Heidi kreisten die Maus ein. Das Tierchen rannte unter den Tisch. Ich, zack, die Beine hoch aus Reflex, zack, der Hund unter meinen Beinen durch. Tante Else stand wie ein Torhüter am Bett, immer von einem Bein auf das andere. Die Maus nahm neuen Anlauf. Tante Else zog den Hausschuh aus, kniete sofort auf dem Boden und klatschte immer hinter der Maus mit dem Tüffel. Die Maus war schnell, sie schlug wieder einen Haken und sprang über den Tüffel. Ich hätte nie für möglich gehalten, was in so einer kleinen Maus alles drin steckt. Ich fing schon an, auf die Maus zu wetten, als Heidi, der oben wie ein Mäusebussard auf ihrem Baum, auf dem Bett stand, die Maus anvisierte und... Sprung. Treffer! Heidi hatte die Maus und fraß sie auch gleich. Geiler Film, echt.

Heidi sei niemals abgehauen, hatte mir Tante Else erklärt, selbst wenn eine Hündin im Dorf läufig war. Immer sei er die Philippsberggrenzen lang geschnürt und wieder zurückgekommen. Und wirklich, wenn ich zur Oder spazierte, folgte er mir bis zum Brieseberg, dem Nachbargrundstück, und zack, wie angenagelt ging er keinen Schritt weiter. Ich konnte locken soviel ich wollte. Irgendwann drehte er um und lief nach Hause.

Es passierte dann aber doch einmal. Der Hund widerstand der Natur nicht und flehmte Richtung Altlietzegöricker Loos. Bei Sanders oder weiß ich wo, gab es eine läufige Hündin. Ich kam gerade von der Oder zurück, da hörte ich Tante Else nach Heidi rufen, periodisch immer im gleichen Abstand. Höhe Altlietzegöricker Straße sah ich Heidi, wie er die Straße runterkam, Richtung Heimat. Im Gegensatz zu Tante Else hatte ich dafür Verständnis und rief den Hund. Diesmal hörte er sogar auf mich und kam.

„Na, alter Freund, jetzt gibt es bestimmt langen Hafer, wenn wir nach Hause kommen, was?"

Der Köter schien jedes Wort zu verstehen und er antwortete – ist ja klar. Er druckste rum, machte sich klein, ging auf und ab, als ob er überlegte, was jetzt zu tun sei.

„Komm mal schön hier bei Fuß", sagte ich zu Heidi und er gehorchte, frei nach dem Motto, Augen zu und durch. Tante Else stand auf dem Fährweg und rief lauthals Richtung Dorf. Wir beide, Heidi und ich, kamen von hinten auf sie zu. Sie bemerkte es nicht, so beschäftigt war sie mit rufen und schimpfen.

„Heidi ist hier", sagte ich und sah, wie die Frau vor Schreck zusammenzuckte.

Sie fixierte den Hund mit ihren Augen, mit einem Blick, den ich bei ihr noch nie gesehen hatte. Sie hatte einen Stock in der Hand, den Heidi die ganze Zeit ansah. Er machte sich bereit für eine Tracht Prügel. Er legte sich vor Tante Else, den Kopf auf die Pfote gesenkt, wobei sein Blick sich entschuldigte. Blitzschnell hatte Tante Else den Hund am Kragen gepackt und holte aus. Ich hielt den Stock fest und lächelte die Frau an und sagte: „Tante Else, ich war mit dem Hund spazieren." Sie darauf: „Wie? Was?" – „Der Hund war die ganze Zeit über bei mir." – „Wo wart ihr denn?" – „Wir sind über den Acker am Brieseberg vorbei." – „Ja. Hm. Na dann", ihr Blick klärte sich auf, „Dann ist ja alles in Ordnung."

Heidi verstand nur Bahnhof. Er schaute mich an und verstand nichts. Erst nach einem kurzen Moment kam er auf meine Seite und wackelte mit dem Schwanz. Nach dem Motto, schau mal Frauchen, hier mein neuer Freund.

„Mann, ich habe gedacht, du bist abgehauen, Heidi. Aber das ist ja schön, dass du mit Veit zusammen spazieren gehst. Es wird ja auch mal Zeit. Komm her, mein Hundchen, lass dich knuddeln."

Da kniete Tante Else und drückte Heidi an sich und Heidi erzählte ihr dabei was. Ein schöner Anblick war das mit den beiden.

Tante Else und Heidi, die beiden waren schon ein Team. Es war ein Wochenende, ich saß mit Tante Else und Heidi auf der Treppe.

„Veit, was wollen wir Samstag essen?"

„Mir egal", antwortete ich. „Kartoffelpuffer vielleicht?" – „Aber wir haben kein Apfelmus mehr." - „Hm..." – „Ist noch HackeRalf da? Dann mache ich uns Buletten." – „Ne, der ist alle", antwortete ich, „der ist weg, der ist bei mir schon einmal durch." – „Hm. Na klar! Huhn!", rief Tante Else und Heidi spitzte bei diesem Wort sofort die Ohren.

Tante Elses Blick ging zu Heidi, der sogleich aufsprang. „Heidi, hol uns mal ein Huhn und zwar…", sie zeigte mit dem Finger auf ein Huhn, „Das da!“ Sie blickte mich an und sagte: „Die Alte kommt nicht mehr aus der Mauser raus, die kann weg.“

Heidi, wie ein Blitz los, die Hühner barsten auseinander, Heidi machte das, was er immer am Anfang probierte, er holte den Hahn, weil er den Hahn nicht leiden konnte.

„Nein, Heidi. Lass den Hahn in Ruhe!“

Der Hahn beschwerte sich auch lautstark über diesen Zwischenfall und zog arrogant ab. Heidi fing das Huhn, auf das Tante Else gezeigt hatte. Immer wieder ein Erlebnis.

Genauso ein Erlebnis: Wie schnell Tante Else ein Mittag fertig hatte. Unter einer halben Stunde immer. Die Kochmaschine wurde zum Schmiedefeuer, da konnte man ein Eisen bis zur Schwitze bekommen, so bestückte Tante Else die Maschine. Die Frau fasste die fast rot glühenden Ringe mit bloßen Händen an. Es zischte dann und der Geruch verbrannter Haut stieg auf sowie Tante Elses Fluchen: „Aua. Ist das heiß!“

Die Küche hatte auch ein bisschen Ähnlichkeit mit einer Schmiede, weil sie komplett geschwärzt war vom Ruß. Die Ofenringe wurden so aufgebaut, dass sich der Boden vom Topf in den Flammen befand. Es war demnach unmöglich, die Töpfe von außen zu säubern, die Geschirrhandtücher färbten sich dementsprechend dann auch schwarz. Also, eine halbe Stunde, alles fertig. Hauptgericht, Kartoffeln, Nachtisch und Kaffee.

Von dem Tag an, als ich Heidi aus der Patsche geholfen hatte, war Heidi mein Freund, oder besser gesagt, ich war sein neuer Freund; daran zu erkennen, dass er nicht mehr an meine Tür pisste und mich nicht mehr anknurrte, wenn wir mal alleine waren. Wir bauten eine Beziehung auf und somit waren wir jetzt ein Dreierteam. Irgendwann verstand ich es auch, mit Heidi zu reden.

Die Abrichte

Ich ekelte mich nicht mehr davor, zur Arbeit zu fahren, denn mein Freundeskreis erweiterte sich. Es kam der stille, in sich gekehrte Gertchen Fuge auf mich zu und stand mir ebenfalls mit Rat und Tat zur Seite. Er war auch aus Altranft, genau wie Franz und auch Ulf Pepenfuß, ein älterer Tischler, der keine Ambitionen hatte für dieses Gewerk und lieber bei den Maurern rumkrauchte. Ulf war falsch, ich traute ihm nie, ging ihm lieber aus dem Weg. Alle drei Altranfter waren Alkoholiker. Am schlimmsten erkrankte Fritze, der auch bei 30 °C fror. Für mich ein gewohntes Bild, wie die Truppenteile mit ihren Entzugserscheinungen, frühmorgens, total neben den Schuhen nervös und angespannt dastanden und erst nach dem ersten Schluck wieder ihre innerliche Ruhe fanden. Unser Meister Schester holte die Leute ab und brachte sie abends nach Hause, wenn sie auf dem Hof oder in der Nähe arbeiteten. Schester war immer zu spät dran, machte das aber durch hastiges Fahren wieder gut. Er fuhr wie ein Rennfahrer. Kam an, oft mit heißen Bremsmanövern und die Suffis stiegen aus, wie die Küken aus einer Brutmaschine. Den Kopf gesenkt, alles drehte sich im Magen und Fritze fror, regelrechten Schüttelfrost hatte der manchmal. So kamen bei uns auf der Insel die Küken aus der Brutmaschine, wobei da auch immer ein, zwei „Henschkes" mit dabei waren, die genauso zitterten. Die Küken guckten genauso aus der Wäsche, wie man so schön zu sagen pflegt. Wirklich niedlich sah das immer aus. Die sind auch wie die Küken immer auf der Stelle getrampelt oder kleine Kreise gelaufen. Ehrlich, genau wie die Küken. Wenn Schester seine Küken auslud, kreisten die so lange, bis einer den *Blauen Würger* rausholte. Keiner sagte etwas, jedenfalls nicht deutlich, eher ein Gemurmel konnte man hören, wie Küken, die belangloses Zeug piepen. Dann folgte der erste Schluck und man sah Alkoholikeraugen. Gar nicht lange, zwei, drei Minuten nach der Einnahme der Arznei, verließen die Maurer das Stadium des Kükendaseins und verwandelten sich in Menschen. Etwas Metamorphes hatte das. Jetzt konnte man richtige Worte, zusammenhängende Sätze vernehmen. Die Herumtrampelei hörte auf, keiner lief mehr Kreise. Es gab endlich Blickkontakt. Für mich immer wieder Kino.

Wir hatten noch einen Tischler im Betrieb, der ebenso keine Lust aufs Tischlern hatte. Das war Franz

Piepling aus Altreetz. Der wollte eigentlich lieber Kraftfahrer sein und fuhr eine *LO*-Pritsche. Ich als Hucker hasste den *LO*, weil das eine Geländeausführung war. Dieses hochbeinige Gefährt zu beladen, natürlich nur von Hand, egal ob Schutt, Sand oder Ziegel und dann alles wieder abladen, das war nicht schön. Jedenfalls gab es auf dem Betrieb eine Tischlerei mit einer Grundausstattung an Maschinen, die meisten noch aus Kaisers Zeiten. Manchmal mussten entweder Ulf oder Fritze da rein um zu tischlern. Es gab eigentlich immer was zu tischlern, aber beide hatten einfach keinen Bock darauf. Egal. Ulf kam auf mich zu und sagte:

„Du horch ma, du sollst mir in´ner Tischlerei helfen.“ „Ja, gerne“, antwortete ich und schloss mich ihm an.

In der Tischlerei angekommen, sagte Ulf: „Wir müssen Treppenstufen bauen aus Hartholz.“

Wir sägten Bohlen zurecht, danach legte Ulf, ähnlich wie bei meiner Kreissäge zu Hause, den Riemen auf die Orgel, einen langen Flachriemen auf den Motor und wir fingen an, die Bohlen abzurichten. Das Ungetüm, noch mit Vierkantwelle und Messern, die mit Sternschrauben befestigt waren, fing an zu singen. Ulf schob die Bohlen durch und ich nahm sie hinten am Abnahmetisch ab. Da geschah etwas Komisches. Die Erde bebte, das Ungetüm schien regelrecht zu explodieren, Ulf brach zusammen, wie in einem Kriegsfilm. Ich sah noch, wie er sich mit beiden Händen an die Brust gefasst hatte bevor er zusammenbrach. Alles im Bruchteil von Sekunden, ebenfalls wie im Kriegsfilm ging ich in Stellung und schmiss mich hin. Ich schaute nach links und überlegte wie ich an den Schalter gelange könnte ohne mich dabei zu verletzen. Es knallte und donnerte aus allen Richtungen. Der Putz fiel ab, somit staubte es und es roch nach Kalk. In dem Moment rutschte der Riemen von der Orgel. Es herrschte Stille. In dieser Stille hörte ich jemanden stöhnen. Ich kam auf die Beine, es offenbarte sich ein skurriles Bild. Die Abrichte, beide Tische zerbrochen, die Welle stand mit rausgerissenem Lagerbock schräg im Raum, wobei ein Messer fehlte. Das, zusammen mit den Sternschrauben, müssen die Geschosse gewesen sein, die ich durch den Raum hatte pfeifen hören. Das war so laut gewesen, dass mir die Ohren piepten. Ich sah Ulf auf dem Rücken liegen, er wälzte sich hin und her, stöhnte dabei. Ich kniete mich hin: „Ulf, was ist los?"

Er schaute mich an und ich sah, dass der Mann einen Schock hatte, ansonsten konnte ich, bis auf ein paar kleine Kratzer im Gesicht, nichts Schlimmes sehen. Ich rannte los um Hilfe zu holen. Auf dem Weg dachte ich darüber nach, warum Ulf so abrupt zusammengebrochen war, irgendwas musste da doch passiert sein. Im Büro angekommen, meldete ich den Unfall und alle rannten mit mir zusammen raus. Ulf kniete in der Werkstatt und hatte beide Hände an der Brust. Er stöhnte. Stürmer kniete sich vor ihn und fragte, was er denn habe. Ulf schüttelte den Kopf, sagte nichts, ließ sich hochhelfen und ging raus. Alle standen in der zerschossenen Werkstatt und staunten. Währenddessen stand ich schon vor Ulf und fragte nochmals nach, was ihm denn wehtue. Er schüttelte wieder mit dem Kopf.

„Komm mal", sagte ich. „Lass mal sehen!"

Widerwillig ließ er mich nachsehen. Ich knöpfte seine Jacke und sein Hemd auf. Unter dem Unterhemd entdeckte ich einen großen Bluterguss. Was soll das sein? Wo kommt das her? Ich ging kriminalistisch vor. Ich bemerkte, dass die Brieftasche beschädigt worden war. Als ich die Jacke langsam zumachte, sah ich, dass genau dort, wo sich die Brieftasche befand, auch der Bluterguss war. Ich ließ den Film in Zeitlupe ablaufen.

„Ich hab's!", sagte ich. „Du wurdest getroffen, vielleicht von einer Sternmutter, und zwar genau auf deine Brieftasche. Ulf, deine Brieftasche hat dir eben das Leben gerettet. Ähnlich wie bei unserem König, dem die Tabakdose im Felde das Leben gerettet hat."

Ulf war immer noch nicht voll da, schaute mich ungläubig an: „Was hast du da eben gesagt?" – „Ulf, ich habe gesehen, wie du umgefallen bist. Das war kein normales Hinfallen, da hat irgendwas nachgeholfen."

Jetzt blickte er überrascht aus der Wäsche: „Ja… Veit, Mensch, Veit, dit is it." Er holte seine Brieftasche raus und befühlte sich die darunterliegende Wunde. „Na Mann, dit is ja wohl 'n Ding. Da hab ick ja wohl ma richtich Glück jehabt, wa?"

„Jau!", antwortete ich.

Die Leute kamen alle aus der Werkstatt und Ulf erzählte denen was passiert war. Er schien erleichtert zu sein, denn bis eben hatte er sich das nicht erklären können. Stürmer stand neben mir: „Komm mal mit. Ich muss dir was zeigen."

Wir gingen in die Werkstatt, mein Chef zeigte mir die Einschläge von den Messerteilen. Einige waren Zentimetertief in das Mauerwerk eingedrungen. „Das ist nicht gesund, wenn man so was abbekommt", sagte Stürmer. „Na ja", antwortete ich, „Ulf hat was abbekommen, aber er hatte Glück im Unglück." Ich erzählte ihm die eben frisch zusammengereimte Story. „Mann, Mann. Da haben wir alle noch mal Glück gehabt. Gar nicht auszudenken, was euch hätte passieren können. Sag mal, wie konnte denn das überhaupt passieren? Was denkst du?"

„Ich hab keine Ahnung. Das ist nicht mein Fachgebiet", antwortete ich. „Ja ja. Na klar, stimmt schon."

So standen wir eine Weile da und sahen auf die zerborstene Maschine, da drehte er sich zu mir um und sagte: Ich hab eine Idee. Ich werde mal bei Schornow anrufen. Das ist der Tischler, dem die Maschine mal gehört hat. Wenn der kommt, müsst ihr beide, du und Ulf, da sein, falls der irgendwelche Fragen haben sollte."

„Na klar", sagte ich und ging raus.

Keine halbe Stunde später, kam ein *353er Wartburg* auf den Hof gefahren. Ein älterer Mann mit Brille stieg aus und humpelte uns entgegen.

„Das ist der Altmeister Hartwin Schornow“, sagte Stürmer zu mir. „Hol mal Ulf her!“

Allen anderen rief er zu: „So, ihr alle, wieder an die Arbeit!“

Ich holte Ulf, der nicht sehr erfreut schien über die Anwesenheit des Altmeisters. Der humpelte auf ihn zu: „Tag, Ulf! Was ist denn passiert, dass Stürmer so aufgeregt ist?“

„Na ja“, stotterte Ulf. „Die Abrichte.“ – „Was ist mit der Abrichte? Komm zeig mal!“ Wir gingen in die Werkstatt. Der Altmeister stand plötzlich wie versteinert in der Tür: „Um Gottes Willen, das ist doch unmöglich!“

Er bewegte sich nicht, stand nur da und starrte ununterbrochen auf die Maschine. Das war unheimlich, wie er da so starrte, total versteinert, das Gesicht voller Trauer. Er verharrte lange in dieser Position. Ulf und ich waren verunsichert. Es wurde noch unheimlicher. Der Mann in der Tür beugte sich nach vorn und stützte sich mit beiden Händen auf den Knien ab, den Kopf gesenkt. Man konnte das Gesicht nicht mehr sehen, aber man hörte den Mann weinen. Ich wusste gar nicht was los war und um was es hier ging. Das alles ging eine gefühlte Ewigkeit so. Ulf und ich schauten uns ratlos an. Der Mann kam zu sich, man sah, wie er sich dazu zwingen musste. Er nahm seine Krücke, die er am Bein abgestellt hatte und humpelte zur Abrichte. Er schaute mich an und fragte: „Wer bist du, Junge?“

„Veit, aus Neulietze.“

Er fasste mich an der Schulter, zog mich nach unten und sagte: „Du, unten am Aufnahmetisch muss ein Messingschild sein." Ich kniete mich hin und suchte am Untertisch. Tatsächlich. Da befand sich ein Schild.

„Hier, nimm mal den Lappen und wisch mal das Schild sauber. Ich werde dir jetzt erzählen, was da drauf steht. Da steht: Maschinenfabrik Erich Mustermann, Bad Freienwalde, Straße sowieso, Spezialanfertigung 1898", der Altmeister holte tief Luft und begann zu erzählen. „Ich bin die dritte Generation von Tischlern. Mein Vater, Georg, war der Erste, der mit modernen Maschinen anfing. Zuerst mit Pferden angetrieben über einen Göpel. Bis wir dann 1915 Strom bekamen, und somit einen Motor. Solange arbeiteten wir von Hand aus. Kannst du dir vorstellen Junge, was das auf einmal für ein Luxus war, Stücke auf dieser Maschine zu bearbeiten? Was für eine Schnelligkeit, was für eine Qualität? Da lagen Welten zwischen. Und wenn wir Junggesellen mal ein bisschen mehr Span einstellten, machte der Alte, mein Vater Georg, den Hauptschalter aus und sagte zu uns, dass wir noch lernen müssten vernünftig mit Maschinen umzugehen. Eine Woche lang haben wir dann wieder die Raubank rausholen müssen. Weißt du Junge, diese Maschine da ist ein Teil meines Lebens. Diese Maschine verbesserte mein Leben."

Mit zitternder Hand berührte er die Leiche, ganz wehmütig. Er beerdigte einen Freund. Mit beiden Händen streichelte er die Maschine schließlich und war dabei sehr andächtig. Ich bekam regelrecht einen Schreck, als Hartwin, der Altmeister, anfing Fragen zu stellen: „Ulf, was ist passiert?“ – „Ick weeß och ne. Wir ha´m Stufen abjerichtet.“ – „Zeig mir die letzte Stufe!“ Inmitten der Trümmer suchten wir die letzte Stufe. „Hier!“, sagte Ulf. „Hier is´se!“ – „Leg mal hier hin. Ah. Weißbuche, wie? Weißt du, was es heißt Weißbuche mit der Raubank zu bearbeiten, Junge?“

„Nein“, meine Antwort. „Na ja, das geht so schwer, dass auch eine Maschine ins Schwitzen kommen kann und vor allem wenn man die Maschine nicht richtig einstellt.“ Während er diesen Satz sagte, sah er sehr ernst zu Ulf rüber. Der, ganz aufgeregt, versuchte sich zu verteidigen: „Ick kann da nischt für, dass dit Ding ´n Arsch hochjemacht hat.“ – „Ulf, wenn ich mir ansehe, was für einen Span du eingestellt hast, dann würde ich annehmen, du bearbeitest Kiefer.“

Bumm, das Ding hatte gesessen. Ulf sagte kein Ton mehr, er wandte sich von Hartwin ab, drehte sich um und schaute aus dem Fenster. „Ulf, sag mal, hast du nicht Tischler gelernt? Diesen schönen Beruf des Tischlers?“

Keine Antwort.

Nach einer Weile erzählte Hartwin weiter: „Und jetzt machst du mit Kalk rum. Kann ich überhaupt nicht verstehen, kann ich das. Junge, besorg mir mal einen 24er und einen 19er Schlüssel!“ Ich glaubte zu spinnen. Der alte Mann fing an, an der Maschine rumzubauen. Warum? Ich schaute mir das Treiben an und dachte: Warum?

Im Raum war eine Mischung aus Gemurmel und Klappern des Werkzeuges zu hören. Ich ging zu Ulf, der dicht am Fenster stand. „Was macht der da?", fragte ich ihn, hinter ihm stehend. Er zuckte nur mit der Schulter, sagte keinen Ton. Auf einmal ertönte von hinten ein Aha. „Aha, das habe ich mir gedacht. Kommt mal beide her."

Ulf machte keine Anstalten, seinen Platz zu verlassen. So ging ich allein zu Hartwin. „Sieh mal, Junge", sagte er zu mir, als ich dann neben ihm stand, „siehst du das?" – „Was soll ich sehen?"– „Wie viele Millimeter soll eine Lippe vom Abnahmetisch haben?" – „Weiß ich nicht. Ich bin der Hucker." – „Na ja, ich werde es dir sagen. Acht Millimeter sind gut. Das hier sind mehr als zwanzig! Das hätte man nachstellen müssen, hätte man das. Ich verstehe das alles nicht. Da stehen Kalkaffen an hochwertigen Maschinen und zerstören die vorsätzlich, so machen die das."

Um hier in diesem Raum ein bisschen Spannung rauszubekommen, fragte ich den Altmeister, was die Maschine überhaupt hier zu suchen habe. Eine spannende Geschichte ist das nämlich. Er fing an zu erzählen: „Ich bin aus dem Krieg wiedergekommen und hier herrschte der Sozialismus. Im Sozialismus gibt es kein Privateigentum an Produktionsmitteln, wie es zum Beispiel diese Abrichte ist." Die Geschichte war lang, aber spannend, um sie ein bisschen abzukürzen: Hartwin wurde gezwungen, in eine *PGH* einzutreten und da war die Maschine weg.

Er hatte zudem wenig Einfluss auf seine Aufträge. „Ich hätte abhauen sollen. In den Westen, damals, hätte ich mal“, sagte er anschließend.

Später sah ich den Mann Richtung *Wartburg* humpeln. Er stieg ein und fuhr los. Ulf war erleichtert, dass der lästige Mann weg war. Er löste sich von seinem Fensterblick, den er wenigstens eine Stunde durchgezogen hatte, und kam auf mich zu: „Dit is'n Klugscheißer, wa?“ – „Du, sag mal Ulf, warum humpelt der Mann eigentlich?“ – „Schlimme Jeschichte. Eijentlich.“ und Ulf erzählte sie mir.

Hartwin war aus dem Krieg wiedergekommen und, was ganz selten damals vorkam, er war gesund wiedergekommen. Für Hartwin war es an der Zeit die Schäden zu beräumen und da jeder Handwerker auch ein bisschen Landwirtschaft betrieb, musste er auch die Ackerflächen säubern. Da passierte es, Hartwin trat auf eine Mine. Der Unterschenkel war sofort weg. Tolle Sache, ein Tischler mit nur einem Bein. Er baute psychisch ab und therapierte sich selbst, indem er Standuhren reparierte. Das funktioniert auch im Sitzen. Und weil ein Übel selten alleine kommt, passierte das mit der indirekten Enteignung auch noch. Doch Hartwin päppelte den Betrieb wieder auf. Richtig mit Gesellen, irgendwann durfte er wieder selber Aufträge annehmen. So hatte er, gerade im Sozialismus, eine gute Stellung. Hartwin war geschäftstüchtig und demnach ging es ihm und seiner Familie gut.

Später, als ich abermals den Werkstoff wechselte, sollte Hartwin mein Freund und Gönner werden.

Allein und doch nicht allein

Endlich war es soweit, Veit begann an den Philippsberg aufzubauen. Ich machte eine Ansage bei meinen Freunden, die mich allwöchentlich an den Wochenenden besuchten. Meine Oma war schon eingetroffen, um zu helfen, auch Tante Else war gefechtsbereit. Jetzt konnte es losgehen. Von den zehn, fünfzehn Leuten, die immer an den Wochenenden den Fährweg runterkamen, um bei Musik am Lagerfeuer zu sitzen und sich so richtig satt zu essen, kamen genau zwei Mann und die kamen auch nur einmal, dann nie wieder. Das veränderte mein Leben und ich fand zurück zu meinen Wurzeln: Menschen taugen nichts, sie wollen nur Böses, man geht ihnen besser aus dem Weg. Ich musste mit mir selbst klarkommen, denn die neue Situation warf mich aus dem Konzept. Es ist illusorisch mit zwei Mädels aus der Kaiserzeit ein 300 m²-Dach anzugehen. Ich fiel in ein Loch, ich war im Arsch. Es waren Sibbo und meine Band, die mir dann doch halfen. Die Band nur an den Wochenenden, aber sie kamen. Sibbo, Burki und Tante Else saßen jeden Tag neben mir auf dem Dach. Meine Oma war Bodenpersonal, die immer kontinuierlich den

Dreck, den wir machten, vom Boden wegräumte, immer. Das war eine wirkliche Hilfe. Wenn wir am Wochenende mal ein bisschen ausschlafen wollten, war es meine Oma, die uns mit Lärm weckte. So schmiss sie zum Beispiel Schutt auf den Hänger, immer schön auf den Blechboden, wo es richtig knallte. Dennoch ging es nicht voran. Es waren zu viele Arbeiten, die parallel liefen, die man gar nicht so auf dem Sender hatte. Man fährt sich regelrecht fest, man knautscht auf der Stelle. Meine Motivation fiel stark ab und ich riss meine treuen Freunde, die mir zu Seite standen, mit.

Als Beispiel, die Lattenwiedergewinnung. Das Haus hatte auf jeder Seite nur einen Lattenstoß. Das muss man sich mal vorstellen, zehn Meter lange Dachlatten! Wir hatten die Idee, die Lattung in dieser Länge zu retten. War natürlich nicht zu schaffen, aber wir hatten alle von solchen Sachen keine Ahnung. Wir verplemperten Zeit ohne Ende. Dementsprechend schlecht war meine Laune und ich saß oft mit Tante Else auf dem Dach. Oma immer fleißig als Bodenpersonal.

Übrigens, die Beiden, die nur einmal kamen, haben mich die ganze Zeit, also ein Wochenende lang, überreden wollen aufzugeben. Wir saßen auf diesem Riesendach, schmissen Bieber runter und es kam uns so vor als ob das Dach immer größer wurde.

Einen richtigen Hänger bekam ich, als wir die Latten einfach nicht auf den Sparren festbekamen. Ich kam von der Arbeit und fuhr bei Fridolin ran, ich weiß nicht warum. Gustav stand da, Fridolins Vater. Gotthard war ein dicker Mann mit einem runden Kopf und einem freundlichen Gesicht. Dieses freundliche Gesicht sah mich an und sagte:

„Na, was ist los Veit? Warum lässt du die Ohren so hängen?"

„Ich schaff das nicht mit dem Dach. Es ist ausweglos", antwortete ich. „Warum?", hakte Gustav nach. „Ich bekomme zum Beispiel die Dachlatten nicht fest. Ich glaube der Dachstuhl ist auch hinüber." – „Was hast du denn für Nägel?" – „Hunderter", antwortete ich. Der dicke Mann verschwand mit dem Kommentar: „Warte mal!"

Ich stand griesgrämig bei ihm auf dem Hof rum. Er kam, etwas in der Hand haltend, wieder. „Hier nimm! Dein Dachstuhl ist nicht hinüber, bei den Sparren sind es immer nur die ersten Zentimeter, die durch sind, danach ist alles wieder gut. Du musst hundertzwanziger nehmen, dann geht's." Er nahm mich zur Seite: „Pass mal auf, Veit, wenn du das nicht schaffst, dann schafft es keiner." Ich war total überrascht und muss dementsprechend aus der Wäsche geguckt haben, als ich ihn ansah. Er hielt dem Blick stand, misstrauisch, nach dem Motto: Vielleicht habe ich mich eben doch zu weit aus dem Fenster gelehnt.

„Es ist ein Gefühl", sagte er. „Mein Gefühl sagt mir, dass du das schaffst." So hatte ich, außer Tante Else, noch jemanden im Dorf, der an mich glaubte. Ein tolles

Gefühl. Gustav hatte Recht, das ging ab wie Sau mit den Hundertzwanzigern. Manchmal bekam ich die gar nicht voll rein und schlug manche auf den letzten Zentimetern krumm. Gustav wurde mir ein wahrer Freund, der mir noch öfter mit Rat und Tat zur Seite stehen sollte.

‚Also wieder eine Sorge weniger‘, dachte ich, ‚wollen mal sehen, was jetzt kommt.‘ Und es kam etwas. Es kam so richtig. Ich legte die Traufe an, natürlich ohne Rüstung, schön über Kopf arbeitend, da sah ich wie die erste Reihe einen Diener machte, sich also neigte. Im nächsten Moment kam Staub von unten hoch. Dazwischen gab es ein dumpfes ‚Bumm'. Ich verstand nichts. Kletterte nach innen und rannte runter. Mir stockte der Atem. Ich konnte meinem Haus unters Röckchen schauen. Die Balkenköpfe lachten mich an. Es stand immer noch Staub wie Nebel auf dem Hof, es roch nach Kalk. Schemenhaft sah ich Tante Else neben mir stehen. Ich war wie versteinert.

„Veit, ich glaube der Sims ist runtergefallen“, sagte sie.

Ich fing an zu weinen, fühlte mich hilflos und alleingelassen von der Welt. Ich stand so bestimmt eine halbe Stunde, mein Gesicht in den Händen vergraben. Als ich die dann wegnahm und aufblickte war der Nebel verflogen und wie in einem Traum sah ich, gänzlich unbekümmert, die beiden Elses Ziegel abputzen und aufstapeln. War ich jetzt im Himmel? Alles fand in Zeitlupe statt. Ich ging ganz langsam hinüber zu den beiden Engeln, sah die Sonnenstrahlen im Restnebel. Die Frauen knieten, ich sah ihre Bewegungen verlangsamt. Wahrscheinlich ein Resultat meiner tränenunterlaufenen Augen. Ohne jegliche Reaktion seitens der Engel, kniete ich mich daneben und fing ebenfalls an Ziegel abzuputzen und aufzustapeln. „Wenn ich nicht im Himmel bin, dann muss es ein Traum sein, Veit." Ich sprach mit mir selbst. Ich konnte oder wollte die Frauen nicht hören, ich beobachtete nur ihre gleichmäßigen Bewegungen. Das ist Frieden. Dieser Ausdruck im Profil ihrer freundlichen Gesichter, die sich zunickten, zustimmten. Es gibt keine Probleme, die man nicht lösen kann. Das war die Lehre, die ich damals für mich ziehen konnte. Und die engelsähnlichen Frauen waren meine Lehrmeister. Alle beide hatten den ersten Weltkrieg, Hochwasser, Vertreibung, den zweiten Weltkrieg, Zerstörung und Gewalt erlebt, hatten stinkende, verweste Leichen vom Acker gezogen, um ihre Felder neu zu bestellen, sie hatten gehungert, gefroren, Krankheiten ertragen und was weiß ich noch alles. Was ist da schon ein runtergefallener Sims?

Vorübergehend im Maurerstand

Ich erhielt den Auftrag mit einer Maurertruppe in Zäckerick auf dem Loos am Schöpfwerk eine Laube an ein Wohnhaus anzubauen. Als wir mit dem Wohnhaus fertig waren, hieß das Ding bei uns das ‚Weiße Haus'. Tatsächlich konnte man es, obwohl es außerhalb des Dorfes lag, gut sehen im satten Hintergrundgrün des Oderbruchs. Hinter dem Haus, welches nah an der Oder lag, bildeten die Schachtlöcher die Kontrastfarbe. Das Haus war zum Schluss weiß vom Verputzen und wir schraubten noch ein Wellasbestdach drauf. Voilà, the White House from Zäckerick. In dem Haus wohnten zwei alleinstehende Frauen. Die eine hatte die Angewohnheit viel zu erzählen und immer schloss sie ihre Sätze mit: „Ja, nicht". Ungefähr so:

„Herr Templin, ich habe gehört Sie kommen von der Insel, ja, nicht. Ist schön da, ja, nicht. Das ist doch so, ja, nicht. Wissen Sie, ich war da schon ein paar Mal Eis essen, ja, nicht. Schmeckt hervorragend, ja, nicht. Ja, nicht, sagen Sie mal, Herr Templin, bei Kielerts das Eis, ja, nicht. Hervorragend, ja, nicht."

Mich strengte das immer sehr an, dieser Frau zuzuhören. Die andere Frau hatte einen Sohn, der viel mit dem Rattenfänger aus dem Dorf zusammen war.

Es war schon Herbst und es regnete oft. Der spezielle feine Landregen, feinste Tropfen, die sich tückisch durch die Sachen bohren. Dazu Nebelschwaden, düster, grau, modderkalt. Das ist das Wetter, bei dem ein Maurer den Bauwagen extra gut heizt und häuslicher wird. Das heißt, die Temperatur im Raum ist hoch, so hoch, dass die Kerzen im Bauwagen sich manchmal verbiegen.

In diesem künstlich geschaffenen Antiklima zum Oderbruchklima, bekam ein Maurer natürlich Extradurst. Diese Situation spitzte sich soweit zu, dass die Typen irgendwann gar nicht mehr aus den Bauwagen zu bekommen waren. Ich machte aus Langeweile ausgedehnte Spaziergänge an der Oder, fährtete in Willis Revier auch mal die eine oder andere Sau aus, aber der Tag war zu lang, um den ganzen Tag im Revier rumzukraxeln, denn ich musste schon in Sichtkontakt mit der Baustelle bleiben, falls der Chef kam. Das Los eines Antialkoholikers. Ich hatte die Aufgabe, Alarm zu schlagen, falls ich einen Mospiep (einen *Moskwitsch*) sah. Das ging dann immer richtig ab. Schnell den Fusel weg, die Maurer gerade hinstellen, ich hatte schon so meine Verantwortung.

Eines Tages analysierte ich Maurerverbände, Schicht für Schicht, vor allem Ecken und Anschläge waren interessant. Für mich ein spannendes neues Gebiet. Wir mauerten mit KS, Kalksandstein. KS-Steine ziehen schlecht, das heißt, es ist kein Problem mal ein paar Reihen, vor allem bei dem Wetter, aufzunehmen und danach wieder hoch zu mauern. Den Mörtel kratzte ich zurück in die Tuppe, machte ihn wieder weich, alles kein Problem, auch das Werkzeug lag überall rum. Die Technik, wie ein Maurer Mörtel auf die Kelle legt, hatte ich ja oft genug gesehen. Es war an der Zeit, das alles einfach mal zu üben. Das tat ich jetzt, in der Zeit, in der die Maurer ihr Antiklima genossen. Tag für Tag wurde ich geschickter und irgendwann passierte es. Es blieb nicht dabei, dass ich das, was ich aufnahm, wieder hochmauerte, nein, ich mauerte darüber hinweg. Die Maurer schnallten das gar nicht, so dicht waren die. Ich arbeitete, hatte die ganze Laube, so an die vier, fünf Schichten pro Tag mutterseelenallein hochgemauert, als ich den Mospiep sah. Ich rannte zum Bauwagen: „Alarm!"

Die Maurer total desillusioniert, mit den Köpfen auf dem Tisch, komplettes Programm. Das Licht war ausgegangen, weil das Wachs von den verbogenen Kerzen gelaufen war. Der Wagen stank dermaßen nach Fusel. Die Hälfte der Mannschaft bekam ich nicht hingestellt, die fielen immer wieder um. Das Maximum, das ich rausholen konnte war, dass die nicht mehr umfielen, dafür wackelten sie wie ein Baum bei Windstärke zehn. Den Fusel konnte ich auch noch verstecken. Dann war Stürmer da. Der stieg aus dem Auto aus, sah die total besoffenen Maurer in einer Reihe stehen, ziemlich wacklige Angelegenheit und fing sofort an zu brüllen:

„Das hat Konsequenzen! Ich sehe mir das nicht mehr länger an! Hier wird ja überhaupt nicht mehr gearbeitet. Ihr wart die letzten beiden Male noch nicht am Meterriss!"

Nun ja. Da ich kontinuierlich gemauert hatte, war ich über den Meterriss schon drüber hinweg. Stürmer fiel die Klappe runter, als er hinter der Stallecke vorkam und freien Blick auf die Baustelle hatte. Er war fassungslos. „Das ist doch nicht möglich", stammelte er.

Die Maurer, die noch in der Lage waren Reize zu

empfangen, wurden jetzt neugierig und wackelten auf Stürmer zu. Zack, denen fiel ebenfalls die Klappe runter. Ich sah die Typen, wie sie alle mit offenen Mündern rumstanden.

„Ja", sagte ich, „wir haben schon die letzten Tage was gemacht. Eigentlich haben wir richtig rangeklotzt, um das wieder aufzuholen. Den letzten Stand, meine ich", fügte ich noch hinzu.

Stürmer drehte sich zu mir um, immer noch den Mund offen. Er schaute mich an, fast schon ängstlich. Sein Mund ging zu, er kehrte zurück zum Auto und fuhr los. Das war eigentlich seine Art von Rapport: Kommen, über den Bau schleichen, immer schlecht gelaunt und Knall, die Autotür zu und Stürmer war wieder verschwunden.

Die Maurer standen so lange rum, bis sie anfingen zu schlottern vor Kälte. „Veit", fing einer der Maurer an, „wat is hier passiert? Jibt et hier Heinzelmännchen?" – „Nein! Ich habe das hochgemauert", antwortete ich. Er wackelte mit dem Kopf: „Dit is do janz und jar unmöchlich. Du wist mir do ni erzählen, dass du die Ecken hast hochjemauert. Janz alleene und die Anschläge och. Mensch, für sowatt hab ick Jahre jebraucht, Mann."

Jetzt wackelten die Maurer auf die Baustelle um alles zu begutachten. Die fingerten an meiner Arbeit rum, bis mich einer ran rief: „Du sach ma, bist du ne jelernter Maler?"

„Ja, ich habe Maler gelernt." – „Und wo haste det

hier her? Dit Mauern meine ick?" – „Ich habe das geübt, in der Zeit, in der ihr im Warmen gesessen habt", antwortete ich. „Nu sach ma, du Klugscheißer und warum haste uns jetze eben ni anjeschissen?" Lange Pause, alle schauten mich an. „Weil ich kein Anscheißer bin", antwortete ich.

Der nächste Tag war toll für mich, denn ich wurde in den Stand der Maurer gehoben. Ein tolles Gefühl. Ein Maurer huckerte jetzt für mich. Es ging gleich los mit der Schule. Also Verbände. Was gibt es für Verbände? Blockverband, Kreuzverband, polnischer Verband. Ein alter Maurer, der in der Nazizeit gelernt hatte, erklärte mir alles ganz akribisch. Es ging weiter mit der Materialkunde. Was ist Kalk? Was ist Zement? Wo sind die Unterschiede? Was ist Kies? Was Sand? Für welchen Zweck nimmt man welches Material? Spannend für mich. Ich bemerkte, dass sich eine Kameradschaft entwickelte zwischen den Maurern und mir. Es kam wirklich der Tag, an dem ich das tat, was einen Maurer ausmachte. Ich stand auf der Rüstung und rief: „Kaaalk!"

Die Sache spitzte sich so weit zu, dass meine Brigade Stürmer bei einer Betriebsversammlung überredete, mich als Maurer einzustellen. Der wunderte sich sehr, dass die Brigade sich für mich so ins Zeug legte.

Im Winter war aber nicht viel los mit Mauern und Stürmer steckte mich in das Malerhandwerk. Da sollte ich bestimmt an die drei, vier Jahre versacken, bei Ottfried Wagner, der kein gelernter Maler war. Danach wurde ich mit Dachdecken beauftragt. Dachdecken war bei uns auf den Dörfern ein absoluter Engpass. Denn die Dachdeckerfirmen befassten sich nicht mit Reparaturen und so einem Quatsch, sondern deckten Dächer mit 1.000 m² Fläche. Zum Beispiel im *PCK Schwedt*, im Halbleiterwerk Frankfurt oder in Eisenhüttenstadt.

„Veit, du hast dir doch so schön dein eigenes Dach gedeckt. Sei doch so gut und hilf uns in diesem Gewerk aus“, sagte Stürmer.

„Na gut, aber nur unter der Voraussetzung, dass ihr mich delegiert, dieses Handwerk zu erlernen über die Erwachsenenqualifizierung.“ So hieß das früher und das tat Stürmer auch. Meine Lehre begann im *BMK Ost* Fürstenwalde, Außenstelle Bad Freienwalde. Aber dazu später.

Nachbarschaft

Feierabend, wieder zu Hause angekommen, saß ich mit Tante Else auf der Treppe um ein bisschen zu erzählen, da hörte ich ein Akkordeon.

„Tante Else, hörst du das?“

Sie, ganz erschrocken: „Was denn?“

„Ich höre ein Akkordeon. Aus Richtung Oder kommend.“

„Ach du scheiße, das ist unsere Nachbarin, Frau

Spenner“, sagte Tante Else. „Die spinnt, die Frau!“ Und so musste ich zusehen, wie Tante Else verschwand. Ich dagegen wurde neugierig, ging am Motorschuppen vorbei und sah zwei Menschen mitten über den Acker Richtung Philippsberg laufen. Der eine Mensch war ein Mann, der andere eine Frau mit Akkordeon an der Brust. Sie spielte sehr schlecht „Eine Seefahrt die ist lustig, eine Seefahrt die ist schön“ und sang dazu auf dem gleichem Niveau, auf dem sie Akkordeon spielte. Jetzt, da sie mich erblickte, hörte sie auf zu spielen und zu singen. Sie rief: „Huhu, Herr Nachbar!“, immer und immer wieder, „Huhu, Herr Nachbar!“, bis die beiden am Philippsberg waren. Die Frau begrüßte mich zuerst, in einer Sprache, derer ich nicht mächtig war. Für meine Ohren klang es wie eine Art Spanisch. Jetzt holte die Frau mit dem Akkordeon vor der Brust ein kleines Buch hervor und erzählte mir weiter etwas in dieser, für mich fremden Sprache, wobei sie immer in das kleine Buch schaute. Der Mann mit einer Schiebermütze, ziemlich langem Gesicht und dicker Hornbrille lächelte mich an und sagte in thüringerischem Akzent: „Das ist meine Frau. Sie lernt gerade Esperanto.“

„Fein“, sagte ich und bevor ich weiterreden konnte unterbrach mich die Frau.

„Ich habe extra für meinen Nachbarn ein neues Lied geübt“, und mit überschwänglichem Elan ging sie daran, es mir vorzutragen. Sie war fröhlich, das konnte ich sehen und so versuchte ich ebenfalls fröhlich zu sein, obwohl mir die Ohren wehtaten.

„Wollen Sie einen Kaffee trinken?“, fragte ich.

„Nein, vielen Dank!“, antwortete die Frau mit dem Akkordeon an der Brust. „Wir wollten nur mal Guten Tag sagen, nicht wahr Hubi?“

Der Mann, der Hubi hieß, nickte zustimmend. Die beiden drehten sich um, gleichzeitig, als hätten sie das eingeübt und zogen wieder ab in Richtung Brieseberg, dem Nachbargrundstück.

„Wiedersehen, Herr Nachbar! Auf Wiedersehen!“, und es erklang wieder die Seefahrt.

Ich stand da und dachte: ‚Was war das denn eben? Die haben aber alle beide nicht mehr alle Schatten an der Morelle.‘ Als mir das gerade so durch den Kopf ging, stand Tante Else neben mir: „Na, habe ich zu viel versprochen?“ – „Nein, ich denke nicht.“

Plötzlich machte Tante Else ein betrübtes Gesicht: „Es ist noch viel Schlimmer, als das was du eben gesehen hast. Das sind nämlich böse Menschen.“ – „Wie denn das?“ – „Ich habe es mit meinen eigenen Augen gesehen, wie die beiden ihre Tochter verprügelt haben. Dabei stand Hubi an der einen Hausecke und die Alte an der anderen und das arme Kind ist da immer hin und her gerannt, weiß auch nicht warum. Und…“, fing Tante Else an zu erzählen, „und…“ Tränen in ihren Augen. Ich legte den Arm um Tante Else und versuchte sie zu beruhigen: „Was ist, und?“ „Und gefoltert und geprügelt haben sie das Kind“, stammelte sie weiter. „Gefoltert?“, fragte ich. „Jawohl. Die armen Irren haben der Tochter,

wenn sie mal was verbockt hatte, Salz zu fressen gegeben und das solange, bis ihre Nieren versagt haben."

„Wie? Salz?", fragte ich etwas begriffsstutzig. – „Ja, Salz. Löffelweise, pures Salz. Das sollte ihre Strafe sein." – „Abgefahren!", grunzte ich sofort, „Und was ist jetzt mit der Tochter?" – „Das Jugendamt hat sich der Sache angenommen. Aber für die Tochter kam jede Hilfe zu spät, ihre Gesundheit ist im Eimer. Ich glaube nicht einmal, dass das von Hubi ausgeht", erzählte Tante Else weiter. „Ich glaube, dass nur die Alte allein pervers ist." – „Ja, das ist ja wohl wirklich pervers", antwortete ich darauf.

Die Alte verließ Hubi, als ich vielleicht ein Jahr lang auf dem Philippsberg gewohnt hatte. Von da an lebte Hubi allein in dem alten Wohnhaus, welches sogar älter ist als der Philippsberg. Es soll ursprünglich eine Lehmziegelei gewesen sein. Das Wohnhaus, eine Seitendiele, hatte etliche Umbauphasen hinter sich, so dass man von außen schwer das Alter ablesen konnte. Innen waren noch Details erkennbar, das langriegelige Fachwerk innen, Fragmente vom Leuchtkamin der Dachstuhl als Märkischer Längsverband. Das war auch Hubis Hauptproblem, der Stuhl. Man konnte mit einem Daumen 130er Nägel in die Sparren drücken und weil ein Hubi Spenner improvisieren konnte, hatte der die Latten mit Draht an die Sparren angetüttelt.

Hubi war kein Thüringer, wie ich gedacht hatte, Hubi kam aus dem Erzgebirge. Und was macht ein Mann

aus dem Erzgebirge? Richtig. Er drechselt. Es gab eine Menge Zubehör zu der *Multimax* Bohrmaschine, so auch einen Drechselsatz. Den Satz hatte sich Hubi besorgt und drechselte natürlich Nussknacker, am Abend. Tagsüber arbeitete er im Schweinestall, fuhr mit dem Fahrrad immer am Philippsberg vorbei und wenn er mich sah, hielt er an und sagte Guten Tag. Eines Tages stand Hubi vor mir, das Gesicht voller blauer Stellen, auch Pflaster waren von Nöten. „Na Hubi, wieder mal gedrechselt?"

„Schöne Sachen, sag ich dir, schöne Sachen mache ich gerade."

Einmal war ich dabei, als Hubi einen Nürnberger platzierte, davon spricht man, wenn sich das Drechseleisen ungewollt tief in das Holz frisst. Ich ging in Deckung, denn wie Geschosse sausten da Arme, Beine oder Köpfe von den Nussknackern durch den Raum. Hubi meint dann immer: „Macht nichts, die sind oft noch ganz, so kann ich fast alles noch nehmen." Vielleicht hatte er deswegen seine Heimat verlassen müssen, weil er nicht drechseln konnte.

Kalk

Bis zum Winter arbeitete und lernte ich bei den Maurern. Ein wirklich schöner Beruf. Ein toller Geruch vom Kalk. Und ich habe die Gabe, in Kalk baden zu können.

Ich verätzte mich niemals, erst in der Neuzeit musste ich diese Erfahrung machen. Es war zu der Zeit so, dass wir nicht immer gelöschten Kalk bekamen, stattdessen bekamen wir ungelöschten Kalk in Brockenform. Das Kalklöschen war eine Prozedur. Wir hatten eine Grube auf dem Bauhof, da kamen die Brocken rein, dann mit dem Schlauch vorsichtig Wasser drauf und mit großen Bauharken die Brocken bewegt. Das hat gezischt, gekocht, gespritzt, wie verrückt. Es entsteht Wärme und wenn man es mit dem Wasser übertreibt, explodiert das Zeug regelrecht. Alles in allem eine recht gefährliche Angelegenheit. Zudem war das richtige Einlöschen so schwierig, dass das immer alte erfahrene Maurer oder die Edelhucker machten. „Man kann den Kalk auch Totlöschen", sagten die Alten immer. Wenn wir die Grube voll hatten, deckten wir sie ab. Einfach Erde rauf und dann am besten ein Jahr drinnen lassen. Dann die Grube wieder öffnen und man hatte Kalkschlamm vor sich, die Brocken waren verschwunden. Den Schlamm stachen wir mit Weichmacher oder Spaten ab, füllten ihn in Tuppen ab und transportierten ihn zum Bau. Die Hucker arbeiteten nicht so gerne mit dem Schlamm, weil man das Mischverhältnis nicht so einfach bestimmen konnte. Der Hucker musste in der Lage sein, anhand der Konsistenz das Mischverhältnis zu bestimmen. Echt schwierige Sache. Da ist es viel einfacher, gelöschten Kalk in Pulverform in den Mischer zu zählen. Ich kann mich daran erinnern, dass wir in Hohenwutzen viel mit Karbid-

schlamm arbeiteten, von der Schiffswerft. Die brannten und schweißten damals autogen, der Schlamm lag als Abfall draußen auf der Halde. Wenn der Wind richtig stand, hat man das ganz deutlich im Dorf riechen können. Ein ganz prägnanter Geruch ist das, Karbid. Es ist ebenfalls eine Kalziumverbindung, wie unser Baukalk. Jedenfalls mussten wir auf der Insel viel damit arbeiten, denn oft gab es keinen Kalk zu kaufen, nur Mischbinder. Mischbinder war sozusagen ein Ersatz und sollte universell einsetzbar sein. Nach deren Beschreibung konnte man Mörtel bis *MG III* herstellen, also Zementmörtel. In Wirklichkeit war das eine Strafe für das Bauhandwerk. Man bekam den Mörtel einfach nicht fett, der fiel dir regelrecht von der Kelle. Ganz extrem wurde es, als ich später als Dachdecker damit arbeiten musste. Schlimmstenfalls sollten wir mit dem Dreckszeug Biber in Längsfuge, Querschlag legen. Nicht mal unseren erfahrensten Leuten wollte das gelingen. Damals verlegten wir auch sämtliche Firste im Mörtelbett. Mit Mischbinder wuchs dir da oben eher eine Feder, als dass du einen First verlegt hättest. Wenn wir kleine Sachen zu machen hatten, holten wir uns Karbidschlamm von Onkel Willi, wenn der das Zeug nicht gerade für seinen Acker brauchte. Damit machte er seinen zu fetten Boden leichter.

Wenn es gelöschten Kalk gab, dann in loser Form. Wir auf dem Bauhof hatten nicht einmal ein Silo, nein, dafür wurde ein Raum vollgepustet. Wir holten uns das feinste Puder mit der Schippe raus. Das war ein Ge-

duldsspiel, weil man ganz langsam schippen musste, ansonsten atmete man Kalkstaub ein. Sehr unangenehm war das und wenn man dann noch eine Kante dabei abbrach, hieß es nichts wie schnell raus da. An Sehen war dann in den ersten Minuten nicht zu denken, zudem hustete man sich halb kaputt. Auf jeden Fall war es nicht gesund. Wir wechselten uns bei den Aktionen immer ab, sodass man sich dazwischen ein bisschen erholen konnte. Wenn man eine Kalkkante abgebrochen hatte, war erst mal bis zu einer Stunde Pause. Die beste Technik war es sowieso, mit dem Atmen aufzuhören, also wie ein Taucher Luft anhalten und rein in den Kalkbunker.

Sand oder Kies kamen ebenfalls roh aus der Grube und mussten auf die richtige Körnung runtergesiebt werden. Eine echt aufwendige Arbeit. So etwas wie Schnellbaurüstung, Baulift, Kräne, Mörtelpumpen, Rüttler und so weiter hatten wir nicht, alles war Handarbeit. Manchmal war ich der Baulift, mit der Blechtuppe auf dem Rücken, dreißig bis fünfzig Kilo Material da drin, die Maurerleiter hoch, oben angekommen wurde das Zeug ausgeschissen. Dann hob man dabei fast ab wie ein Vogel. Das mit dem Abscheissen funktionierte folgendermaßen: mit einem Handhebel öffnete man eine Klappe und das Material, wie zum Beispiel Mörtel, Beton, Schutt oder Kies, schiss man sich regelrecht auf die Hacken. Manchmal war ich monatelang der Baulift, die Muskeln wurden so immer gut durchblutet und man holte tief Luft dabei.

Ziegel wurden vorwiegend geworfen und gefangen, zwischengestapelt, höher geworfen und gefangen, bis man ans Ziel gelangte. Ein Ziegel wiegt so um die vier Kilo. Ich weiß nicht, wie viele tausend Ziegel wir tagsüber geschmissen haben. So ein Gebäude frisst eben richtig Material und da wir fast nur reparierten, beförderten wir auch gleichzeitig altes Material nach unten.

Frostfreie Zeit war Saison, im Winter war draußen Schluss. So ging es in die Winterbaustellen, Räume, die man beheizen konnte, da wurde nicht die ganze Mannschaft benötigt. Die Maurer wurden aufgeteilt, zum Beispiel auf die Tischlerei, aufs Lager oder sonst wohin. Veit wurde natürlich Pinselschwinger, wie schon gesagt.

Heizen im Wind

Winter. Was bedeutet das? Winter auf dem Philippsberg? In meiner Stube war ein Ofen, ein Faschinenofen. Faschine ist das Oderbruchwort für Reisig, also zusammengebundene Äste oder Zweige. Der Ofen war so aufgebaut, dass er mit gebundenem Reisig, also allerlei Astwerk mit einer Schnur, genau passend für das jeweilige Feuerloch, zusammengebunden, geheizt wurde. Der Ofen hatte keinen Rost, durch den die Asche fällt. Das Ofenloch, der Brennraum, war wesentlich größer, als der vom Kohleofen. Ein weiterer großer

Unterschied war der, dass der Faschinenofen im Gegensatz zum Kohleofen stehende Züge besaß, sodass man den Ofen anders heizen musste. Man konnte Holzfeuer schlecht drosseln, das heißt: man ließ die Faschinen oder das Holz allgemein mit viel Sauerstoff verbrennen und die dadurch entstehende Hitze wurde von diesem Ofensystem besser vertragen und Wärme besser gespeichert.

In meinen Ofen und in die gemauerte Kochmaschine hatten die Russen reingeschossen. Tante Else war dabei, als ein Soldat das tat. Die dachten, dass das Verstecke seien. So mussten wir mit dem ortsansässigen Ofensetzer den Ofen umsetzen lassen und weil durch das Reinschießen so viel kaputt gegangen war, wurde er kleiner gebaut. Niedlich sah der fertige Ofen aus, für den doch so großen Raum, der fünf mal fünf Meter maß und drei Meter vierzig hoch war. Der alte Ofen war schlank, ging bis an die Decke. Selbst ich als Laie stellte die Leistung des nun kleineren Ofens in Frage, zumal der Raum nur Außenwände besaß.

„Ach, nee, täuscht euch ma ne. Der sieht bloß so kleen aus. Und wenn ne, dann hauste no rasch n´ bisschen wat ruff. Dit is do keen Problem, wa“, sagte Heger, der Ofensetzer.

Ich musste lernen, dass es außer dem Problem der außenliegenden Wände und Decken noch ein weiteres gab: die Himmelsrichtung. Meine Stube lag im Osten, wobei mein nächster Nachbar oder ein Baum oder sonst etwas zwei Kilometer entfernt waren. Ein weiteres Problem stellten die Fenster dar, Blendrahmenfenster, gebaut mit grünem Holz nach dem Krieg. Da war keine Falz dicht. Ungelogen, die Gardinen standen fast waagerecht im Raum, als ich den ersten Ostwind kennenlernte. Da waren noch keine Fensterläden, es gab also keine Bremse, die den Wind festhielt. Da saß ich nun auf meinem Bett und lauschte der neu zu machenden Erfahrung. Das Pfeifen durch die undichten Falze war wirklich so laut ist, dass ich davon wach wurde. Wie in einem russischen Wintermärchen hörte sich das an. So saß ich nun auf meinem Bett und dachte: „Hm, na ja, von dem Ofen da, müssten es vier oder besser fünf sein, um den Raum warm zu bekommen."

Es war die letzte Zeit als Kackefahrer. Wir hatten Frühschicht, ich musste um vier Uhr morgens aufstehen. Der Wecker klingelte und schon das Entschärfen des Weckers fiel mir schwer. Was war passiert? Ich kam einfach nicht hoch, nur mit kompletter Bettdecke. Früh um vier, stockdunkel, da kann man noch nicht gleich alles erfassen. Doch plötzlich stand für mich fest: Veit, du bist mit dem Bart an deiner Bettdecke angefroren.

Eine völlig neue Erfahrung. Dort, wo ich ausatmete, hatte sich über Nacht ein Eisklumpen gebildet, der den Bart anfrieren ließ. Eine verzwickte Situation. Der Bart war wie angeschweißt. Ich zog und zog, aber da passierte einfach nichts, außer das mir vor Schmerzen die Tränen zu laufen anfingen. Jetzt war ich hellwach:

Veit, du musst mit deinem Atem versuchen, das Eis zum Schmelzen zu bekommen.

Ich nahm meine Hände und formte über dem Eisklumpen eine Art Glocke und fing an zu pusten. Tatsächlich, nach ein paar Minuten lösten sich die ersten Barthaare. Ich holte tief Luft und pustete, mir war schon ganz schwindelig von dem ganzen Sauerstoff in meinen Lungen, aber die Arbeit rief. Nach einer halben Stunde hatte ich mich befreit. Nun aber los, rasch Frühstück machen und ab nach Freienwalde. Ich schwang mich auf meine *EMW*, tippte Sprit in den Vergaser, Zündung an: Ja, da war noch Saft auf der Batterie, sagte mir die Ladekontrolllampe und wenn da Saft auf der Batterie und Sprit im Vergaser war, dann musste es knallen, bupp, bupp, bupp. Ah, ich liebte meine *EMW*. Klamotten, Frühstück, alles rein in den Beiwagen, Kniedecke über die Beine gelegt, Gang rein und los. Puff, machte es mit einem Mal. Ich hing in einer Schneewehe fest. Wieder eine neue Erfahrung. Auf den Feldern konnte ich die braunen Kruppen der Winterfurche sehen, mein Giebel dagegen lag einen Meter fünfzig tief im Schnee. Scheiße, was ist das denn? Schnell eine Schippe geholt und das Gespann freigeschippt. Nächste Erfahrung. Sobald du zwei Meter weit gekommen warst, warst du schon wieder einen Meter zugeweht. Es war zum heulen. Ich schippte einen Meter und zog das Gespann Meter für Meter hinter mir her. Da war klar, was ich machen musste, wenn ich wieder nach Hause komme. Der Wind peitschte den Schnee über den Acker, ich total eingemummelt, dick mit Sachen, dicken Handschuhen, total panisch schippend. Das hätte man auch als Fragment in einem Stalingradfilm laufen lassen können. Niemandem wäre aufgefallen, dass sich das Ganze im Bruch abspielte. Auf jeden Fall bin ich, was Kälte betrifft, ziemlich abgehärtet. Diese Härte muss man sich aber erst erarbeiten. Wenn du bibbernd im Bett liegst, krummgerollt wie ein Hund, hilft da nur eins: Raus, rein in den Schnee, schön alles abreiben, noch rasch eine kleine Suhle machen für den Rücken und danach wieder rein, abtrocknen und ab ins Bett. Schon im Flur schrie ich vor Schmerzen, aber es funktionierte, denn jetzt ging mein eigener Ofen an und ich schlief ein. So entwickelte ich mich zu einem anderen Menschen. Das zeigte sich auf einer Fete bei mir, mit etlichen Leuten, die bei mir übernachteten. Ich hatte schon den ganzen Tag über den Ofen geheizt, denn es sollten sich alle wohlfühlen bei mir. Mann, war das warm, ich rannte schon im Unterhemd rum. Die Leute hingegen schienen sich immer mehr anzuziehen. Ich verstand das nicht.

„Was ist los mit euch?", fragte ich in die Runde.

Da hörte ich nur: „Mir ist kalt!"

Der Nächste: „Mir ist kalt. Und mir wird immer kälter, wenn ich sehe, wie du hier rumläufst."

„Das ist doch verrückt, frierst du denn überhaupt gar nicht?", wurde ich gefragt.

„Warum soll ich frieren? Es ist doch warm hier?"

Irgendwann ging es an die Nachtruhe, überall lagen meine Leutchen rum und ich hörte sie bibbern. Ich lag auf meiner Decke im Unterhemd und fühlte mich wohl. Auf einmal setzte sich ein Mädchen auf den Stuhl neben meinem Bett und sah auf mich herab. Moni saß mit etlichen Decken um die Schultern da und sagte:

„Warme Luft ist oben, es ist also besser auf dem Stuhl zu schlafen."

„Richtig, Mädchen", antwortete ich. Ich bemerkte, wie sich mich unentwegt anstarrte. „Was ist los Moni?"

„Ich glaube, der Stuhl könnte bis an die Decke gehen und ich würde immer noch frieren. Wie machst du das, Veit, dass du nicht frierst?"

„Das hat mich der Philippsberg gelehrt", antwortete ich. Am nächsten Tag beim Frühstück waren sich alle einig, dass meine Stube ab sofort *der Kühlschrank* heißen sollte.

Mit dem schleichenden Eintritt in die Zivilisation ging mir die antrainierte Härte verloren. Auch Veit friert jetzt.

Im gesamten Haus gab es eigentlich nur eine warme Stube, Tante Elses Stube, Richtung Westen raus, die vor der Tür noch so eine Art Laube hatte. Ihr Ofen war in Ordnung und hatte, im Gegensatz zu meinem, der erst über einen Fuchs an den Schornstein gelangte, einen eigenen. Die Küche, der für mich schönste Raum, war zermartert von Türöffnungen, sodass man keinen richtigen Platz hatte, um einen Tisch hinzustellen und dort zu sitzen. Doch da die Kochmaschine es nicht schaffte, den Raum zu heizen, konnte man dort im Winter sowieso nicht sitzen. In den Wintermonaten wuchsen durch das Kochen zuerst ganz tolle Eisblumen an den Fensterscheiben, später war es einfach eine zentimeterdicke Eisschicht.

Als Tante Else gerade den Flur aufwischte, was so alle zwei bis drei Wochen geschah, kam ich aus meiner Stube und schlug im nächsten Moment lang hin. Während ich mit dem Kopf auf den Fliesen lag, sah ich von meiner Position aus den Fußboden glänzen. Der Glanz des Eises. Theoretisch wäre es möglich gewesen, im Flur Schlittschuh zu laufen. Sofort stellte ich mir, während ich dort lachend auf dem Boden lag, vor, wie eine Eiskunstläuferin mit weißem Pepitarock um die Ecke kommt. Nur deswegen blieb ich noch eine Weile auf dem Boden liegen, um der Tänzerin unter den Rock schauen zu können. Jedenfalls war ich amüsiert, doch die Tänzerin kam nicht um die Ecke. Nicht so schlimm.

In der Küche wirtschafteten wir beide, Tante Else und ich, mit Winterklamotten, Pelzmütze, Fellweste und Filzstiefel. Das alles zogen wir in der Laube aus, wenn wir das zubereitete Essen in die warme Stube trugen. Wir saßen dort, mit knallroten Gesichtern und aßen.

An der Küche störte mich außerdem, dass sich die Eingangstür genau neben der Hauseingangstür befand. Wenn ich Wasser holte, pfiff der Westwind Schnee bis in die kleinsten Ecken der Küche und zusätzlich waren ständig Hühner im Raum. Die Hühner sind auf den Sims vom Mantel, hinter der Maschine auf den Tisch und klauten uns die Nahrung. Einmal machte ich mir gerade Frühstücksstullen, als ich nur noch hinterherschauen konnte, wie eine Henne mit dem Essen abhaute. Wütend nahm ich einen Holzscheit und warf ihn ihr hinterher. Volltreffer! Am selben Abend gab es Hühnchen. Die kleinen Jagderfolge an der Kirre.

Was auf jeden Fall erwähnenswert ist, ist das Erledigen der Notdurft. Nachts im Schneetreiben mit der Taschenlampe dreißig Meter über den Hof, rein in das kaputte stille Örtchen, hier zogen Wind und Schnee so richtig durch. Erst mal mit der Hand den gröbsten Schnee von der Brille geschoben und rauf auf das Loch. Jetzt hieß es, sich schnell zu lösen. Jede Minute zählte. Automatisch trainierte man sich das an. Irgendwann bekam man das hin, sich nur einmal am Tag lösen zu müssen. Das waren zwar Haufen, die ein Wasserklo nicht schaffen würde, aber die Freifeuerkabine schluckte das weg wie nichts.

Alte Häuser sind gefährlich

Es ist Nacht. Ich liege in meiner Stube. Dafür, dass es schneit, ist es saukalt, so um die zehn Grad Minus oder noch mehr. Da höre ich die Laubentür von Tante Else.

Die muss bestimmt auf den Lokus, denke ich mir. Ich liege, döse und höre zu wie die Schneeflocken an meine Fenster schießen. Zum Glück muss ich jetzt nicht. Als die Hauseingangstür geöffnet wird, pfeift der Wind total laut durch alle Stuben. Ich verkrieche mich unter meine Zudecke, ganz tief. Die Gardinen stehen waagerecht im Raum. Bumm. Die Tür wird zugeschlagen, im gleichen Moment fallen die Gardinen wieder ein Stück runter, die Tür ist in einem desolaten Zustand, sehr reparaturbedürftig, ohne Schwung lässt sie sich nicht mehr schließen. Nach ein paar Minuten, ich schlafe gerade ein, höre ich bumm, bumm, bumm. Sehr interessant zu sehen, wie sich die Gardinen immer wieder hoch und runter bewegen, synchron zum bumm, bumm, bumm. Da hat sich bestimmt wieder der Standflügel aus dem Kantengetriebe gelöst, welches mittlerweile durch eine alte Feile ersetzt worden ist, mit der Angel nach oben gerichtet. Ich höre Tante Else fluchen: „Scheiß Tür! Mann, ist das eine scheiß Tür!"

Plötzlich läuft es mir eiskalt den Rücken runter. Ich höre einen entsetzlichen Schrei. In unserem Haus gibt es keinen richtigen Strom, alles desolat, das meiste noch aus Kaisers Zeiten. Also Taschenlampe aus dem Bett genommen, darauf haben wir immer gepennt, weil so die Batterien länger durchhalten, rein in die Filzstiefel, Bärenfotze auf den Kopf, Handschuhe an und raus. Im Lichtkegel sehe ich Schneeflocken lustig krüseln. Als ich um die Ecke komme, sehe ich Tante Else an der Tür sitzen. Sie schreit entsetzlich, Ich kann mir keinen Reim darauf machen, warum Tante Else mit dem Rücken zur Tür sitzt und schreit. Es ist unheimlich, ich pisse mir vor Angst die Hosen voll, merke wie mir die warme Pisse an den Beinen runterläuft. Ein ohrenbetäubendes Pfeifen geht durch das gesamte Haus. Ich gehe zu Tante Else, voller Angst, sie schreit ununterbrochen. Im Lichtkegel sehe ich Blut, überall an der Tür ist Blut und als Kontrast dazu der weiße Schnee, wie in einem Horrorfilm. Die Szene wirkt total gruselig. Ich knie mich vor die schreiende Frau. Ihr Gesicht ist entsetzlich verzerrt. Ich leuchte alles ab und sehe, dass die Frau regelrecht an den Standflügel angenagelt ist. Jetzt kann ich mir einen Reim darauf machen was passiert ist. Tante Else wollte mit dem Hintern die Tür zu machen und weil da so viel Schnee liegt ist sie ausgerutscht und wollte sich reflexartig mit den Händen abstützen und Zack hat sie sich die Feile durch die Hand gestochen. Ich halte mit beiden Händen Tante Elses Kopf fest und schreie zurück, weil ich es im Kopf nicht mehr aushalte. Plötzlich ist sie ganz still und schaut mich traurig an.

„Armer Veit", sagt sie, „was musst du hier alles durchmachen."

Ich höre nur mit einem Ohr hin, denn ich überlege konzentriert wie ich das jetzt am besten anstelle. Ich schaue ihr in die Augen und sage:

„Tante Else, ich werde jetzt die Feile aus dem Fußboden ziehen, Hast du mich verstanden?"

Mit dem gleichen Blick nickt sie nur. Ich knie mich hin, dabei bemerke ich, dass meine Unterhose steif gefroren ist. Meine Pisse ist gefroren, ich denke mir nur: ‚Mann, ist das kalt heute.' Ein seltsames Gefühl, eine Feile samt Hand aus dem Fußboden zu ziehen. Diese Aktion muss sehr wehtun, aber Tante Else lässt sich nichts anmerken. Ich lasse die Feile gar nicht erst los, nehme mir Tante Else und gehe mit ihr in ihre warme, helle Stube. Dort angekommen sehen wir beide erst das volle Ausmaß. Tante Else sieht mich an und sagt: „Veit, du musst die Feile rausziehen."

Die Angel der Feile ist vollkommen durch die Hand gegangen. Das Bild ist skurril, könnte ebenfalls aus einem Horrorfilm stammen. Mein Gehirn läuft auf Hochtouren. „Ja", antworte ich, „bloß wie?"

„Weiß ich auch nicht!", antwortet Tante Else. Ich fange an Kreise zu laufen. Das mache ich immer, wenn ich Schmerzen habe oder ich keinen Ausweg sehe. Das beruhigt mich und ich kann mich besser konzentrieren. Ich stelle zwei Stühle mit den Lehnen aneinander, so dass dazwischen ein Spalt entsteht. Tante Else beobachtet misstrauisch mein Treiben. „Leg die Hand hier rauf!", weise ich sie an.

Jetzt beginnt Tante Else zu begreifen, was ich vorhabe. Sie lächelt mich an und sagt: „Das ist schlau, Junge." Sie legt die Hand auf den Spalt und ich lege mich auf den Boden, so kann ich die Feile von unten sehen. Ich hole tief Luft, fasse vorsichtig die Feile von unten an.

„Ich zähle jetzt bis drei!", rufe ich ihr zu. – „Ja, ist gut."

Ich konzentriere mich: „Eins… zwei… drei!" Mit einem Ruck ziehe ich an der Feile, mir fällt Blut ins Gesicht. Ich höre Tante Else kurz aufschreien und ich habe die Feile in der Hand. Schnell krabbele ich unter den Stühlen hervor und stehe neben Tante Else. Sie jubelt: „Wir haben es geschafft, Veit!" Sie drückt mich an sich vor Freude. Sie sieht mich an: „Das hast du gut gemacht, Veit. Aber jetzt müssen wir das erst mal verbinden. Die Wunde blutet schon ziemlich stark."

Ich hole den Brennspiritus, so haben wir schon in Hohenwutzen desinfiziert. Tante Else holt abgekochte Taschentücher, die ich ebenfalls ein wenig mit Brennspiritus beträufle und ich lege ihr einen Druckverband an. Das mit dem Spiritus tut weh, Tante Else schreit kurz auf, nach kurzer Zeit lächelt sie aber schon wieder. „Mann, bin ich froh, dass du hier bist, Veit", sagt sie und schaut mich dabei an. „Warum riecht es hier eigentlich so pissig?"

„Ja, das ist so", stammele ich. „Ich habe mir vor lauter Angst in die Hosen gemacht."

„Na, das ist ja eine schöne Bescherung", sagt Tante Else. Wir beide schauen uns an, kurze Pause, dann anschließendes langes Gelächter. Wir kriegen uns kaum ein.

„Nu aber ab ins Bett, Tante Else, nicht, dass noch eine Erkältung dazukommt. Du musst ja vollkommen unterkühlt sein." – „Ja, Veit, ich bin durch und durchgefroren. Ich freue mich schon aufs Bett."

Heidi, der das Treiben mit Argwohn beobachtet hatte, sprang sofort in Tante Elses Bett, als er den Satz vernahm. Tante Else, flinken Fußes hinterher und schon kuschelten sich die beiden aneinander. Ein Bild des Friedens und vollkommener Stille.

„So, meine Kinder“, sagte ich, „nun schlaft schön!“, und ich knipste das Licht aus.

Dann zog ich mir die Unterhose aus, wusch den unteren Teil meines Körpers in der Küche, trocknete mich ab, zog mir eine frisch gewaschene, warme Unterhose an und ging ins Bett.

Am nächsten Tag machte Doktor Veit Visite und war mit der Patientin sehr zufrieden. Da waren noch ein paar Hautränder in der Innenhand aufzukrempeln, was eine ziemlich schmerzhafte Prozedur ist, aber die Wunde war kaum entzündet und das war das Wichtigste. So gab es einen neuen Verband und gut war es. Nach zwei Tagen konnten wir den Verband schon durch Pflaster ersetzen. Ich empfand das als einen superschnellen Heilungsprozess, bei meiner doch schon über siebzigjährigen Patientin. Wir haben das so gut hinbekommen, dass auf dem Handrücken nur eine Art Pickel hochstand und die Innenhand eine kleine gesunde Narbe davontrug. Wir hatten Glück, dass keine Sehnen oder Bänder beschädigt worden waren. Das Erste, was ich mit Tante Else tat, nachdem ich die Feile entfernt hatte, war ein Funktionstest der Hand. Eine Faust machen, dann wieder Öffnen. Jeden einzelnen Finger krümmen, wieder gerade machen. Und weil alles funktionierte, machten wir uns keinen Kopf.

Am darauffolgenden Wochenende reparierte ich abermals die Hauseingangstür so gut ich konnte. Es war ein gekoppeltes System, innen eingegratet, mit geschmiedetem Beschlag. Das Kastenschloss war schon mal ersetzt worden, das Alte musste wesentlich größer gewesen sein, das konnte man deutlich an den Konturen der alten Ölfarbe erkennen, wahrscheinlich vom gleichen Schmied angefertigt. Die Flügel waren gleich breit, so dass man nur einen sechzig Zentimeter breiten Durchgang hatte. Draußen war die Tür im typischen Fischgrätenmuster aufgedoppelt und ebenfalls mit Schmiedenägeln befestigt. Weil die Tür aus dem Anfang des 19. Jahrhunderts stammte und sich nie jemand darum gekümmert hatte, war sie in meinen Augen Schrott. Zumal das winzige Oberlicht kaum Licht auf den Flur spülte, waren Ulf und ich, der Meinung, irgendwann eine neue zu bauen zu müssen.

Genauso irreparabel waren meine Stromleitungen. Das waren kunstvoll, zu Zöpfen gebundene Überputzleitungen; an Keramikpuppen angeflochten. Es war für Tante Else und mich normal, dass es irgendwo an den Leitungen brannte. Überall „Kurze“, an denen sich die Isolierungen entzündeten. Tante Else hatte für solche Fälle immer einen Extraeimer mit Wasser zu stehen. Anscheinend hatte sie auch noch keine gewischt bekommen. Die absolute Herausforderung für meine Anlage war ein Tauchsieder. Der hatte 1 KW und schmorte jedes Mal was weg. Das hieß, dass sich Stromnetz im Haus mit jedem Kochvorgang verkleinerte.

Wir hatten noch ein weiteres Problem mit dem wir uns ständig herumplagten: Gewitter. Ich hatte das Gefühl, dass jedes Mal bei uns der Blitz einschlug. So kam ich einmal nach einem Gewitter nach Hause und sah Rauch aus der Hauseingangstür entweichen.

„Mein Haus brennt!", schrie ich panisch.

Ich schnell vom Gespann runter, rein ins Haus, Richtung Hausanschluss, da sah ich, wie Tante Else gerade ausholte um einen Eimer Wasser an den lichterloh brennenden Hausanschluss zu kippen.

„Nein!", schrie ich in den schmalen Raum hinein. Tante Else erschrak und stellte den Eimer hin. Soeben hatte ich ihr Leben gerettet. Denn aus dem Leitungsgetümmel flogen Funken, wie verrückt. In dem nach Plastik stinkenden Rauch standen wir mit dicken Wolldecken und löschten das Feuer. Tante Else und ich sahen aus wie Schornsteinfeger, als wir keuchend und hustend draußen an der Treppe nach Luft schnappten. Nachdem wir uns beruhigt hatten, ging ich zu ihr, reichte ihr die Hand und sagte: „Alles Gute zum Geburtstag!" Entgeistert sagte Tante Else: „Ich habe heute keinen Geburtstag." „Oh doch", antwortete ich ihr und erklärte ihr warum. „Hm. So schlimm hätte es kommen können?" „Jau!", meine Antwort.

Spätestens jetzt stand fest, an der Stromleitung musste

was gemacht werden. Mein Freund Sibbo machte sich ans Werk. Das sollte für ihn eine Baustelle auf Jahre sein.

Wieder schwierig mit Futti

Apropos Jahre. Mein Freund Futti war, wie schon erwähnt, Bierkutscher in Fürstenwalde geworden, was ich mir bis heute schwer vorstellen kann. Er hörte aber damit auf – freiwillig oder nicht – egal. Danach arbeitete er ja als Krankenschwester in Rüdersdorf. Davon erzählte er mir nach einem Kackvorgang an der Freifeuerkabine, als ich gerade meine Hühner füttere. Dabei stellte Futti eine Flasche Brause auf der Sohlbank am Giebel ab. Wir standen an dem alten Stallgiebel und quatschten über viele Sachen. So auch über Ungerechtigkeiten in unserem Staat. Er war genau, wie ich auch, öfter in der Jungen Gemeinde in Fürstenwalde, so eine kirchliche Sache. Wir beide, Atheisten, waren in der Truppe trotzdem gern gesehene Gäste, auch weil wir die Diskussionen so richtig anheizten. Futti war, weil er da wohnte, natürlich öfter mit den Typen zusammen. Bei Operationen, die sich dann so ergaben, hielt ich mich raus, da ich nicht allen traute. Futti war da nicht so feinfühlig, er war eben grobmotorisch veranlagt. Jemand aus der Truppe lehnte es ab sich bei einer Volkszählung mitzählen zu lassen. Überhaupt jegliche Art der Erfassung verweigerte er, so auch den Personalausweis. Das hört sich wie eine Lappalie an, aber der Typ kam deswegen in den Knast, für achtzehn Monate. Futti und einer seiner Mitstreiter verfassten ein Schriftstück, gerichtet an Amnesty International, um denen davon zu berichten. Der Empfänger sollte der *RIAS-2*, Rundfunk im amerikanischen Sektor, ein Rundfunksender in Westberlin, sein. Das Ende vom Lied war, dass sein Mitstreiter oder irgendein anderer Mitwisser von „Horch und Guck" war, von der *Stasi* also, und so gelangte dieses Material nie zum Empfänger.

Futti war fleißig als Krankenschwester und es schien ihm mehr Spaß zu machen, als alles, was er zuvor gemacht hatte. Lange hatten wir uns nicht gesehen, bis eine Nachricht zu mir vordrang: Futti sei irgendetwas passiert, ein schwerer Unfall. Ich fuhr sofort zu seinen Eltern. Seine Mutter war total aufgelöst, sie erzählte mir die Geschichte, soweit sie eben bescheid wusste. Krankenschwestern arbeiten natürlich im Schichtsystem, ist ja klar. Die Sache geschah nachts, als Futti auf dem Weg zur Arbeit war. Er fuhr von Fürstenwalde aus nach Rüdersdorf, das durch sein riesiges Zement- und Kalkwerk berühmt war. Er fuhr jedenfalls immer abwechselnd an Äckern und Wäldern vorbei. Durch diesen Wechsel handelt es sich um eine reizvolle Ecke. Man fährt durch, für Brandenburger Verhältnisse, uralte Dörfer. Da gibt es Dörfer, die sind schon sechshundert oder siebenhundert Jahre alt.

Futti fuhr mit seiner *S50* volle Kanne (denn was anderes ging bei Futti nicht) diese Strecke lang, als er in einen Waldabschnitt kam. Es gab dort auch sehr viele sowjetische Streitkräfte und da die auch im Schichtbetrieb arbeiteten, entstand so eine Art Reibung zwischen den beiden verschiedenen Schichtarbeitern. Futti hatte sich handfeste, also richtig große Sachen gesucht, mit denen er sich reiben kann. Panzer, einen russischen Panzer wollte Futti mit seiner *S50* aufrauchen. Warum der Panzer nachts, natürlich ohne Licht, die Straße kreuzte, wusste keiner. Aber es ist passiert. Der Panzer kam aus dem Wald, überquerte die Straße und fuhr auf der anderen Seite wieder in den Wald. Dass Futti genau in diesem Moment seitlich auf ihn klatschte, wird die Panzerbesatzung gar nicht wahrgenommen haben. Wenn man so mit 60 km/h auf so ein Stück stabiles Eisen fährt, ist das unangenehm. Die gute Nachricht war, Futti hatte überlebt. Die schlechte Nachricht war, er hatte etliche Knochenbrüche und einen Nierenriss davongetragen. Die *S50*-Höhe entspricht an einem Panzer der Höhe der Kette und da ist alles eckig. Der Turm ist rund, aber der befindet sich auf einer anderen Höhe. Jedenfalls schauten überall die Häkelhaken raus, vor allem am Bein. Das hieß Streckverband, vorher Grobzimmerei mit Metall und Schrauben, und heilen lassen. Während Futti im Krankenhaus lag, ging die Staatsanwaltschaft gegen ihn vor. Futti hatte extremes Heilefleisch, das heißt, er kam ziemlich schnell wieder raus und besuchte mich. Ich war gerade damit beschäftigt meine ersten Kehlen anzudecken, am Vorbau zur Straßenseite. Futti humpelte nach oben, kletterte durch die Latten und reichte mir Steine zu.

„Futti!", sagte ich zu ihm und schaute ihn schräg dabei an. „Was ist?", fragte er. „Ey, das ist einfach zu früh, mir zu helfen. Es ist ja gut gemeint, aber es tropft an etlichen Stellen Blut aus deiner Hose. Tut das nicht weh?", fragte ich. „Ach, was weiß ich!", antwortete er eingeschnappt. „Ey Futti, lass uns runter gehen. Dann kann ich mir das mal ansehen."

Er gehorchte und kletterte wieder runter. Da stand er nun, auf dem kaputten Boden mit den runtergefallenen Decken im Bauschutt und knöpfte sich die Hose auf. Ich zog die Hose runter und es offerierte sich mir ein langer saftiger Rollschinken, so sah die frisch genähte Wunde für mich aus. Ich konnte nicht anders als loswettern.

„Mann, das ist gerade so am Zusammenwachsen. Wie bekloppt muss man sein, so was zu machen, aufm Dach rumzuklettern? Total bescheuert so was!", ich kriegte mich kaum ein und wetterte weiter. „Was ist, wenn du dich hier im Dreck noch infiziert hast? Mann, dann hast du noch mit der Maul- und Klauenseuche zu tun, du Idiot."

Futti war mit einem rundlichen, niedlichen Mädchen da, die ihn chauffierte. Das Mädchen fing an zu weinen. Tante Else kam dazu: „Veit hat ganz und gar recht, Klaus, das geht so nicht." Futti schaute mich total wütend an und schrie: „Ich habe gedacht, du freust dich über meinen Besuch!“

Ich schrie zurück: „Ich freue mich sehr über deinen Besuch!“ Wir standen uns beide, Gesicht an Gesicht, total wütend gegenüber, auf einmal lächelte der Kerl und sagte: „Hm. Das ist mir alles zu hoch. Komm!“, befehligte er das Mädchen und weg war er.

Er humpelte sozusagen von dannen, so behielt ich Futti jahrelang in Erinnerung, den humpelnden Futti, ohne Auf Wiedersehen zu sagen, er hatte sich nicht einmal umgedreht. Tante Else und ich standen mit ratloser Miene, Schulter an Schulter. Nach einer Weile schaute ich in Tante Elses Gesicht und sah wie sie ratlos ihre Schulter hob. „Hab ich was verkehrt gemacht?“, fragte ich. „Mann, ist der schnell eingeschnappt“, sagte Tante Else.

Wir standen noch eine Weile Schulter an Schulter, als auf einmal ein Nein kam. Ich drehte mich wieder zu Tante Else:

„Wie? Was? Nein?“, fragte ich. „Nein, du hast nichts verkehrt gemacht“, antwortete Tante Else geradeaus blickend. – „Hm...“

Danach kam Futti in den Knast, als Politischer. Erst nach Frankfurt und dann nach Cottbus. Es gab da die Kuschelei mit Franz Joseph Strauß und Erich Honecker. Honecker versuchte Devisen zu beschaffen, harte D-Mark. Futti hatte rausbekommen, dass er als Steinmetzgeselle 30.000 Mark einbrachte. Er meinte, als

Arzt hätte sich die Summe sogar noch verdoppeln oder verdreifachen können. Zwei volle Busse, voller Futtis, wurden abgeschoben, Frischfleischverkauf, Richtung Westen. Futti meinte, dass es mehr als hundert Leute waren, die verkauft wurden. Die Busse waren rammelvoll. Verrückt, es waren Westbusse, keine Ikarusse, und es gab überhaupt keinen Stopp an der Grenze. Das bedeutete, die Busse fuhren einfach so durch die hochkomplizierte Grenzanlage, die hielten erst im Zwischenlager. Das alles geschah Anfang der 80er Jahre.

Die Brauseflasche am Stallgiebel hatte schon häufiger den Aggregatzustand und die Farbe geändert. Das ganze Farbspektrum war durch die Flasche gegangen. Der Giebel wurde immer brüchiger und drohte einzustürzen, aber wegen der Futtiflasche machte ich keine Anstalten den Giebel abzureißen. Ich hätte die Flasche einfach umstellen können, irgendwo anders hin. Aber das ging einfach nicht, das Ding war heilig. Ich stützte den Giebel aufwendig ab, sodass wir kaum noch zum Kacken rankamen. Irgendwann passierte es dann doch. Der Giebel fiel über Nacht ein, zusammen mit der Flasche. Ich buddelte nach der Flasche und fand sie. Sie war kaputt.

Ende der 80er Jahre, also zur Wendezeit, sollte ich Futti wiedersehen. Das war meine erste Reise in den sogenannten Westen, Würzburg an der Tauber.

Abholen und Wegbringen

Zwischenzeitlich bekam ich Damenbesuch aus der Fürstenwalder Ecke. Ein Mädchen hatte sich in mich verliebt. Ich freute mich darüber sehr, aber weil ich jahrelang kein Mädchen gerochen hatte, stellte ich mich ein bisschen doof an. Ich bemerkte selber, dass ich manchmal rumstakste wie ein halbarroganter Hahn, quatschte dummes Zeug zusammen. Zu meinem Erstaunen tat das der Sache keinen Abbruch. Sie kam, sooft sie konnte und ich holte sie am Bahnhof Neurüdnitz mit dem Motorrad ab. Das hatte immer was sehr Schönes, Gäste von der Endstation Deutschlands abzuholen. Immer verlassen, immer ruhig, denn der Bahnhof befand sich außerhalb des Dorfes. Ich fuhr auch manchmal ein bisschen früher hin, weil mir das Gebäude gefiel und das, was es einmal verkörpert hatte war schön abzulesen. So schmulte ich immer durch den Güterschuppen, der an sich schon eine tolle Ausstrahlung hatte, mit seinen weiten Vordächern. Weil das eine Vordach größer war als das andere und wir im Bruch lebten, zog das Übergewicht das Gebäude schief. So stand dieser Fachwerkgüterschuppen schief in der Bruchlandschaft. Durch die verschmutzten Scheiben der Atelierfenster durchgeschmult, sah man den alten Standsekretär, breite, total ausgelatschte Dielen und den Zugang zum Haupthaus; ein vornehmes, massives Gründerzeitgebäude mit üppigen Schornsteinen und viel Schmuck am Dach und den Fassaden, typisch für die in dieser Zeit gebauten Bahnhöfe in ganz Deutschland. Selbst in den entlegensten Ecken wie dem Bruch, hatte man so eine schöne Pracht errichtet. Man legte viel Gewicht in die Bahn, denn sie war eine der wichtigsten Infrastrukturen in der Gesellschaft. Zu Recht wie ich finde, weil die Effizienz Güter zu transportieren nicht zu verbessern ist. Jede Eisenbahnlinie finde ich schöner als sämtliche befestigte Straßen. Selbst das ‚ticke, tatumm, ticke, tatumm' ist mir sympathisch. Als ich noch ein Kind war, gab es noch häufiger Dampfloks. Das war beeindruckend. Ich kann mich erinnern, wie die Loks Wasser auf den Kessel nachtankten, mit diesen riesen Wasserhähnen, die an den Strängen hingen. Immer versuchte ich zur Lok zu gelangen, um vor diesen riesengroßen Rädern zu stehen und überall pfiff und fauchte es. Manchmal, vor allem im Winter, drehten diese Riesenräder auf den Schienen durch. Das fand ich ganz toll, da habe ich gegrunzt vor Freude.

Unsere Wirtschaft profitierte auch von der Bahn. Viele Güter wurden umgeschlagen und von den Empfängern abgeholt. Mit unserem Betrieb haben wir Mauersteine und Hohlblocksteine an der Bahn abgeladen.

Im Großen und Ganzen will ich damit sagen, dass, wenn ich vor dem Neurüdnitzer Bahnhof stand, ich den Pioniergeist, den es damals gegeben hatte, eins zu eins ablesen konnte.

Ich stand auf der Verladerampe und der Zug mit meinem Mädchen rollte ein. Zu der Zeit fuhr zweimal täglich ein Zug von Ostkreutz nach Neurüdnitz, so konnte man in den 80er Jahren direkt, ohne Umsteigen, über Bahnhöfe wie Wriezen, Neumädewitz und Altreetz ins Bruch gelangen. Jetzt in der Neuzeit, die Zeit der totalen Zurückentwicklung der Menschheit, ist es ein riesen Aufwand für Leute die im Bruch leben, nach Berlin zu gelangen und der Quatsch ist sündhaft teuer, keine 1,20 Mark mehr. Also fahren die Leute mit dem Auto, ist ja auch gut für die Umwelt. Das soll aber kein Problem sein, wir kriegen das mit Energiesparbirnen wieder hin.

Der Zug hielt, mein Mädchen stieg aus und wir fuhren nach Hause. Und das mit dem Zuhause, das war das Problem. Es war so, dass ich mich nach ein paar Wochen in das Mädchen verliebte, ein wirklich schönes Gefühl war das, verliebt zu sein. Ich genoss die Zeit mit meinem neuen Mädchen. Doch es gibt immer ein Aber. Wir lagen im Bett und kasperten rum, waren ausgelassen und froh. Nach einer kleinen Kabbelei lagen wir nebeneinander auf dem Rücken und waren still. Sie begann zu erzählen. Sie hatte eine schöne Stimme und deswegen machte ich die Augen zu, um das zu genießen. Plötzlich kratzte etwas in meinem Gehirn, da stimmte irgendetwas mit den Worten nicht. Zack. Die Augenlider knallten hoch, ich lauschte gespannt. Sie eierte rum, vielleicht weil sie Angst vor meiner Reaktion hatte. Mit allergrößter Mühe erklärte sie mir, dass es in der Stadt auch schön sei und dass wir da jeden Tag zusammen sein könnten, nicht nur an den Wochenenden. Im Bruchteil einer Sekunde war ich aus dem Bett raus und saß ihr nackig gegenüber auf dem Stuhl, hörte zu. Ich hörte dem zu, was sie sagte. An meiner Reaktion erkannte sie, dass es noch schlimmer war, als sie gedacht hatte. Also noch mit weicherer Stimme, mit noch einfühlsamerem Blick kniete sie sich mir gegenüber ins Bett und fasste meine beiden Hände. Meine Relais im Kopf arbeiteten auf Hochtouren. Ich hörte weiter zu, wie versteinert.

„Verstehst du das, Veit? Verstehst du, was ich sagen will? Veit antworte!"

Ich hatte einen dicken Kloß im Hals, ich konnte gar nichts sagen.

„Veit, du verbaust dir hier mit deiner Idee, die Wirtschaft auf Vordermann zu bringen, dein gesamtes Leben. Du wirst hier angenagelt sein, von dieser Stelle kommst du nie mehr weg."

‚Sie wird echt direkt', dachte ich, ‚alle Achtung'.

„Willst du denn weiter nichts mehr erleben?"

In mir bauten sich Zweifel auf, darüber hatte ich noch nicht nachgedacht. Mit ihrer These jagte sie mir einen Mordsschreck ein. Mein Gehirn ratterte und ratterte. Ich war immer noch wie versteinert und behielt den Kloß im Hals.

„Veit, ich liebe dich. Komm mit mir, bitte!", in ihrem schönen Gesicht füllten sich die Augen mit Tränen, „Ich habe schon eine Wohnung für uns besorgt. Veit, das wird schön. Vertrau mir bitte."

Sie fing an zu zittern. Sie war ebenfalls nackt und wir waren im *Kühlschrank.* Chronologisch ließ ich alle „wenn und aber" durch meinen Kopf ziehen und kam zu dem Schluss, dass sie Recht hatte. Trotzdem war ich nicht zufrieden. Warum war ich nicht zufrieden?

„Veit, gib mir ein Zeichen, dass du das hörst, was ich dir sage. Irgendein Zeichen."

Das war für mich das zweite Mal, dass mich Freunde überreden wollten, den Philippsberg zu verkaufen. Doch nun befand ich mich in der Sackgasse. Mir wurde schlecht. Sie zog jetzt ihre Hände aus meinen, rutschte auf die andere Seite des Bettes und fing an sich anzuziehen. Mit aller Macht versuchte sie sich zusammenzureißen, um keine Schwäche zu zeigen. Nein, sie war auf keinen Fall schwach, ganz im Gegenteil. Ich war beeindruckt von ihrem Mut und ihrer Kraft. Das stellte ein großes Problem für mich dar, weil ich ab diesem Moment noch mehr für sie empfand, sie noch mehr liebte. Hier brauchte ich eine mutige, starke Frau. Sie war solch eine Frau, aber sie mochte nicht mit mir auf dem Philippsberg leben. Ich hingegen wollte auf dem Philippsberg bleiben, gleichermaßen wollte ich diese Frau aber nicht verlieren. Je mehr ich darüber nachdachte, desto klarer wurde mir, dass genau das nicht funktionierte. Entweder, oder. Mir krempelte sich der Magen um, ich musste fast kotzen. Das Mädchen saß mit dem Rücken zu mir und schaute aus dem Fenster, ein Foto, wie sich die Konturen ihres schönen Körpers im hellen

Licht der aufgehenden Sonne abzeichneten. Wir beide saßen stumm im *Kühlschrank* und sahen gemeinsam raus in die Bruchlandschaft. Eigentlich ein Bild des Friedens und der inneren Ruhe. Wir jedoch bildeten den kompletten Gegensatz, wir beide waren voller Konflikte und Spannungen. Nach einigen Minuten durchbrach ich die Ruhe.

„Mädchen, du hast Recht. Und ich liebe dich ebenfalls, aber ich kann dein Angebot nicht annehmen. Es tut mir leid."

Sie starrte, als wäre überhaupt nichts passiert, weiterhin aus dem Fenster und fragte: „Warum nicht?"

Wieder Ruhe im Raum. Ich haderte sehr mit mir. Die Frau schaute ununterbrochen aus dem Fenster. ‚Mann ist die stark', ging mir durch den Kopf. Gleichzeitig überlegte ich, wie ich weiter verfahren sollte.

„Ich kann unmöglich Tante Else im Stich lassen. Deswegen."

Sie senkte den Kopf und ich sah, dass sie wieder anfing zu weinen. Ich wusste nicht, wie ich mich verhalten sollte und wurde nervös. In meinem Kopf dröhnte es, eine Art Tinitus, der so stark war, dass ich nichts mehr hörte. Ich registrierte nichts mehr. Ich kam zu mir, als ich bemerkte, dass ich Kreise laufe. Nach ein paar hundert Metern hatte ich mich wieder beruhigt, ich wusste jetzt was zu tun war. Ich kniete vor dem Mädchen, fasste ihre beiden Hände, blickte in ihr Gesicht, ihr doch so schönes Gesicht und sagte: „Tante Else ist wahrscheinlich mein bester Kumpel. Ich kann sie nicht verlassen. So fies kann ich einfach nicht sein.“ Ich wollte sie drücken, aber nein, die starke Frau schob mich weg und sagte: „Na gut, wenn du dich für Tante Else entscheidest, dann möchte ich, dass du mich jetzt zum Bahnhof bringst.“

Ich fing an zu weinen und sagte: „Ich habe mich für dich entschieden. Du bist die Frau, die ich liebe. Tante Else ist mein Freund. Das sind zwei verschiedene paar Schuhe. Bringe jetzt bitte nichts durcheinander.“

Der Frau muss es nun genauso gegangen sein, wie mir noch vor ein paar Minuten, denn sie schien nichts zu registrieren. Sie ließ mich eiskalt in meinem *Kühlschrank* knien und ging an mir vorbei. So nach ein, zwei Minuten fing ich an zu schreien. In mir kam Hass auf. Hass auf mich lasche Sau, die weinend im *Kühlschrank* kniete. Ein bescheuerteres Bild von mir konnte es wohl kaum geben. Ich schlug mit der Faust auf die Dielung. So stark, dass sie sich mit Blut verfärbte. Ich hatte mich immer noch nicht im Griff, ich wiederholte den Vorgang. Die Faust auf die Dielung gedrückt, in einen See aus Blut. Es ging mir besser. Ich stand auf und wickelte das Unterhemd um meine blutende Hand. Ich zog mich an, mein Herz lief auf Hochtouren, ich konnte es richtig laut hören, fast als ob es neben meinen Ohren schlagen würde. Im Vorbeigehen schnappte ich mir die Joppe und den Helm und ging raus. Tatsächlich, die Frau stand wartend am Motorrad. Ich tippte mit ruhiger Hand Benzin in den Vergaser, stellte die Zündung auf „Spät“, rechten Fuß auf den Kicker und trat das Motorrad an, bupp, bupp, bupp. ‚Ich liebe das Motorrad, ein treuer Freund.' Mit solchen Gedanken versuchte ich mich zu beruhigen. Das Verrückte war, es funktionierte. Mein Herz rutschte wieder runter in den Brustkorb, genau in dem Moment, als ich die Kupplung zog und den ersten Gang einlegte. Das Mädchen kletterte in den Beiwagen und wir fuhren los. Keiner sagte einen Ton. Wie zwei fremde Menschen fuhren wir durch das Bruch. Ich zog die frische Morgenluft in meine Lungenflügel. Unter mir bupp, bupp, bupp, währenddessen zog die schöne Landschaft vorbei, wie ein Film. Ich genoss das, drehte den Kopf nach links, nach rechts, ich fühlte mich frei. Am Bahnhof angekommen stieg sie aus, vermied jeglichen Blickkontakt. Keiner sagte einen Ton. Ich ließ den Motor im Standgas laufen, das ging bumm… bumm… bumm… bumm… bumm… Das Motorrad beruhigte mich. Kein Auf Wiedersehen, keine Geste, kein Nichts, kein Garnichts, so ging sie los. Das war sie, die kurze Beziehung mit einem Mädchen aus Fürstenwalde. Ich habe sie seitdem nie mehr gesehen. Als ich nach Hause fuhr, brüllte ich ab Zäckerick: „Scheiße!", sie musste es noch gehört haben.

An der Zollbrücker Kreuzung begann ich zu weinen.

Pappdachzeit

Ich fing in Freienwalde an, Dachdecker zu lernen. Meister Biese wurde mir als Lehrausbilder vorgestellt. Er stammte aus Wriezen, kam aus einer Dachdeckerfamilie. Wir hier in Brandenburg besitzen vorwiegend Hartdächer, vor allem Biberdächer. Brandenburg ist ein Spezialist für Biberdächer. Darauf freute ich mich am meisten, auf Biberdächer. Aber es sollte anders kommen. Die Ausbildung dauerte, als Erwachsenenqualifizierung, über ein Jahr. Das gesamte Jahr über hatte ich nur Pappe vor mir. Zuerst deckten wir das Dach einer Industriehalle in Frankfurt, das eines Halbleiterwerks, dann beklebten wir eine Halle in Eisenhüttenstadt. Pappdächer sind genau die Sorte Dächer, die ich nicht leiden kann. In meinen Augen sind das nur provisorische Dächer, die nicht länger als zwanzig Jahre halten und ab dem fünften Jahr, je nach Dachneigung, gut gepflegt werden müssen. Sprich: teeren, nachkleben und ausbessern. Wir tapezierten sogar Wände in der Brauerei Frankfurt mit Pappe, wie ein Urmensch musste man mit einer Holzkeule das 200 °C heiße Zeug an die Wände hauen. Ich hasste es einfach, den ganzen Tag Brandblasen. Überhaupt Pappe kleben in den 80er Jahren, wie war das?

Zu den Werkstoffen: erst Pappe auf Zehn-Meter-Rollen mit verschiedenen Bitumenanteilen und zum Schluss noch drei Lagen Glasvlies, ebenfalls Zehn-Meter-

Rollen, einen Meter breit. Auf das Glasvlies kamen dann die Teeranstriche rauf.

Ich hasste das alles auch deswegen, weil es fachlich einfach nicht richtig war, was wir da so machten. Für ein Pappdach, meist Flachdächer, war eine Holzschalung die Grundlage. An die wurde die erste Lage *V60* angenagelt, mit sogenannten Pappnägeln, in Längen je nach Schalungsstärken. Darauf wurde aufgebaut. Unter der losen aufgenagelten Pappe konnte sich das Holz bewegen, ohne dass die Haut riss. Das war das System. Wir hingegen bauten auf Beton auf, total bescheuert. Mit einem Voranstrich, so hieß das Zeug, was nichts anderes war als verdünnter Teer, wurde die Fläche grundiert und darauf wurde aufgebaut. Eine total unausgegorene Sache war das, weil eben nicht, wie bei einer Schalung, ein haltbarer Verbund entstand. So musste ich erleben, wie ein halbes Jahr Arbeit zweier Kollektive einfach vom Wind weggerissen wurde. Der Quatsch war einfach nur eine separate Schale, die mit dem Untergrund nicht verbunden war, so also auch in den Gärbehältern der Brennerei Frankfurt. Dort drückten wir die Daumen, dass das wenigstens solange halten würde, bis die Fliesenleger kommen. Die Fliesenleger legten im Dickbett darauf Fliesen. Eine verrückte Arbeit, denn da zog nichts, da schwammen dir regelrecht die Reihen weg. Bis zum Fliesenlegen kamen uns an den teilweise über zehn Meter hohen Wänden immer wieder unsere Aufbauten entgegen. Wir waren nur am Schindern, um das verflixte Zeug ranzubekommen.

Der letzte zu erwähnende Werkstoff ist der Kleber. Dieser Kleber wurde in Rollreifenfässern, in fester Form angeliefert. Der Kleber war ein sogenannter Heißkleber, der nur dann flüssig wurde, wenn man ihn erwärmte. In Kesseln verflüssigten wir das Zeug und genau diese Technik war das Allerletzte. Wir zerschlugen die Rollreifenfässer mit Äxten. Erst mal die Böden abschlagen, indem man die 200 Liter großen und auch 200 Kilo schweren Fässer vor sich her rollt und mit der Axt immer durch den Stahl schlägt, immer schön im Spalt bleibend. Waren die Böden ab, kam die Bauchdecke dran. Eigentlich ist das ein Waidwerk. Nun schlug man in Längsrichtung einen Spalt in den Stahl und durch die im Material viel dickeren Rollreifen hindurch. Hatte man die Bauchdecke geöffnet, fasste man mit den Handschuhen in dieses scharfe Zeug hinein und hielt den Spalt geöffnet, um das Fass mit Händen, Beinen und Knien aufzubiegen. Dabei schnitt man sich immer die Knie, Füße, Beine und vor allem die Hände auf. Tolle Idee, das mit der Klebemasse in Fässern. Das große ausgewickelte Stück wurde in viele kleine Stücke gehauen. Bei 40 °C im Schatten war das am Tollsten, weil die Axt da drin einfach steckenblieb. Der Trick war, mit zwei oder drei Äxten zu arbeiten, wobei die unbenutzten im Wasser standen. So blieben die Äxte schlüpfriger, klebten durch den Wasserfilm nicht so an. Überhaupt, mit so einem Holzbearbeitungswerkzeug, das eine Axt nun mal ist, ein Stahlfass aufzuhauen, empfand ich als pervers. Der

Kollege, der sich um den Kessel kümmerte, hieß Kesselwart. Der musste auch wirklich aufpassen, denn das Zeug musste, um im Eimer lange flüssig zu bleiben, so heiß wie möglich sein. Übertrieb der Kollege es mit dem Holznachlegen, so brannte öfter mal ein Kessel komplett aus. Pechschwarze Wolken waren das, die sich himmelwärts bewegten. Man kam nicht näher als auf zehn Metern ran. Wir arbeiteten wie die Urmenschen.

In den Sommermonaten verschoben wir die Arbeitszeit. Wir arbeiteten von fünf bis dreizehn Uhr, dementsprechend mussten wir um vier in der Früh losfahren.

Ich kann mich noch lebhaft an einen Geburtstag von Ulf erinnern, genau in dieser Zeit.

Onkel Willibald war Imker. Eigentlich war er ein Tischler-Altgeselle und der Vater von Ulf. Willibald war ein Fan von mir, denn ab und zu besuchte er mich um sich vom neusten Baustand zu vergewissern. Er bewunderte meinen Mut und mein Geschick. Er freundete sich mit mir an. Für mich war das eine Ehre und auch mein Glück, da er mir etliche Tricks verriet. Vor allem das Tischlerhandwerk brachte er sowohl mir als auch seinem Sohn nahe. Willibald gehörte zu der Generation Handwerker, die nach dem Krieg gelernt hatte. Das heißt, dass er als Lehrling keinen Lohn bekommen hatte. Im Gegenteil, es war üblich gewesen, dass sich der Lehrling nach Feierabend um den Hof und Garten des Meisters zu kümmern hatte. Zudem war diese Generation gezwungen zu improvisieren, was ein Vorteil sein kann. So konnten sie auch ohne Strom Stücke bauen, auch mit schlechtem Material.

Während Onkel Willibald mir erklärte, wie er seine Faustsäge schränkt und schärft, erzählte er mir eine Geschichte über das Fausten in seiner Lehrzeit. So bekam er von seinem Meister den Auftrag, einen Lattenzaun für seinen Garten zu bauen. So weit, so gut. Aber er sollte sämtliche Latten aus 80er Bohlen rausfausten. Alle Latten mussten von Hand zugesägt werden.

„Nach zwei Wochen konnte ich das auf dem Riss schneiden", sagte er, „und auch immer rechtwinklig dabei bleiben."

Der Mann hatte Gestellsägen, die schnitten genial. Vor allem seine Absetzsäge ist mir in Erinnerung geblieben, die schnitt wie Gift. Willibald brauchte nicht mit dem Winkel rumzureißen wie ich. Die Schnitte wurden freihändig rechtwinklig und wenn er sägte, dann sah man sofort, dass er das bereits sehr oft gemacht hatte. Der Körper und die Säge wurden beim Schnitt eins. Ich konnte das sehen. Er hat mir seine Schärfwinkel und Schränkmethoden verraten, mit denen arbeite ich noch heute.

Ich saß Onkel Willibald gegenüber, da kredenzte er mir seinen Bärenfang. Ich fiel darauf rein. Er tat so, als würde er mittrinken. Ist ja klar, das Zeug war zuckersüß, da merkte man den Alkohol nicht. Dieses dickflüssige Zeug wirkte nach. Hier beginnt meine Geschichte.

Ich war besoffen, musste um vier Uhr zur Arbeit fahren. Ulf überredete mich bei ihm unten zu schlafen. Er weckte mich um halb vier und ich merkte, dass ich noch besoffener war als am Abend zuvor. Ulf musste das Moped festhalten, weil ich beim Aufsatteln immer wieder umfiel. Nun aber schnell den Gang rein und los. Der Weg war nicht weit, nur einmal quer durch Wriezen. Ich kam beim Meister an und draußen standen die Männer am *Barkas*. Ich fiel samt dem Moped vor ihre Füße. Ein Gelächter erhob sich in den Sonnenaufgang. Zwei Mann stellten mich hin. Sinnlos, ich fiel um. Sie setzten mich in den *Barkas* und wir fuhren los. Ein paar Mal mussten sie anhalten, weil ich kotzen musste. In Frankfurt angekommen, war an Fortbewegung nicht zu denken. Mein Kollektiv trug ihren Kollegen in den Bauwagen. Sie legten mich auf den Tisch, stellten mir noch einen Eimer hin und gingen arbeiten. So um zehn Uhr unternahm ich meine ersten Gehversuche.

„Sieht nicht gut aus, aber wir werden es versuchen", meinte der Meister. „Wir machen das so, dass du in der Fläche arbeitest."

Es handelte sich um ein Scheddach, das heißt aneinandergereihte Satteldächer. Demnach ging es immer berghoch und bergrunter, bis man am Kessel der eigenen Bahn ankam. Ich stand völlig desillusioniert beim Kesselwart Siehmann. Der drückte mir zwei Eimer Kleber in die Hand und ich lief los. Siehmann zeigte mir noch die Richtung, die ich dann anpeilte. Berghoch, bergrunter, berghoch. Da hörte ich ein lautes: „Halt!"

Nach einer Weile bemerkte ich, wie mich jemand festhält.

„Veit, du bist auf der falschen Bahn. Du musst zurück." Er drehte mich an den Schultern in den neuen Kurs und ich lief los.

„Hier ist die Bahn", hörte ich ihn sagen.

Ich fing mit meiner Arbeit an. Das ging alles so langsam, dass mir der Kleber im Eimer dick wurde. Ich peilte den Kessel an, der so zwanzig bis dreißig Meter von mir entfernt stand und wackelte hinüber. Plötzlich erfasste mich ein stechender Schmerz im Knie. Ich schien festzuhängen. Was war das? Ich schaute zu meinem Knie und sah wie ein Stück Gewinde der Fassrollenkurbel darin steckte. Ich schrie laut auf. Zwei Kollegen waren nun damit beschäftigt das Gewindestück aus meinem Knie zu ziehen. Ich hörte Biese schreien: „Das hat keinen Zweck! Fahrt den runter!"

Auf den Tisch gelegt, Hosen runter, kurzer Blick auf die Wunde. Aua. Da war ein Loch. Tatsächlich, ich hatte mir ein Stück Fleisch dabei rausgezogen.

Zum Feierabend hin lief das immer noch nicht so gut. Das Moped musste wieder festgehalten werden. Zuhause angekommen, traf ich eine aufgelöste Tante Else an, weil ich die Nacht über nicht daheim gewesen war. Es gab keine Telefone, sodass ich hätte Bescheid geben können. Es gab da noch ein Problem, mit dem ich schon seit dem frühen Morgen zu tun hatte. Ich konnte nicht sprechen, nur Laute von mir geben. Nicht nur arbeiten wie ein Urmensch, nein, jetzt auch noch so sprechen. Tante Else kam mit einem ganzen Haufen Fragen und ich gab nur Laute von mir, versuchte was mit Gestik. Beides befriedigte Tante Else nicht und sie wusste nicht so recht, was sie tun sollte. Ich gestikulierte ihr, dass ich mich am besten ins Bett legen und schlafen sollte. Das verstand sie und half mir dabei.

Am nächsten Morgen konnte ich mich zwar bewegen, aber sprechen konnte ich immer noch nicht. Das war natürlich eine Attraktion auf dem Bau, der stumme Veit. Dieser Tag verging frei nach dem Motto: Wer den Schaden hat, braucht für den Spott nicht zu sorgen. Ich war schon fast so weit, zum Arzt zu gehen. Aber am nächsten Tag gewann ich meine Sprache wieder zurück, erst kleine Brocken und dann entwickelte sich das enorm schnell.

Bärenfang. Jetzt wusste ich, warum das Bärenfang heißt. Das Zeug hatte wirklich einen Bären gefangen. Seitdem habe ich nie mehr an solchem Zeug genippt. Als Willibald von dieser Geschichte hörte, haute er sich kräftig auf die Schenkel vor Lachen.

Doch mal Biber

Die offizielle Arbeit war umsonst, so eine Art Durchläufer. Aber ich wurde von Biese angeheuert, nach Feierabend Biber zu decken, auf einer kleinen Kirche in den Höhendörfern. Das Dorf heißt Pritzhagen, die Kirche stammt aus dem Mittelalter. Die Biber an der Kirche waren umzudecken. Man musste sie also aufnehmen, abputzen und provisorisch aufstapeln auf dem Dach, es sei denn die Latten mussten ausgewechselt werden. Die Biber stammten zum Teil noch aus der Erbauungszeit und hatten daher einen gotischen Schnitt. Wenn man fast tausend Jahre alte Biber in der Hand hat, kommt einem die Ehrfurcht hoch. Die Dinger waren natürlich handgearbeitet, man erkannte komplette Fingerabdrücke und zum Teil Schriften auf der Oberfläche. Die Biber waren früher wahnsinnig dick, so um die fünfundzwanzig Millimeter, und weil wir, wie die Altvorderen, die Biber in Kalk verarbeiteten, war das gleich richtig schwer für einen Anfänger wie mich. In Kalk verarbeiten, das geht so:

Du machst zwei Kalkleisten, eine auf die Dachfläche, hinten am Genick, da wo die Zapfen sind. Die Zapfen sind übrigens auch viehisch lang, bestimmt vierzig, fünfzig Millimeter und von Hand ausgeformt. Da kann man immer die Daumenabdrücke sehen, weil die Zapfen unter dem Wetter sind. Die andere Leiste befestigst du an der hohen Kante des Bibers und genau das ist die Kunst; da eine haltbare Leiste ranzubekommen. Das ist alles eine Technikfrage, mit so einer Art Schwung wird die rangestrichen, muss dann fast viereckig sein und zehn bis fünfzehn Millimeter dick. Das geht ganz schnell.

Zack. Kellenbrust rauf. Zack. Kellenrücken, die Leiste geformt. Das ist ähnlich wie beim Maurerputz, der bei uns in Brandenburg geschmissen wird, genauso eine Technikfrage und auch mit Schwung. Beide Techniken kann man nicht langsam vormachen. Letztendlich muss man sich das alleine aneignen.

„Also Veit, nu pass ma uff. Ick mach dir dit denn ma vor, hier am Kasten und denn kannste erstma üben."

Am ersten Tag kam ich von den Mörtelkästen nicht weg. Zwischendurch behuckerte ich den Trupp und probierte mich in der freien Zeit an den Längsfugen am Kasten aus.

Beinahe vergessen: die eine Leiste ist der Querschlag, die andere ist die Längsfuge. So heißt die Deckart: Biber in Längsfuge, Querschlag verlegt. Die Technik ist heutzutage komplett verloren gegangen, auch weil die Ingenieure erkannt haben, dass Kalk nicht gut ist für die Biber. Hm, nicht gut und trotzdem hat es tausend Jahre gehalten. Ein Widerspruch in sich. Ein weiterer Grund ist folgender: wenn man es richtig macht, legt man im Verband, dass heißt, es ist nicht möglich, lotrecht hochzuschnüren, es wird in einem 45°-Winkel gedeckt. Das Deckefass vor dem linken Knie steht man hoch und hält sich dadurch tief geneigt. Das ist wie Ducati fahren, dabei ist der Arsch ebenfalls der höchste Punkt. Summa summarum, ein erschwertes und langsames Arbeiten. Somit ist die Kalkvariante nur noch in der Denkmalpflege anzutreffen.

So… Jetzt hatte es geklappt, ich hatte eine Längsfuge auf dem Biber. Ich lief ganz stolz zum Meister, nach dem Motto: ich hab es. Er lächelte mich an, fasste meine Hand, drehte den Biber langsam, bis er waagerecht stand und flupp, ab war der Längsschlag. Biese zog die Schulter hoch und sagte: „Na ja, so unjefähr musste dit ja verlejen, wa. Nützt ja nüscht. Junge, üb ma weiter."

Ein, zwei Tage später klappte auch das, die Längsfuge blieb dran. Nicht so lange wie bei Biese, doch zum Anlegen reichte es. Der lächelte erneut: „Meinst jetz, hastet druff, wa? Na dann komm ma und zeichet mir ma!"

Ich stieg rauf auf das Dach, rein in die richtige Reihe und … weg, nichts ging mehr. Alle Männer lachten. Ich dachte: ‚Ist das Zauberei oder was? Warum geht das jetzt auf einmal nicht mehr?'

Ich war total verunsichert. Das sollte sich noch verschlimmern. Ich fing an zu kleckern. Man muss bedenken, dass es eine wichtige Regel bei Mörtelarbeiten auf dem Dach gibt und die lautet: Nicht kleckern. Denn es kann bis zu zwei Jahre dauern, ehe die Flecken weggehen. Das Schlimme ist, dass man zuerst gar nichts sieht, erst dann, wenn der Mörtel, wir sagen Kalk dazu, in den nächsten Tagen getrocknet ist. Und dann bekommt man einen Schreck, wie schlimm das aussieht.

„Veit, hör uff! Jeh ma no mal an den Kasten! Tu mir den Jefallen."

Da wurde ich mürbe. In der Pause kam einer der Gesellen zu mir, schlug mir auf die Schulter und sagte:

„Mach dir ma keen Kopp, dit war bei uns allen so."

Irgendwann, vielleicht nach einer Woche, hatte ich es dann drauf. Von nun an machte die Arbeit Spaß. Die Dinge, die jetzt folgten, waren nicht weniger kompliziert. So waren die Hand-Made-Biber alle unterschiedlich lang, schmal, dünn und mussten beim Decken sortiert werden. Die Fuge sollte schön lotrecht sein, gerade sein, da passte Biese auf. Was haben wir bei den dicken Bibern Kalk verbraucht? Das war enorm. Leider hatten wir keine Kehlen oder Fledermausgaupen im Dach. Das wäre eine weitere Steigerung gewesen. Doch diese Sachen sollte ich mir später, in der Neuzeit, alleine beibringen.

Kurz bevor ich ausgelernt hatte, musste ich noch mal auf ein Hartdach, ein sogenanntes Doppelrömer-Dach, auf dem Scheunenberg in Bad Freienwalde. Meine Arbeit bestand darin, Modell Weimar einzudecken, ein Dachflächenfenster. Das Patent soll Velux später aufgekauft haben, allerdings waren die damals noch lange nicht so perfekt, wie die heutigen Versionen von Velux, dennoch ein großer Schritt nach vorn beim Dachbodenausbau. Wir waren eine große Truppe, da es etliche Dachflächen waren. Unser Brigadier war Meister Biese. Wir hatten etliche Hilfsarbeiter, die nicht ganz so hell waren. Einer von denen hieß Hemscher. Wir verbannten den schnell aus unserem Freundschaftskreis, er klaute unsere Dachdeckerzangen und verschacherte sie weiter. Echt eine üble Nummer. Es gab keine Flex, mit der wir hätten

Steine schneiden können, nein, wir kniffen sämtliche Orte, Anschlüsse und Kehlen mit der Zange. So hatte ich rechts eine Handkraft wie mein Vater. Alle die ich begrüßte, machten einen Hofknicks vor mir. Jedes Mal vergaß ich, dass meine Hand ein Schraubstock geworden war. Jedenfalls ertappten wir Hemscher auf frischer Tat.

Biese befahl: „Veit, du kommst mit! Wir bringen den Dieb nach Hause."

Ich ahnte da noch nicht unbedingt was Schlimmes. Reiner hingegen schien mehr zu wissen, der Junge schrie die ganze Zeit: „Nicht nach Hause! Alles, aber nicht nach Hause! Alles, aber nicht zu meiner Mutter!"

Wir mussten ihn quasi tragen. An seiner Haustür angekommen, riss sich der Junge los und wollte wegrennen. Ich aber nahm die Abkürzung über den Zaun und fing ihn ein. Biese klingelte und es erschien eine alte Frau in einem tollen blaubunten *Dederon*-Kittel. Mit herrischer Stimme fragte sie: „Was ist?"

„Ja, Frau Hemscher, wir haben ihren Ju…"

Sie unterbrach den Satz: „Wat hatter denn widder verbockt?"

„Na ja, der hat uns beklaut", antwortete Biese.

Plötzlich, für mich total unerwartet, sah ich Blut spritzen. Warum spritzte Blut? Die alte Frau hatte mit einer sagenhaften Schnelligkeit einen Faustschlag mitten in sein Gesicht platziert, mit einer Wucht, dass das Blut nur so spritzen musste. ‚Wow', dachte ich, ‚ein echter Rummelboxer mit einem ganz tollen *Dederon*-Kittel.

Das erlebt man nicht alle Tage.‘ Der Junge sank sofort in sich zusammen. Wenn Reiner und ich ihn nicht von beiden Seiten festgehalten hätten, wär der Kollege von der Treppe gefallen. Er kniete nun mehr oder weniger vor seiner Mutter. Genauso schnell, wie der präzise Schlag kam, packte sie ihn an der Schulter und zog ihn ins Haus. Bumm, knallte die Tür zu und wir standen beeindruckt da. Reiner hatte die Tür fast abbekommen, weil er sich nicht so schnell von dem Jungen gelöst hatte wie ich.

„Haste dafür Töne?“, hörte ich Reiner Biese sagen. „Jetzt kricht der, wat er verdient.“ Er lächelte dabei. „Oller Drecksbengel!“, fügte er noch hinzu.

„Veit, haste dit jesehn? Die Alte zieht ihm voll eene rinn.“

Zurück beim Zweckverband

Das Jahr ging vorüber und ich schaffte den Abschluss zum Facharbeiter, Dachdecker. Zurück zu meinem geliebten Stürmer. Beim Zweckverband angekommen war ich überrascht über den allgemein freundlichen Empfang. Alle schienen sich zu freuen mich wiederzusehen. Wieder eine neue Erfahrung für mich. Es wurde mir eine neue Kollegin vorgestellt, eine ältere Dame. Sie war von Berlin nach Neureetz gezogen. Einen neuen Maurer gab es auch vorzustellen, sogar einen Maurermeister. Ich begrüßte beide. An dem Maurer fiel mir sofort auf, dass er Alkoholiker war. Alle saßen am Frühstückstisch und ich sollte ein bisschen erzählen, was ich in der letzten Zeit alles so erlebt hatte. Alles in allem sehr entspannt.

Ich erhielt meine erste Arbeitsaufgabe. Im Gemeindebüro Altreetz sollte das Dach ausgebessert werden. Es sollten ein neuer First gedeckt und ein neuer doppelrohriger Schornstein gemauert werden. Im Anschluss sollte geklempnert und angedeckt werden. Das war genau nach meinem Geschmack.

Stürmer meinte zu mir: „Veit, wir haben erst mal keinen Mann frei für dich, die sind alle draußen verheizt worden. Aber nächste Woche kommt ein neuer Mann aus Berlin. Ein Maurer, der ist dir dann auch zugeteilt. Solange musst du dich allein durchschlagen. Geht das?"

„Na klar!", war meine Antwort. „Kein Problem."

Dann hörte ich noch so was wie: „Schön, dass du wieder da bist."

Ich sah Stürmer verdattert an. Ich war gar nicht in der Lage mit so viel Lob umzugehen.

Stürmer reagierte mit einem: „Ist was?", und lächelte dabei.

„Nein. Ist nichts. Es ist alles in Ordnung."

„Na, dann ist ja gut. An die Arbeit Männer!", rief Stürmer, der dabei in die Hände klatschte.

So ging es an die Arbeit. Zufrieden mit mir und meiner Welt fuhr ich nach Hause.

Nicht schon wieder!

Alles schien wie am Schnürchen zu laufen. Gut gelaunt aß ich mit Tante Else Abendbrot. Es gab einen weiteren Grund für meine gute Laune. Ich hatte wieder ein Mädchen, mit dem ich nach Feierabend rumflirtete. Ein Mädchen aus Wuschewier, eine hübsche Blondine. Sie wollte studieren, machte vorher einen Facharbeiter als Tittenklatscher, als Melkerin, in Flemsdorf in der Uckermark.

Irgendwo am Rande des Dorfes Wuschewier lagen wir im hohen Gras und knutschten. War das schön, so eine weiche, zarte Haut zu berühren und wie schön sie roch. Immer mit der Nase an ihrem Körper lang. Dabei streichelte ich ihre Haut, ich war high.

„Du, horch mal", fragte sie mich plötzlich, „wo hast du eigentlich dein Haus?"

„Na, in Neulietze. Das habe ich dir doch schon erzählt."

„Ist das ein altes Haus?"

„Na klar, was denn sonst?"

„Ich", erzählte sie weiter, „will ja nach dem Studium in die Stadt" Ich setzte mich auf, wie von einer Tarantel gestochen: „Au, nein, nicht schon wieder", sagte ich traurig.

„Wie? Was schon wieder? Das verstehe ich nicht."

„Das kannst du auch nicht", antwortete ich. „Warum denn in die Stadt?"

„Ich will hier raus aus dem Dreck. Immer nur Hühner und Scheiße.“ Ich hatte keine Lust mehr auf Konversation. Das sagte ich ihr auch und wir fingen wieder an zu schmusen, bis ich wieder high wurde.

Oft fuhr ich Gabi, so hieß das Mädchen, mit der *EMW* zur Berufsschule in die Uckermark. Die Strecke durch die Moränenlandschaft fuhr ich gern. Es war toll da. Doch diesmal wollte ich sie überraschen, machte einen Umweg von Wuschewier über Neulietze. Ich wollte ihr den Philippsberg zeigen. Wir hatten beide gute Laune und fuhren los. Als wir mein Haus erreichten, fing sie an zu verkrampfen. Ich hingegen hatte immer noch gute Laune, stieg ab und staunte, denn Gabi schien auf dem Motorrad festgewachsen zu sein. So bockte ich das Motorrad auf, mit Gabi oben drauf sitzend.

„Ta, ta, tada!“, eröffnete ich die Ansprache, „Madame, Ihr neues Schloss.“ Ich spann das weiter, so richtig mit Hofknicks. Die Braut saß total bescheuert auf der *EMW* und verkrallte sich regelrecht im Rahmen mit ihren Fingern. Von mir kamen Kompromisssätze, sowas wie: „Na ja, das Schloss ist noch nicht fertig, aber das wird.“

Vor dem Haus befand sich zu der Zeit noch sohlbankhoch Bauschutt. Meine Zufahrt war ebenfalls voller Schutt, damit wollte ich die ja schließlich befestigen. Durch das Stubenfenster stolzierte das Federvieh rein und raus. Der Sims war abgefallen, der Putz war ab. Den Durchschuss der Russen hatte ich gerade geöffnet um ihn richtig zu schließen. Und diverse andere Kleinigkeiten mehr. Gabi wirkte wie versteinert.

„Ey, Gabi, komm von dem Motorrad runter! Ich möchte dir gerne das ganze Haus zeigen.“ Ich hörte von ihr ein kurzes und knackiges: „Nein!“

„Ey, Gabi, das sieht so bekloppt aus, wie du da oben sitzt. Komm jetzt!“, und ich fasste unter ihre Arme.

„Nein!“, war ihre Antwort, ein langgestrecktes Nein. Ich neigte den Kopf, weil ich ahnte wie das enden würde. Da hörte ich etwas. Gabi sagte etwas. Ich ging näher ran, um sie besser zu hören.

„Hast du vorne genauso viele Fenster, die geputzt werden müssen?“

Das war es! Ich bockte die *EMW*, mit dem Mädchen obendrauf, ab, (das muss von weitem so scheiße ausgesehen haben) machte das Motorrad an und genoss die Uckermarktour. In Flemsdorf angekommen stieg sie freudestrahlend ab, wollte mir ein Küsschen geben. Ich wies sie ab. Sie erschrak und fing an irgendetwas zu erzählen. Ich hörte es nicht, es interessierte mich auch nicht die Bohne, was sie quatschte. Diese Frau war für mich gestorben.

Das war´s mit dem Mädchen aus Wuschewier.

Buddel

Auf dem Baunhof wurde mir mein neuer Kollege vorgestellt, der jahrelang in Berlin gearbeitet hatte. Als ich den Typen sah, wurde mir klar, dass der ebenfalls Alkoholiker sein musste.

„So, Veit, hier ist dein neuer Kollege!", und der neue Kollege schien ganz wirr im Kopf zu sein, denn er fing an zu gurgeln und zu quietschen und machte noch ganz andere Arten von Geräuschen. Er wackelte zudem mit dem Kopf und schob dabei die Schulter hoch und runter. Das Gesicht strahlte Freude aus. Stürmer schien genauso überrascht zu sein wie ich, sah flüchtig zu mir rüber, ging los und ließ uns stehen. Der Typ sah mich immer noch mit seinem fröhlichen Gesicht an und fing wieder an zu glucksen, dabei ging die Schulter hoch und runter. ‚Mann', dachte ich, ‚das ist ja Endstadium, kurz vor dem Delirium.' In dem Moment machte er einen unbeholfenen Schritt auf mich zu und begrüßte mich: „Hallo, ick bin Bodo, aber alle saren Buddel zu mir", und gluckste dabei.

„Hallo Buddel, ich heiße Veit und alle sagen Veit zu mir." Der Satz belustigte ihn so sehr, dass er anfing vor mir rumzuhampeln, Arme hoch, Arme runter. Hopsen, wie ein kleines Kind. Auf einmal begann er im Kreis zu hopsen. Als er mit dem Rücken zu mir stand, fasste ich ihm auf die Schulter. Er erschrak, drehte sich zu mir um.

„Komm mal mit!“, sagte ich zu ihm und wir gingen in die Tischlerei. Dort angekommen sah ich die typischen Alkoholikeraugen. ‚Überall Horrorkonsum‘, dachte ich, ‚egal wo ich bin.‘ Buddel stand jetzt vor mir, streckte Kopf und Oberkörper soweit nach vorne in meine Richtung, dass er umzufallen drohte. Er glich den drohenden Sturz mit den Armen aus, das heißt, er riss beide Arme ganz weit nach hinten.

„Wat is?“, fragte er.

„Ey, du bist ´nen Säufer, stimmt ´s?“

„Dit is ne Verleumdung. Ick verbiete mir dit!“

Wie diese lächerliche Gestalt nun wie ein Huhn vor mir stand und dieses Huhn auch noch wie ein solches redete... Ich konnte einfach nicht anders als zu lachen.

„Man lacht ni über mich! Ick bin ‘n großer Handwerker. Ick kann dir ville beibringen. Dir wird dit Lachen no vajehn!“, schimpfte er.

„Warte mal hier auf mich!“, sagte ich ihm und lief auf den Platz. Ich kam wieder mit ein paar Ziegelsteinen in verschiedenen Formaten. „Leg mir mal ein Doppelrohr aus, 13,5/19,5 ist das Maß.“

„Willste mir testen? Aber ick bedaure.“

„Was bedauerst du?“, war meine Frage nach diesem komischen Satz.

„Na, ick bedaure, dass ick keen Rohrlejer bin. Ick bin Maurer“, und er fing wieder an zu glucksen.

„Werter Herr Maurer“, fuhr ich fort, „wie heißen die dunklen, schwarzen Löcher in einem Schornstein?“

„Du wirst et mir ja jleich saren“, antwortete das Huhn namens Buddel.

„Die schwarzen Löcher heißen Rohre“, antwortete ich. „Oder wie heißen die in Berlin?“

„Da heißen die och Rohre.“

„Schön, dass wir uns einig sind“, sagte ich und zeigte auf die Ziegel. „Nu, leg mal was aus!“

Buddel kniete sich hin und konzentrierte sich. Ungeschickt fasste er die Ziegel und legte totalen Quatsch aus. Mir wurde klar, der Typ hatte keinen Plan davon, was er da überhaupt machte. Nach einer Weile fing er an aus den Ziegeln eine Burg zu bauen, wie ein kleines Kind, mit dem gleichen Geschick. Bei ihm schienen auch die gleichen Glücksgefühle aufzukommen. Er lachte und gluckste, die Schultern gingen wieder hoch und runter. Ich erkannte, dass der Typ ernsthaft angefangen hatte zu spielen.

„Jetzt reicht's!“, brummte ich mir in meinen Bart. Kurz darauf stand ich vor meinem Chef und sagte: „Das Huhn da draußen ist ein Alkoholiker, kurz vor dem Delirium. Mit dem kann ich nicht auf's Dach steigen.“

„Wo ist der jetzt?“, fragt Stürmer mich.

„Du wirst es mir nicht glauben, ich hab ihm was zum Spielen gegeben.“ – „Wie zum Spielen?“ – „Na, der Typ sitzt in der Tischlerei und baut gerade eine Ritterburg. Kann sein, dass ich ihm noch ein paar Steine bringen muss.“ Stürmer schob mich mit der Hand weg: „Das muss ich sehen!“

So standen wir beide vor Buddel, Stürmer fiel die Klappe runter. Ganz ruhig, mit einem Lächeln im Gesicht saß Buddel da und baute eine Burg. „Tatsächlich“, sagte Stürmer und schaute mich entgeistert an. „Also deinen Plan, dass ich mit dem Dächer decke“, sagte ich, „den kannst du vergessen.“

Während ich mich mit dem Chef unterhielt, bekam Buddel mit, dass er nicht alleine war. Er sprang auf und stand nun stramm vor Stürmer. „Was machen Sie hier?“, fragte Stürmer.

„Der da hat mir hier alleene jelassen, is einfach abjehaun, da hab ick mir bisschen beschäftigt.“

„Sagen Sie mal, ticken Sie noch ganz? Herr Templin wollte, dass Sie einen Schornstein auslegen und das werden Sie jetzt auch gefälligst tun“, bellte Stürmer los. Buddel standen Schweißperlen auf der Stirn, riesen Dinger. Er kniete sich hin und legte was aus. Ohne Erfolg. Ich versuchte ein wenig die Spannung aus der ganzen Situation zu nehmen und sagte: „Pass auf, Buddel, ich lege die erste Reihe aus und du die zweite, okay?“ – „Ja, ja, ja.“

Ich legte die erste Reihe aus. „Ach so!“, reagierte Buddel. „Sach doch glei, watte von mir willst.“ Er kniete sich hin, legte aus und sprang fröhlich auf. „So! Fertich!“, und fing wieder mit dem Glucksgeräusch an. Stürmer und ich sahen uns an, beide mit dem gleichen Gedanken. „Sagen Sie mal, wollen Sie mich verarschen?“, machte Stürmer weiter, drehte sich um und ging.

„Wat is denn? Wat stimmt de ni?“, fragte Buddel verunsichert. – „Du hast die gleiche Reihe ausgelegt wie ich“, antwortete ich. – „Na und?“, fragte Buddel. – „Na, das gibt keinen Verband!“, sagte ich. „Weißt du überhaupt, was ein Verband ist?“ – „Hm… Lass mal überlejen...“ – „Weißt du, was Fugen sind?“, fragte ich weiter. – „Ja!“, sagte er euphorisch. „Dit is wat zwischen die Steine.“ – „Weißt du was? Ich habe keine Lust weiterzufragen. Es ist besser für dich und mich, wenn du Kapazität wieder nach Berlin zurück gehst.“ Ich verließ die Tischlerei und begann, eine Kollektion für die Baustelle zusammenzustellen. Zuerst in den Kalkbunker, dann hatte man das gleich hinter sich. Danach Rüstung, Belag, Kies und so weiter. Ich war mit den Gedanken woanders. Zusammen mit Franz Piepling fing ich an, den LKW zu beladen.

„Veit, tu mir einen Gefallen und nimm den neuen Kollegen mit“, hörte ich hinter mir eine Stimme. Mein Chef stand mit besorgter Miene da. „Wenn nicht, mach ihn zum Bodenpersonal. Lass ihn für dich huckern.“

„Wenn du unbedingt willst“, antwortete ich.

Buddel stand an der Bürotür und Stürmer pfiff ihn herbei, wie einen Köter. Buddel lief prompt zu seinem Herrchen und das sagte: „Sei schön brav bei Veit!“

Ich nahm Buddel mit, wir richteten die Baustelle, Gemeindebüro Altreetz, ein. Es lief genauso, wie ich es mir vorgestellt hatte. Buddel war vollkommen unbrauchbar. Das ging den ganzen Tag über so: „Du, Meista, sollte sich eener nach mir reißen, ick bin scheißen!“

Nach jedem Schiss wurde er besoffener, weil er im hohen Gras im Gemeindegarten den *Blauen Würger* versteckt hatte. Jedenfalls war die Bürgermeisterin sehr nett, denn sie ließ uns bei sich frühstücken. Mit Buddel war das jedoch mehr als peinlich. Er aß eigentlich kaum etwas außer sauren Gurken. Die schlürfte er sehr unbeholfen aus dem Glas und fingerte darin herum, verkippte dabei sehr viel, sabberte und redete nur Grütze.

Irgendwann saß ich mit dem Huhn namens Buddel alleine rum. Ich hatte den Schornstein aus dem Dach raus, mauerte den Kopf und danach hatte ich mir vorgenommen, den gesamten First zu erneuern. Also brachte ich von zu Hause mein selbstgebautes Deckefass mit und nahm den alten First auf, stapelte ihn auf. Buddel arbeitete am Boden, nahm mir das Altmaterial ab, gab mir Kalk und den neuen First durch die Dachlatten. Irgendwann war das Dach zugedeckt und ich rief Buddel hoch. Im Dachausstieg erschien das Buddel-Gesicht und bereits im gleichen Moment war es auch schon wieder verschwunden. Ich dachte, ich träume.

„Buddel, wo bleibst du?", rief ich nach unten.

„Ick komm da ni ruff! Ick bin do ni lebensmüde!", hallte es vom Boden zurück.

„Ey, mach kein Scheiß! Du kommst jetzt hier rauf und hältst mir das Deckefass."

Buddel überwand sich. Die letzten Firste setzte ich in Reiterposition und Buddel ritt hinter mir her und hielt das Deckefass mit dem Mörtel.

„Ick hab Angst Meista! Ick habe solche Angst!“, so ging es die ganze Zeit.

Ich beruhigte ihn immer wieder und sagte: „Solange du nicht nach unten siehst, kann überhaupt nichts passieren.“ Und hinter meinem Rücken ging es immer: „Ja Meista, ja Meista.“

Da zwang mich plötzlich ein unangenehmes Schurren zum Umdrehen. Ich sah mein Deckefass in den Garten rutschen. Nun hörte ich eine Art Knistern. Buddel hatte es echt draufgehabt, sich auf den Bauch zu legen und entwickelte dabei eine Kraft, die es ihm ermöglichte, durch die Dachsteine zu greifen. Das Knistern waren zerberstende Dachsteine.

„Ick muss jetzt sterm!“, schrie Buddel auf dem Bauch liegend.

Er war völlig apathisch, ich schrie ihn an. Er wollte sich einfach nicht beruhigen. Ich stellte mich hin, lief über den frisch verlegten First, über Buddel hinweg und sagte:

„Na gut, Buddel, ich ess jetzt erst mal Frühstück. Mach´s gut, bis nachher!“

„Meista, lass mir ni alleene hier.“ Ich stieg runter um mir ein Bild von unten zu machen. Fantastisch, es sah wirklich toll aus mit dem verkrampften Buddel auf dem First. Doch es wurde mir einfach zu viel, ich ging erstmal was essen.

„Nanu? Ihr Kollege gar nicht hier?“, fragte mich Frau Bürgermeisterin.

„Nee, der genießt die Aussicht vom Dach, der will heut nicht frühstücken“, antwortete ich.

„Ganz im Geheimen“, flüsterte die Frau, „wir haben nichts dagegen, wenn ihr Kollege nicht hier ist“, und alle Frauen fingen an zu lachen.

Nach dem Frühstück ging ich hoch zu Buddel: „Buddel, nimm meine Hand! Hier!“

„Nee!“, schrie er mich an.

Ich sagte: „Buddel, du musst hier runter. Hast du eine bessere Idee?“

„Ja. Ein Bauer soll ne Fuhre Heu laden und sich da unten hinstelln, denn spring ick da rin.“

Mir kamen echt die Tränen vor Lachen. Ey, so einen Spruch loszulassen, echt genial. Bei mir lief sofort ein Film ab, als Dauerschleife sah ich Buddel in das Heu springen. So eine Art Altreetzer Fenstersturz. Auf einmal schlug mein Gemüt in Wut um. Ich stellte mich vor ihn hin und sagte: „Zum letzten Mal, nimm meine Hand!“ – „Nee!“

Im gleichen Moment kniete ich vor ihm und zog ihm eine rein, seitlich auf die Wange. Aua. Das hatte gesessen. Er ließ los vor Schmerz. In diesem Augenblick fasste ich den Typen am Hosenboden und an der Jacke, hob ihn hoch und schmiss ihn durch das Dachfenster. ‚Padumm, padumm‘, ging das. ‚Au weih‘, dachte ich, ‚der wird bestimmt sauer auf mich sein.‘ Ich kletterte auf den Dachboden und sah wie Buddel sich benommen den Kopf rieb. Ich eröffnete mit: „Entschuldige!“

Da sprang er mich an und umarmte mich. Was war denn jetzt los?

„Danke Meista! Ick lebe!“, rief er und fing wieder an mit dem bekloppten Hopsen um die eigene Achse.

„Mann, so ein bekloppter Kerl“, brubbelte ich in meinen Bart. Was sagt man dazu? Er sprang mich erneut an: „Meista, du hast mir soem dit Leben gerettet.“

„Du bist nicht mehr zu retten“, antwortete ich.

„Hurra! Ick lebe! Ick lebe!“, und er hopste und hopste dazu, „Meista, Danke! Danke!“

Ungebetener Besuch

Nach diesem erlebnisreichen Tag esse ich mit Tante Else Abendbrot. Poch. Poch.

„Nanu!“, horcht Tante Else auf. „Wer kann denn das nur sein?“ Ich esse weiter und Tante Else geht an die Tür. Sie kommt mit zwei Gestalten zurück. Beide mit finsterer Miene. Der mit dem langen Mantel, so ein Kunstlederteil, eröffnet: „Herr Templin?“

„Ja“, antworte ich und esse weiter.

„Wir müssen mit Ihnen alleine sprechen.“

„Worum geht´s denn?“, frage ich.

Der mit dem langen Mantel wird laut: „Wir stellen hier die Fragen!“

Tante Else erschrickt und steht wie versteinert da.

Mit einer Handbewegung, nach dem Motto ‚Verpiss Dich!' winkt er sie raus. Der Andere macht weiter, auf die sanfte Tour: „Ja, Herr Templin, wir haben da ein Problem."

Mir vergeht der Appetit. Sofort ist mir klar, was das für Typen sind. Ich mache eine Handbewegung und sage: „Legen sie los!"

Auf einmal bellt der in dem Langmantel mich an: „Lassen Sie den Sarkasmus!"

Der Sanfte macht weiter: „Wir haben eine Anzeige gegen Sie vorliegen. Und zwar spielte sich der Zwischenfall auf dem Oderdamm km … ab. Ihnen wird angelastet, einem Polizisten die Waffe entwendet und in die Oder geschmissen zu haben."

Mir wird schlecht. Ich kann mir überhaupt keinen Reim darauf machen.

„Ich werde Ihnen mal das Protokoll vorlesen", fährt der Sanfte fort: „Der Genosse von der Wasserpolizei, Ganzman, führte eine Verkehrskontrolle durch. Sie griffen den Mann an, entwendeten ihm die Waffe und prahlten damit, dass Sie Spatensoldat sind. Dann schmissen Sie die Waffe weg."

Mir wird immer schlechter.

Der Langmantel macht weiter und bellt: „Haben sie den Genossen am km … angetroffen? Ja oder Nein?"

„Ja", antworte ich, „aber…" Er unterbricht mich: „Nichts aber!"

Mir geht so einiges durch den Kopf. Ich hatte auf

dem Nachhauseweg Ganzman, einen alten Nachbarn aus Hohenwutzen, angetroffen. Und er hatte auch meine Papiere durchgesehen, so wie alle Uniformierten hier, aber danach hatten wir über alte Zeiten gequatscht. Ich bin in Gedanken, da macht der Langmantel weiter: „Wissen Sie, was da auf Sie zukommt?"

Ich rufe laut aus: „Das ist doch alles erlogen!"

„Hier das Protokoll, lesen Sie es sich in Ruhe durch."

Was ich mache. Es eröffnet sich mir ein Märchen, in dem ich der ganz böse Bube bin. „Hier fehlt die Unterschrift", bemerke ich.

„Ja, darum geht es hier heute, um das Thema Unterschrift."

„Wie? Was? Ich verstehe nur Bahnhof", sage ich.

Der Sanfte macht weiter: „Na ja, wir würden Ihnen ein Angebot machen. Davon hängt es ab, ob der Genosse unterschreibt oder nicht."

Ich lehne mich zurück und sage: „Meinen Sie wirklich, der Genosse unterschreibt dieses Märchen? Und verantwortet alles, was danach kommt?"

Der Langmantel brüllt mich an: „Zeuge gegen Zeuge! Was meinen Sie, was Sie da für eine Chance haben? Wissen Sie, wie viele Jahre Knast das bedeutet?", brüllt er weiter.

„Und das, genau das, will der Genosse verantworten?", frage ich.

Er bellt wieder los: „Lassen Sie es doch darauf ankommen, Sie Idiot!"

Jetzt bin ich gefickt. Veit, jetzt hat dich die *Stasi* am Arsch.

Der Sanfte beschwichtigt: „Soweit muss es wirklich nicht kommen. Sie haben sich bis jetzt noch nichts zu Schulden kommen lassen. Das spricht ja für Sie."

‚Au Mann', denke ich, ‚das ist vielleicht eine Psychokacke.' „Was wollt ihr von mir?", schreie ich in den Raum.

„Nicht viel", sagte der Sanfte. Währenddessen läuft der Langmantel nervös auf und ab.

Pause.

„Ab und zu eine kleine Information und wir könnten den Genossen überreden, das Protokoll zu vergessen."

Ich bin wie betäubt, nicht in der Lage zu reagieren. Ich stehe im Schach.

„Wäre es nach mir gegangen, wären Sie dran", bellt der Langmantel. „Wir kommen nächste Woche und holen uns Ihre Antwort."

Im Schach, Veit, du stehst im Schach.

Der Langmantel brüllt: „Haben Sie mich verstanden?"

Ich schaue dem Mann ganz fest in die Augen, er hält dagegen. Nach einer Weile winkt er ab und sagte zu dem Sanften: „Komm, wir hauen ab."

Der Raum ist jetzt leer, in meinem Ohr Tinitus, ganz laut und mein Herz befindet sich genau neben meinen Ohren. Tante Else betritt den Raum wie in Zeitlupe. Sie nimmt meine Hände, sieht mich aufgeregt an und sagt: „Das war die *Gestapo* stimmt´s? Die kann man meilenweit erkennen, schon an ihren langen Mänteln und an ihrer Ausstrahlung." Tante Else legt ihre Hände auf ihren Schoß und setzte sich mir gegenüber. Pause.

„Ich habe gedacht, die gibt es gar nicht mehr", sagt Tante Else schon fast abwesend.

Ich: „Äh? Was?"

„Hast du gesehen? Heidi hat auch bemerkt, dass das die *Gestapo* ist."

Wir beide sitzen wie betäubt da. Heidi ist durcheinander, springt abwechselnd auf meinen und dann auf Tante Elses Schoß und sieht uns dabei ratlos an.

Pause.

„Hört das denn nie auf?", sagt Tante Else noch und weint dann.

Mein Freund Martin hatte es geschafft, als Spatensoldat gemustert zu werden. Für mich stand auch fest, dass ich keine Waffe in die Hand nehmen würde und die einzig legale Sache war es, Spatensoldat zu werden. Ulf hatte das nachher auch geschafft. Also machte ich bei der Musterung in Freienwalde eine Ansage. In den Baracken am Finanzamt guckten die einem damals in den Arsch. Die Reaktion war Verwunderung, da ich doch nicht gläubig sei oder sei ich doch nur ein Sympathisant der Kirche? Ich stand eisern vor irgend so einer Uniform und sagte:

„Ich lehne den Dienst an der Waffe ab. Das ist mein Recht.“

„Ist ja schon gut“, war die Reaktion des Offiziers. „Wegtreten!“

Ich war felsenfest davon überzeugt, das hinbekommen zu haben.

Pech im Kühlschrank

Ich hatte wieder ein neues Mädchen auf dem Sender. Ein hübsches Mädchen aus Thöringswerder. Sie war immer mit ihrer besten Freundin unterwegs und beide rockten gern mit mir ab. Es war schwer, an sie heranzukommen. Ich machte das ganz behutsam. Oft war ich der Meinung, ihr Interesse geweckt zu haben, doch im selben Moment zeigte sie mir die kalte Schulter.

Auf dem Philippsberg passierte weiter nichts, das Dach war fertig, die Simse, die Schornsteinköpfe, der *Kühlschrank* und das Bad im Rohbau. Mir fehlte der Antrieb. Obwohl das Aufgezählte schon nicht wenig war, war ich unzufrieden. Das Alleinsein machte mir zu schaffen. Conny, so hieß das Mädchen, war meine neue Hoffnung.

Es war Wochenende, meine Jungs von der Band und noch ein paar Kumpels waren da. Full House und wir gingen in Klaus' Disco. Wir alle hatten Lust da hinzugehen, bei Klaus war diese Art von Veranstaltungen hier in der Umgebung sowieso am schönsten. Der Saal war immer knackevoll, das Ambiente schön. Der Saal stammte noch aus Kaisers Zeiten. Im Raum gab es integrierte, ausgehobelte Hängesprengböcke, eine Zimmermannskonstruktion mit originaler Ölfarbe. Die besaß eine dicke Patina aus Nikotin und Teer vom Rauchen. Der Inhaber, Klaus Stiftke, ein dicker, gelassener und ruhiger Mann. Er war einer der Wenigen, die nichts gegen mich hatten. Das lag wohl daran, dass er ein großer Fan von Tante Else war. Er meinte, dass die Frau, seitdem ich da war, noch einmal richtig aufgeblüht sei. Worüber er sich sehr freute. Und dann kamen immer große Geschichten über Tante Else. Klaus war aber auch ein gerissener Geschäftsmann. In den Sommermonaten, wenn das Bier dick wurde, hatte er einige Ideen. Eine davon war die Schweinemast.

„Komm mal mit, Veit! Ich zeig dir mal meine Schweine, wie schön ruhig die sind."

Die Schweine standen angelehnt an die Wände oder lagen rum wie tot.

„Was ist denn mit denen los?", fragte ich.

„Na, die sind besoffen", antwortete Klaus, „und da die dann immer so schön ruhig sind, werden die auch extra fett."

Echt raffiniert.

Die zweite Idee: Wenn wir da richtig abrockten, bekamen wir natürlich Durst und da ich zu der Zeit

Antialkoholiker war und meine Beobachtungsgabe, zwecks schmecken und riechen, größer war, war ich der Meinung, dass Klaus anfing zu panschen. Ich stand neben dem Tresen bei Onkel Klaus und betrachtete das Schauspiel. Er stand zufrieden da, die Kasse klingelte an dem Abend mal wieder.

„Du, Onkel Klaus, panscht du mit saurem Bier?" Er sah mich an, legte den Zeigefinger an die Lippen: „Pscht, Veitchen. So, hier ein Bier!", sagte er laut zu einem Gast, sah zu mir rüber und flüsterte, „dann brauchst du morgen nicht so doll drücken."

Beide fingen wir an zu lachen.

„Das ist nichts Schlimmes, Veitchen. Man sieht es doch an meinem Laborversuch."

„Was denn für ein Laborversuch?"

Onkel Klaus sah mich erstaunt an: „Na, meine Schweine! Schon vergessen?"

„Alles klar, Onkel Klaus."

Nach dieser Discoveranstaltung gingen wir nach Hause. Zu meiner großen Freude gelang es mir, Conny und ihre Freundin zu überreden mich zu begleiten. Mein Haufen, stark benommen von den gärenden Pilzkulturen a là Klaus Stiftke, bewegte sich eher verhalten und langsam in Richtung Heimat. In der Zeit überholten uns die Mädchen mit ihrem Moped. Sie winkten beim Vorbeifahren und ich konnte es kaum erwarten nach Hause zu kommen. Es war, als würde ich meine Schweinerotte hüten, so langsam bewegten sich meine

Leute zum Philippsberg hin. Immer wieder ging mir der Eine oder Andere verloren. Da hieß es: zurück zum Ausgangspunkt und suchen. Manche verloren so stark die Orientierung, dass sie in die falsche Richtung gingen. Deswegen musste ich sogar noch am Ausgangspunkt, „Der Linde", Onkel Klaus' Kneipe, vorbeilaufen. Spätestens an der Kirche hatte ich die Kollegen eingeholt, auf neuen Kurs gedreht und ab ging es.

‚Mann', dachte ich, ‚hoffentlich sind die Mädels noch da.' Ich hatte Glück. Als ich mit der vollständigen Rotte ankam, waren die Mädchen noch am Philippsberg. Meine Männer wiesen die gleichen Verhaltensmuster auf wie Klaus' Schweine. Es kam, wie ich befürchtet hatte. Conny gefiel nicht, wie die Rotte einwechselte, das konnte ich in ihrem Gesicht sehen. Ihre Freundin hingegen verhielt sich da ganz anders. Sie amüsierte sich köstlich über uns, kicherte und machte Witze mit meinen Jungs. Conny lief schlecht gelaunt hinterher, währenddessen machte sich ihre Freundin mit den Jungs bekannt. Jetzt erst mal rein in die Küche. Die Küche hatte zu der Zeit noch Ähnlichkeit mit einer Schmiede, weil Tante Else ja die Topfböden unmittelbar über das Feuer stellte, die Zeit war knapp wenn man vom Acker kam. Connys Laune verschlechterte sich zunehmend. Die Jungs hauten richtig rein, alle hatten Hunger und so ging ein Schmatzen und Rülpsen rum. Conny wollte nur noch eins: weg von hier. Ihre Freundin hingegen hatte noch keine Lust zu gehen. Sie hatte Spaß. Nun musste

Conny notgedrungen bleiben und ich fing zu baggern an. Nach dem Schmaus ging es in den *Kühlschrank*. Da stand alles voller Liegen, Matratzen, Stühle, Sessel und jeder machte es sich bequem. Connys Freundin schien sich für Henker zu interessieren. Er bekam Wind davon und fing ebenfalls an zu baggern. Conny saß hilflos bei mir rum, das war mir ganz recht.

„Ey, Conny", sagte ich zu ihr und nahm ihre Hände. Sie zog die Hände weg. „Soll ich dir mein Haus zeigen? Hast du Lust?" – „Nein." – „Dann lass uns draußen spazieren gehen." – „Nun, ich würde lieber hier bleiben, draußen ist es so kalt. Es reichen mir schon die Gedanken an den kalten Nachhauseweg mit dem Moped."

Plötzlich war sie nicht mehr abweisend mir gegenüber, im Gegenteil, sie rückte ein bisschen näher heran. In mir kamen Glücksgefühle hoch. Ich wurde ganz weich in den Knien. Es entstand eine richtige Unterhaltung. Ich konnte es gar nicht fassen. Wie war das nur möglich? Ich umfasste ihre Schulter und zog sie an mich. Sie ließ es geschehen. Ich begann sie zu liebkosen und war schon richtig high. Wir fingen an uns zu drücken. Ich streichelte ihr Haar, fuhr mit den Fingerspitzen über ihr glühendes, schönes Gesicht. Ich genoss den Geruch ihrer Haut, streichelte ihre Arme, dann ihre Beine, ihre schönen schlanken, langen Beine. Ich war total high. Plötzlich sprang sie auf und ich wurde aus meinem Traum gerissen, ganz abrupt.

„Hörst du das?", fragte sie mich.

„Was denn?“, antwortete ich noch betäubt. Ich war gar nicht in der Lage mich auf irgendetwas zu konzentrieren.

„Hör doch mal!“

Ich zwang mich dazu und tatsächlich hörte ich ein Plätschern neben mir.

„Was ist das?“, fragte sie erneut.

Im gleichen Atemzug packte ich „Igel“, meinen Freund Ingolf, am Kragen und zog ihn hoch.

„Es ist weiter nichts“, antwortete ich, „Der da pisst gerade ein.“

Ich schob Igel vor mir her, durch den Flur. In der Zeit pisste er periodisch kleine Flecken auf die Fliesen. Ich riss die Tür auf und wollte Igel rausschmeißen. Conny lief entsetzt hinter uns her, sie konnte es nicht glauben.

„Neeeeiiiinnn!“, schrie Igel mit einem Mal und leistete richtig Widerstand, indem er sich mit beiden Beinen an der Tür abstützte, den Körper dabei waagerecht in der Luft. Ich hielt ihn von hinten und drehte ihm dabei die Arme auf den Rücken.

„Ein Kompromiss“, sagte ich, als wir uns beide entsetzt anschauten. „Ich wiederhole: Ein Kompromiss. Tu mir den Gefallen und piss wenigstens über die Schwelle.“

Draußen hatte es angefangen zu schneien. Da hörte ich neben mir eine Stimme: „Das gibt´s doch nicht.“

Ich erkannte nur einen Schatten und diese Stimme, die im gleichen Moment wieder verschwand. Conny, das war Conny, ratterte es in meinem Kopf. Igel pinkelte derweil ganz genau über die Schwelle. Schlotternd und zitternd vor Kälte stand er vor mir. „Kann ich jetzt wieder ins Bett?"

„Hast du fein gemacht, Junge. Na klar kannst du wieder ins Bett. Das ist gar kein Problem."

Wir gingen gerade in Richtung *Kühlschrank*, als uns die Mädchen entgegenkamen. Ich stellte Igel an der Treppe ab, er klammerte sich an den Antrittspfosten.

„Ich komme gleich wieder, Igel. Kleinen Moment."

Ich rannte hinter den Mädels her und flehte Conny an, das nicht so ernst zu nehmen. Aber sie reagierte nicht auf mein Flehen und so ließ ich beide gehen, holte meinen Freund ab, der noch immer wackelnd am Pfosten stand und kehrte in den *Kühlschrank* zurück.

Spionage

Abends, nach der Arbeit, wieder beim Essen, kommen die *Stasi*-Schweine. Wieder werfen sie Tante Else raus. Wieder belasten sie mich.

„So, Herr Templin, die Bedenkzeit ist um. Was gedenken Sie zu tun?"

„Was soll ich denn tun?"

„Es ist ganz einfach. Wir haben für Sie eine konkrete Aufgabe, die Sie erledigen sollen."

„Was soll das für eine Aufgabe sein?"

Es folgt ein Gesülze, von wegen: „Wir können nicht auf Sand bauen. Wir müssen uns sicher sein, dass Sie ein Kooperationspartner werden."

Die kleine Aufgabe für Sie hängt mit einer Frau aus Berlin zusammen, die kürzlich in ihrem Betrieb angefangen hat. Wie heißt diese Frau? Wie alt ist sie? Wo hat sie vorher gearbeitet? Wo wohnt sie jetzt und mit wem? Das ist alles."

Ich bin sprachlos.

Pause.

Der Laute wieder: „Das ist unsererseits ein großes Entgegenkommen. So können Sie beweisen, dass Sie nicht konterrevolutionär auf unsere sozialistische Gesellschaft reagieren."

Der Ruhige macht weiter: „Wir haben ein anonymes Versteck, in dem Sie die Informationen lassen. Und Sie bekommen einen persönlichen Mitarbeiter, der wiederum über das Versteck mit Ihnen in Kontakt bleibt. Der Informationsübergangspunkt befindet sich an der Brücke am Laufgraben vor der Oder, im rechten Brüstungsrohr. Dort stecken Sie die Information für uns ein. Das ist alles."

Pause.

Mir wird mulmig im Bauch. Veit soll ein Anscheißer werden.

„Sehen Sie!", macht der Ruhige weiter. „Wir würden dann eine Empfehlung abgeben, nicht weiter gegen Sie strafrechtlich vorzugehen. Na ja, Sie wissen schon, wegen ihres Deliktes", ergänzt er.

Pause.

Ich sitze mit hängender Unterlippe da, total geschockt.

Der Laute wieder: „Sie haben für diese Aufgabe Zeit bis ..., haben Sie das in dieser Zeit nicht erledigt, wird gerichtlich gegen Sie ermittelt und die Kollegen von der *VP* holen Sie ab."

Der Langmantel steht mit einem breiten Grinsen da und lässt seinen Satz so richtig schön wirken.

„Auf Wiedersehen, Herr Templin!"

Und weg sind sie.

Wieder kommt Tante Else rein, es wirkt wieder zeitlupenähnlich auf mich, wahrscheinlich weil mein Hirn nicht alles mit einem Mal auf die Reihe bekommt.

Am nächsten Tag auf der Arbeit spionierte ich die geforderten Daten aus. Wie in einem Spionagefilm. Veit wartete, bis die Sekretärin aufs Klo musste, schlich sich rein, kramte in den Karteikarten, machte sich Notizen und schlich wieder raus. Zu Hause angekommen, fuhr ich zur Oder. Ich wollte den Zettel wie befohlen einstecken. Keine zehn Meter vom Informationsübergangspunkt entfernt blieb ich stehen, verharrte. Ein innerer Kampf mit mir selbst entbrannte. Der Idealist, der Hippie, der friedfertige Veit kämpfte mit dem Veit, der nicht in den Knast wollte. Einmal als Politischer im Knast, war dein Leben in diesem Staat verwirkt. Ich ging weiter auf das Brückengeländer zu, doch diesmal, um den Zettel zu vernichten. Einen Meter vor dem Rohr blieb ich stehen, Veit gegen Veit. Ich entfernte mich wieder, ein paar Schritte, blieb wieder stehen, ging wieder zurück. So ging es bestimmt eine halbe Stunde. Das muss für Außenstehende komisch ausgesehen haben. Der Veit, der nicht in den Knast wollte, gewann.

Zu Hause angekommen fühlte ich mich dreckig, kam nicht zum Schlafen. Doch es sollte schlimmer kommen. Am nächsten Tag auf dem Betrieb, in Vollkontakt mit der Ausspionierten, mit Frau Hartmann, da war ich mir gar nichts mehr wert. Eine Tragödie, was war aus Veit, dem Hippie, dem Friedfertigen, geworden? Ich konnte es nicht fassen. Veit hatte keine innere Stärke mehr. Ich verlor mein Selbstwertgefühl. Frau Hartmann stand fröhlich vor mir und ich dachte sogar daran, ihr zu gestehen, dass ich sie ausspioniert hatte. Nur um mich zu erleichtern. Nach dem Motto: „Hallo Frau Hartmann, was ich noch sagen wollte, ich spioniere Sie derzeit aus. Nur um zu beweisen, dass ich ein Revolutionär bin. Verstehen Sie das?" Der Teil mit dem Verstehen hinderte mich letztendlich daran, ihr etwas zu sagen.

– Wie komme ich aus dieser Sackgasse? –

Die Frage stellte sich mir immer wieder. Es war an der Zeit. Ich musste erneut zum Informationsübergangspunkt. Ein wirklich tolles Wort, Informationsübergangspunkt. Solche Wörter gibt es bestimmt nur in Deutschland. Ich stand vor meinem Informationsübergangspunkt, am rechten Brüstungsrohr, fast andächtig.

Nach einer Weile fasste ich rein. Da war er, der neue Befehl. Wieder brach der innere Kampf aus. Wieder das volle Programm, zehn Meter gehen, wieder umdrehen. Das alles ein paar Mal. Diesmal siegte der Hippie, der friedfertige Veit. Ich zerknüllte den Zettel und steckte ihn zurück. Ich stand vor dem Brüstungsrohr und war mir der Konsequenzen wohl bewusst. Deswegen beschloss ich, um meinem neuen Willen mehr Ausdruck zu verleihen, auf den Zettel zu pissen. Ich machte mir die Mühe, den zerknüllten Zettel herauszuholen, legte ihn feierlich auf die Erde und pisste ihn voll. Den vor Pisse triefenden Zettel steckte ich zurück ins Rohr. Ich stand vor meinem Informationsübergangspunkt und fing an zu lächeln. Mir war besser zumute.

Heike

Mein Freund Henker lernte in Frankfurt Informatiker. Henker war unser Klampfer, von *Ausbau104*, unserer Band. An den Wochenenden fanden hier immer die Proben statt. Nach einer solchen Probe saßen die Jungs und ein paar Fans bei Tante Else und aßen Abendbrot. In solch einer Runde wurde natürlich ordentlich geschnattert.

„Ey, Veit, Heike hat sich richtig nen Kopf gemacht über die letzte Fete hier."

„Was für eine Fete?"

Henker fing an zu grinsen, schaute rüber zu Igel und sagte verschmitzt: „Na die Fete, wo Igel unter sich gelassen hat.“ Alle fingen laut an zu lachen.

„Ja und wer ist Heike?“, fragte ich weiter.

„Na, die Freundin von deiner Neuen. Was is´n eigentlich mit euch beiden?“

„Ach, was weiß ich?“, antwortete ich.

„Na, jedenfalls wollte Heike mal rüberkommen, um hier ein bisschen aufzuräumen.“

‚Klack‘, knallten mir die Augenlider hoch: „Was will die? Die würde echt rüberkommen und uns hier ein bisschen helfen? Wahnsinn!“, sinnierte ich. „Ein Mädchen, welches uns hier helfen will.“

In dem Moment krachte es und Thorsten, unser Sänger, verschwand auf einmal vom Tisch. Wir sprangen alle auf und sahen, dass der Kollege mit dem Stuhl zusammengebrochen war. Aber der Hammer war, Thorsten hielt sein Stück Torte mit einer Hand hoch in die Luft. Tante Else hatte uns eine Torte gebacken, das machte sie manchmal. Es herrschte totale Stille im Raum, die ich durchbrach, indem ich langsam jedes einzelne Wort im Raum stehen ließ und sagte:

„Ab jetzt sollst du Törtchentod heißen!“

Alle fingen an zu lachen und Heidi bellte dabei so, als würde er auch darüber lachen. Das war ein Spaß hier. Ein Tag voller Überraschungen. Es ging die ganze Zeit über so lustig daher. Ich weiß auch nicht, es war einer dieser Tage, an die man sich gern erinnert.

Nachts, wir lagen alle im *Kühlschrank* und schliefen, da hörte ich ein: „Veeeiiiit, Veeeiiit!“, ganz gruselig mit tiefer Stimme. Mir war klar, ich musste träumen. Ich legte mich auf die andere Seite. Es hörte nicht auf. Es ging immerzu in periodischen Abständen: „Veeeiiit, Veeeiiit.“ Ich sprang auf, schnappte mir die Taschenlampe und ging auf den Flur. Jetzt hörte ich es richtig deutlich. Die Stimme kam aus meinem Flur, soviel stand fest. Ich suchte mit der Taschenlampe alles ab und bewegte mich dabei in Richtung Haustür. Ich zuckte zusammen, die Stimme kam aus der Gegend meines Knies. Ich wusste nicht wie mir geschieht, aber ich sah jemanden aus dem Flurfußboden gucken, jedoch nur dessen Oberkörper. Ich, mit dem Taschenlampenlicht, ruckartig zu dem Wesen, welches Veit ruft und aus meinem Flurfußboden rauskommt. Es war unheimlich. Ich erkannte das Wesen, es war Borchert, einer unserer Fans. Ich wollte irgendetwas fragen, aber es ging nicht, ich hatte einen dicken Kloß im Hals. Doch das Wesen, mit dem Namen Borchert, fing an zu erzählen. Ich entspannte mich wieder.

„Veit, sag jetzt nichts! Ich bin unschuldig. Ich weiß nicht, was passiert ist, aber auf einmal war ich weg.“

Borchi war noch ein wenig benommen vom Alkoholkonsum und schien auch einen Schock zu haben. Wohl fühlte er sich auch nicht in dem dunklen Flur, regelrecht im Boden versunken war er. Alles in allem war auch ihm das unheimlich.

„Hey Borchi, was machst du da in meinem Fußboden?“, fragte ich.

„Veit, das ist verrückt, ich komme hier einfach nicht raus und sowie ich mich bewege, sacke ich immer tiefer in den Erdboden rein. Ich glaube ich habe Angst. Oder ist es ein Traum? Ich weiß es einfach nicht genau.“

„Es ist kein Traum, Borchi. Komm, nimm mal meine Hand, ich hol dich da mal raus.“

Es war wirklich schwierig, den Mann da rauszubekommen. Sowie er mit den Beinen anfing zu klettern, versank er immer tiefer. Irgendwie schafften wir das dann doch, die Hölle wollte Borchi noch nicht haben. Ich legte mich auf den Bauch, rutschte an den Rand und leuchtete mit der Taschenlampe rein. Ein dunkles großes Loch.

„Ach, ich hab jetzt keine Lust, das zu verstehen. Ich bin müde, ich will einfach nur ins Bett, mehr nicht.“

Borchi stand verängstigt neben mir, da fiel mir auf: „Ey Borchi, was machst du eigentlich hier um die Zeit?“

„Ich musste pissen!“, kam als Antwort.

„Na und nu? Konntest du dir das verkneifen oder sind die Hosen jetzt nass?“

„Nee, ich hab´s mir verkniffen.“

„Na, nu aber los“, sagte ich.

„Wartest du hier auf mich?“, fragte Borchi.

„Weißt du was? Ich komm lieber mit, wer weiß wo du sonst noch überall so einbrichst.“

Wir gingen beide raus, standen im Schnee und malten

gelbe Flecken. Danach kehrten wir zurück in den *Kühlschrank*. Ganz vorsichtig bewegten wir uns über das dünne Eis. Die Jungs im *Kühlschrank* schliefen alle ganz tief und fest.

Am nächsten Morgen stand ich mit Tante Else am Loch, die Jungs schliefen noch.

„Was ist hier passiert?", fragte sie mich. Heidi kam an und pisste da im hohen Bogen mittenrein. „Heidi!", schimpfte Tante Else. „Lass das!"

„Ja, einer meiner Kumpels ist heut Nacht da eingebrochen."

Tante Else kniete sich hin und lugte in das schwarze Loch hinein: „Hm. Zehn Karren werden das sein", murmelte sie.

Ich stand daneben und verstand nicht, was sie meinte.

„Veit, das sind die zehn oder fünfzehn Karren, die ich die letzten vierzig Jahre aus dem Rübenkeller geholt habe."

Ich verstand immer noch nichts. Sie bemerkte die großen Fragezeichen in meinen Augen, deswegen holte sie etwas weiter aus:

„Na ja, du musst wissen, alle sieben Jahre kommen hier auf dem Philippsberg die Wanderratten. Überall wühlen die sich rein und nagen sich durch. Im Stall genauso wie im Haus. Nach dem 1838er Hochwasser ist der Ziegelfußboden zum Teil weggespült worden und da buddeln die sich alle sieben Jahre ein paar Karren raus. Ich hab mich all die Jahre gefragt, warum die das wohl machen. Jetzt ist mir alles klar“, sinnierte sie weiter.

Sie stand da, als würde sie träumen. Bis ich fragte: „Was ist klar?“

Es dauerte einen kleinen Moment bis die Frage bei ihr ankam. Sie erschrak: „Wie? Was? Was hast du gefragt?“

„Ich hab nur gefragt, was da so klar ist.“

„Mir ist jetzt klar, warum die da immer unten im Keller gebuddelt haben. Die wollten ins Haus, die Viecher.“

Pause.

„Veit, du kannst mir glauben, wenn die das ins Haus reinschaffen, dann haben wir ein richtiges Problem. Nach meinen Berechnungen sind nächstes Jahr wieder einmal sieben Jahre um, dann wirst du verstehen, was ich meine. Lass uns das Loch mit ein paar Bohlen sichern, Veit. Nicht das noch einer reinfällt.“

„Ja, das mache ich gleich.“

Das 1838er Hochwasser. Zu jener Zeit gab es den Philippsberg bereits und zwar schon hundert Jahre. Das heißt, dass dieses Haus vor der Urbarmachung, Mitte des 18. Jahrhunderts, errichtet worden war. Der Philippsberg musste demnach auf einer Art Insel stehen. Die Ureinwohner sagten Berg dazu, daher also der Name Philippsberg oder auch Brieseberg, Friedhofsberg und so weiter. Das Oderbruch war ursprünglich eine seit Jahrtausenden bestehende Überflutungsfläche, ungefähr so groß wie der Bodensee. Die Oder überspülte diese Fläche zwei bis vier Mal im Jahr. Eine ideale Kinderstube für die Fauna. So war es über Jahrtausende ein Paradies für die Natur mit ihren Vögeln, Fischen, Elchen, Lurchen, Krebsen, Schlangen, Rehen, Muscheln und Wölfen. Doch das Bemerkenswerteste ist wohl der Fischreichtum. Hier im Bruch bildete sich zum Beispiel eine Gilde der Hechtreißer. Die Fischer holten die Hechte mit Kescher aus dem Wasser, nahmen sie aus und pökelten sie in Salz ein. Ein wahrer Exportschlager waren die Pökelhechte. Genauso zu erwähnen ist die Quappe, ein typischer Fisch aus dem Bruch. Die Quappe läuft vom Haff aus in den Wintermonaten ins Bruch, um zu laichen. Aber sie ernährt sich auch sehr gern von Laich und nirgendwo gibt es mehr davon. Es gibt Dörfer, die sich auf kleinen Hügeln, den Inseln vor der Urbarmachung, bildeten. Das sind die Alt-Dörfer, wie zum Beispiel Altreetz, Altmädewitz, Altwustrow und so weiter. Die Bewohner versuchten, auch bei Hochwasser dort zu leben. So sammelten sie Mist von ihren Tieren und bauten sich das Jahr über einen kleinen Damm. Das höchste Wasser war in der Regel nach der Schneeschmelze im Riesengebirge zu erwarten. Bis dahin musste genug Mist vorhanden sein, um keine nassen Füße zu bekommen. Kam die Quappe, kochte das Wasser regelrecht, so viele waren das. Es ist ein sehr fetter Fisch, so kamen die Ureinwohner auf die Idee, ihn zu trocknen, um ihn im Winter zu verheizen. Zudem hatten sie so auch Dörrfisch. Ansonsten gab es im Bruch keine Zivilisation, nur saisonal waren die Fischer und Jäger da.

Nach Borchis Aktion hatte ich wieder eine Aufgabe mehr, die nicht eingeplant war – eine sogenannte Kinderüberraschung. Bei uns auf dem Betrieb ein Synonym für unvorhersehbare Arbeiten.

Tante Else hatte auf dem Hof eine private Sandkute. Mit diesem Sand sollte ich über die Jahre den gesamten Hof aufbauen. So schloss ich zusammen mit Tante Else nach Feierabend wieder das Loch im Flur. Wir brauchten zwei Abende dafür und an die dreißig Karren Sand passten da letztendlich rein.

Es war Wochenende. Für Veit war es an der Zeit, Conny anzubaggern. Ich konnte sie dazu überreden, mit mir ein Eis essen zu gehen. Da beide Freundinnen unzertrennlich waren, war Heike natürlich dabei. Wir fuhren gemeinsam mit unseren Mopeds in den Horrorkonsum. Der war zwischenzeitlich zum Café mutiert, das meine Eltern betrieben oder, besser gesagt, meine Eltern waren die Besitzer. Mein Vater baute immer mehr ab und ihn trennte nicht mehr viel vom Delirium. So machte meine Mutter zu der Zeit alles allein.

Stolz wie ein Gockel stellte ich meinen neuen Schwarm vor, denn mehr war es noch nicht. Es war ein Mädchen von dem ich schwärmte und weil sie mich nicht abwies, hörte ich nicht auf, eine Liebesbeziehung daraus zu machen. Mir kam der Weg ewig und endlos vor. Was will man machen? Ich war verliebt. Meine Mutter verzog das Gesicht, als hätte sie auf eine Zitrone gebissen. Erst konnte ich das gar nicht richtig deuten. Sie ging hinter den Tresen, ich stand auf und folgte ihr. Sie bückte sich, wahrscheinlich suchte sie etwas, doch sie gestikulierte mir, mich ebenfalls zu bücken. Wir hockten beide hinterm Tresen und ich bemerkte, dass das alles nur ein Bluff war. Sie suchte rein gar nichts, stattdessen wollte sie mir etwas sagen, allein.

„Deine Conny, die kannst du vergessen! Die fetzt nicht! Aber ihre Freundin, die fetzt total. Sag mal", machte sie weiter, „bist du so bescheuert oder merkst du das wirklich nicht?"

Ich musste das gerade verdauen und war überhaupt nicht in der Lage, die Frage zu verstehen. „Wie? Was?", stotterte ich.

Wir beide hockten hinter dem Tresen, meine Mutter blickte mich fest an und sah die Fragezeichen in meinen Augen: „Armer Junge", hörte ich noch, bevor sie aufsprang und wieder an die Arbeit ging.

Ich hockte noch einen Augenblick und sortierte alles. Was ist, wenn meine Mutter Recht hat und ich mein Pulver unnötig verschieße? Was soll das mit dem ‚bescheuert' und dem ‚merken?'

Ich sprang ebenfalls auf. Meine Mutter befand sich in der Abwaschküche, das war früher meine Stube gewesen. Nach ein paar Schritten stand ich neben ihr. Sie spülte Geschirr. „Was ist?", fragte sie mich.

„Was meinst du damit, dass ich es nicht merke und ob ich bescheuert bin?"

„Die Andere, die fliegt auf dich! So meine ich das." Und sie ging mit dem nun sauberen Geschirr an mir vorbei.

Das kann doch gar nicht sein, die Andere, die Heike, ist doch die Woche über am Knutschen mit Henker in Frankfurt?! Ich stand und grübelte in der Abwaschküche. Meine Mutter kam wieder reingeschossen. Das war sowieso ihre Hauptbewegungsart, kurze schnelle Schritte.

„Geh zu den Mädels! Die sitzen da wie auf heißen Kohlen. Nimm dir zu Hause die Zeit zum Grübeln! Junge, du bist ja voll neben den Schuhen!"

Eines steht fest. Meine Mutter hatte mir eine Welt, die ich mir so akribisch aufgebaut hatte, kaputt gemacht. Anders gesehen, hatte sie mir eine neue Welt eröffnet. Total zerstreut kehrte ich zum Tisch der Mädels zurück. Wir aßen gemeinsam unsere Eisbecher und danach wollten wir baden fahren, am Krebssee. Bei der Verabschiedung flüsterte mir meine Mutter noch etwas ins Ohr:

„Sieh sie dir mal richtig an, die Andere, meine ich. Die ist nämlich viel hübscher. Das kann man auf den ersten Blick nicht so sehen, weil die so ungünstig angezogen ist."

Und das stimmte auch, Heike trug total lange abgemaukte Pullover. Schon am See bemerkte ich die Auswirkungen, bezüglich der Hinweise meiner Mutter. In meinem Kopf lief sofort ein Film ab; so sah ich unser erstes Treffen auf dem Philippsberg. Conny hatte sich eindeutig geekelt, Heike hingegen hatte sich wohlgefühlt.

Aber Heike hat doch Henker als Macker!?

Eins stand für mich fest. Conny war bei mir unten durch, egal wie, egal was.

Das Wochenende darauf war ich allein unterwegs und fuhr bupp, bupp, bupp nach Altranft zur Disco. Die ließen keinen mehr rein, zu voll da drin. Ich war nicht so oft in Altranft, bei Esser, so hieß der Kneiper dort. Es gab Schuppen, da machte es mehr Spaß abzurocken. Da schwirrten auch komische Vögel rum. Eigentlich wusste ich noch nicht einmal, warum ich da war. Jetzt woanders hinfahren? Nein, dazu war es schon zu spät. Also rüber über den Zaun, an den Kötern vorbei, durch die Saalfenster geklettert und schon war ich Teil der Veranstaltung.

So machte ich das auch in Freienwalde, wenn *Vulkan* spielte, denn da war auch immer volles Haus. Die Jungs waren auf dem neusten Stand und coverten *Alex Harvey*, *Bad Company* und sowas alles. Mit meiner geflickten Jeans oder, besser, wegen meiner geflickten Jeans, war ich da nicht reingekommen. Die Veranstalter sortierten solche Typen wie mich einfach aus. Da stand man ewig in einer Reihe, bis man endlich an der Kasse ankam. Da saß dann einer in Schlips und Kragen und sagte:

„Sie dürfen hier nicht rein, wegen ihrer Garderobe!"

„Wieso? Was stimmt denn nicht?“, fragte ich neugierig.

„Sie haben Arbeitssachen an und damit dürfen Sie hier nicht rein.“

„Ey, ist das hier nicht ein Arbeiter- und Bauernstaat?“, fing ich an zu diskutieren. Doch es war sinnlos da nachzuhaken. Der Schuppen war sowieso eher was Vornehmeres, so mit Eingangsvögeln und Jacke an der Garderobe abgeben, bei einer Frau, die schick angezogen war. Also rüber übern Zaun, an den Kötern vorbei und dann wurde es etwas schwieriger, man musste klettern. Der Schuppen hatte eine Empore und auf dieser Ebene gab es Fenster, durch die man in den Saal gelangte. Also am Fallrohr hoch und rein da, schön abrocken mit Futti und Konsorten. Ich stand im Saal Altranft und bemerkte, dass Heike dort war.

„Nanu? Heike ohne Conny? Oder Conny ohne Heike?”, fragte ich, denn die hingen immer wie Zwillinge zusammen. „Oder ist deine Freundin auf dem Klo?“

„Nee, ich bin alleine hier.“

„Warum? Was ist passiert?“

„Na, der Schuppen ist voll und da sind wir nicht mehr reingekommen. Ich bin über den Torweg geklettert und Conny hat mir von der anderen Seite erklärt, dass sie sowas nicht macht. Da bin ich ohne sie hier rein.“

Die ist aber tough, die Heike, ging es mir durch den Kopf. „Cool!“, antwortete ich. „Ich bin auch gerade durch´s Fenster. Lass uns ein bisschen feiern hier. Komm Mädchen, Rock´n Roll.“

So passierte es an diesem Abend, die natürliche Auslese. Conny weg, Heike da. Der Stärkere gewinnt und in dem Fall war es Heike. Kurzum, irgendwann fingen wir an zu knutschen und ich begann, mich neu zu verlieben. Nach der Veranstaltung nahm ich Heike mit auf den Philippsberg, denn Conny war abgehauen. Zu Hause hingen ein paar meiner Kumpels rum und die Feier ging bis in die Motten.

Am nächsten Tag nach dem Frühstück brachte ich Heike nach Hause, nach Sietzing. Dort angekommen verabredeten wir uns gleich. Noch schnell ein Küsschen und ich fuhr los. Auweia Veit, was ist denn los? Etwa was Ernstes? Mir wurde ganz mulmig vor Glück. So fuhr also ein vor Glück singender Mann auf seiner *EMW* durch das Bruch:

„Veit ist verliebt! Veit ist verliebt! Das es sowas gibt! Lala, lala, la.“

Ameisen bei Siegbert

Zu Hause angekommen stand meine Mutter da, um mir mitzuteilen, dass mein Vater im Krankenhaus liege. Delirium. Endstufe.

Ich fuhr gleich hin. Bupp, Bupp, bupp, ab nach Wriezen. Da lag Siegbert. Total abgekommen sah er aus. Er erkannte mich und wollte meine Hand. Ich fasste in seinen Schraubstock rein, in dem Moment wendete er sich von mir ab. Gerade so, als würde er sich schämen. Er fing an zu weinen und so, ohne ein Wort zu sagen verweilte ich neben ihm. Auf einmal machte er seinen Schraubstock zu und ich fing vor Schmerz an zu schwitzen, beklagte mich aber nicht. Ganz ruhig saß ich neben ihm. Er hatte aufgehört zu weinen und schien nun irgendetwas zu beobachten. Sein Blick wanderte langsam vom Fenster weg, über sein Bett, Richtung Tür. Mit einem erstaunten Ausdruck führte er diese Bewegung aus. Und dann ging der Blick andersherum, von der Tür beginnend. Eine halbe Stunde lang fiel nicht ein Wort. Ich saß einfach nur neben ihm und ging in mich. Trauer kam auf. Warum musste es soweit kommen? Warum hatte der Mann nicht die Stärke gehabt, die Hände vom Fusel zu lassen? Wie oft hatte ich zwei Persönlichkeiten von Siegbert erleben müssen, Siegbert den Gutmütigen und Siegbert den Teufel. Mit dieser Schizophrenie hatte er sich seine Familie kaputt gemacht. Ich war traurig. Mein Vater tat mir leid. Alles hat was mit Liebe und Gefühl zu tun. Mein Vater wurde nicht mehr geliebt. Alle hatten ihn aufgegeben. Er war zu schwach, um sich allein aufzurichten. Wie oft kam er besoffen mit dem Auto zu mir auf den Philippsberg um ein bisschen Wärme zu spüren. Ich hatte meinen Vater nie aufgegeben. Immer wieder habe ich versucht ihn aufzubauen, diesen gebeugten Mann. Er kam sich wertlos und unnütz vor. Seit Jahren befand er sich in einer Sackgasse. Er würde dort nicht mehr herauskommen, soviel war mir klar. So saß ich neben ihm und sinnierte über das alles, als ich plötzlich aufschreckte.

„Veit!“, sagte mein Vater ganz heimlich. „Sei so gut und mach das Fenster zu! Oder stört dich das gar nicht?“

„Von was redest du?“, fragte ich.

„Na, von den Ameisen hier!“ – „Was denn für Ameisen?“ Total entsetzt gestikulierte er mir, mit folgenden Worten: „Na, von da nach hier und da rüber.“

Pause. Ich war ratlos.

„Zeig mal noch mal! Langsam. Und beruhige dich erst mal!“ Er ließ meine Hand los – puh, was für ein Glück – und zeigte mir mit beiden Händen exakt die Ameisen, bloß ich konnte nichts sehen.

„Ist das eine Ameise? Oder sind es mehrere?“ – „Mann, das ist eine dicke Ameisenstraße!“, antwortete Siegbert. „Die kommen da durch das Fenster rein und gehen genau hier über die Bettdecke, dann gehen die hier runter um dann dort unten unter der Tür rauszugehen.“

Er sah mich groß an und zuckte mit den Schultern. Mein Vater war im Arsch. In mir stieg wieder die Traurigkeit auf. Ich stand auf, ging um das Bett herum, schloss das Fenster, ging zurück und setzte mich wieder auf meinen alten Platz. Wieder beobachtete er seine Ameisenstraße. Ich saß vor meinem Vater, keiner sagte ein Wort. Nach einer Weile sagte mein Vater: „Weg.“

Pause.

„Wie? Was? Weg?“, fragte ich.

„Na, die Ameisen sind jetzt weg. Schön, dass du das Fenster zugemacht hast, Junge.“ Jetzt kam Siegbert zur Ruhe. Das konnte ich beobachten. Es dauerte nicht lange, da hörte ich ihn schnarchen. Niedergeschlagen stand ich auf, ging zu meinem Motorrad und fuhr nach Hause.

Zu dieser Zeit war ich als Maler abbestellt, um die Kneipe in Eichwerder zu malern. Alleine natürlich. Ich war zum Grübler geworden. Mein Vater geisterte ununterbrochen durch meine Gedanken. Überhaupt, die ganze Familienkiste beschäftigte mich sehr. Viele Dinge, die Beziehung zu meiner Schwester, die Beziehung zu meiner Oma. All das waren schwierige Sachen für mich. Und dann gab es noch die *Stasischeiße*.

Alleine einen Saal malern, da hatte man richtig Zeit zum Grübeln. Es war schon so schlimm, dass ich gar keinen richtigen Hunger mehr hatte. Nach circa zwei Wochen war ich schlapp und abgemergelt und nur noch am Grübeln.

Es war ein wunderschöner Tag mit viel Sonne. Ich saß draußen, mitten in Eichwerder, und machte Mittagspause. Die Sonne schien mir ins Gesicht. Ich genoss das. Plötzlich sah ich einen Mospiep mit schwarzem Kotflügel. Sofort wurde mir mulmig im Bauch. Der Mossi bog bei mir ab und meine Mutter stieg aus. Sie stand weinend vor mir. Komischerweise war ich fast, ja fast, erleichtert.

„Hat Siegbert es geschafft?“, fragte ich.

Sie nickte mit dem Kopf und fing laut an zu schluchzen. Ich stand auf und drückte meine Mutter an mich: „Sei nicht traurig!. Das ist das Beste für Siegbert und auch für uns. Oder?“

Erstaunt sah sie mich an, kriegte sich dann wieder ein und erzählte mir, dass Siegbert mit ihr Frieden geschlossen habe.

„Wie das?“, fragte ich.

„Na, die Familie war da und Siegbert hat alle abgewiesen, sogar seine Mutter. Anschließend verlangte er nach mir, nahm meine Hand und fing an zu lächeln. Dann war er weg. Wir sind anschließend nach Hause gefahren und nach einer Weile kam die Nachricht, dass Siegbert verstorben sei.“

„Was ich dir jetzt sage, wird dir nicht gefallen“, nach einer kurzen Pause fuhr ich fort, „Siegbert war ein Guter.“ Ich fing an zu weinen.

Veit muss operieren

An diesem Tag konnte ich nicht mehr arbeiten, also fuhr ich nach Hause. Dort angekommen lief mir Tante Else total aufgeregt entgegen:

„Veit, schnell komm!“, nahm mich an die Hand und zog mich ins Haus.

Ich konnte das nicht deuten. Wir betraten ihre Stube

und sofort verstand ich das Problem. Heidi lag röchelnd am Boden

„Der hat irgendetwas quer liegen. Ich krieg es nicht raus“, erklärte mir Tante Else.

Sie zog mich auf den Boden, neben Heidi. Dort lag schon allerlei Werkzeug rum.

„Ich kann es nicht sehen. Vielleicht siehst du ja was.“

Sie hielt das Maul weit auf, derweil suchte ich den Rachen mit der Taschenlampe ab. Fehlanzeige. Ich sah nichts. Heidis Schilddrüsenkrebs hatte auch schon riesen Auswüchse angenommen. Deswegen machte Tante Else ihm nur Brei, der rutschte einigermaßen durch. Trotzdem ließ es sich nicht vermeiden, dass er was auf dem Kompost fand oder Fallwild auf dem Acker. Einige Male hatten wir aus seinem Rachen schon etwas rausgeholt. Es wurde von Mal zu Mal schlimmer, da was rauszukriegen. Ich nahm eine lange Spitzzange und operierte blind. Rein in den geschlossenen, geschwollenen Rachenraum. Ich achtete auf Widerstand eines Gegenstandes und tatsächlich, ich stieß gegen etwas. Wir knieten beide nebeneinander, Arzt, Schwester. Heidi drehte durch, er schien zu ersticken.

„Mach hin!“, schrie mich Tante Else an.

Ich fing an zu schwitzen, versuchte ruhig zu bleiben und mich darauf zu konzentrieren, die Zange genau im richtigen Moment zu öffnen, um dann zuzuschnappen. Es war ein Balanceakt, denn ich musste es schaffen, mit beiden Schenkeln der Zange an dem Gegenstand vorbeizukommen. Es bedurfte gleichmäßigen Drucks nach oben und nach unten. Ich schwitzte immer mehr und sagte: „Heidi, nicht du auch noch heute!"

Tante Else verstand den Zusammenhang nicht und schaute mich fragend an. Schnapp. Ich hatte das Stück. Jetzt nur nicht die Nerven verlieren, Veit. Der Hund röchelte und schrie entsetzlich. Veit, halte durch. Langsam zog ich die Zange mit dem Gegenstand heraus. Tante Else und ich fielen nach hinten an die Wand und lehnten uns da an. Ich hielt die Zange hoch und wir erblickten beide im Lichtschein, der durch die Fenster fiel, das Delikt. Es war ein Stück Knochen. Heidi lag vor unseren Füßen, er beruhigte sich langsam. Er konnte wieder atmen. Ich ließ erschöpft die Zange fallen. ‚Padumm' machte es. Tante Else und ich lehnten erschöpft an ihrer Stubenwand. Beide hatten wir die Hände auf dem Schoß. Es fiel Streifenlicht in den Raum. Sie drehte den Kopf zu mir und fragte: „Wie hast du das gemeint vorhin, da mit Heidi, du nicht auch noch?"

Pause.

„Mein Vater ist heute gestorben."

Beide fielen wir mit dem Kopf rücklings an die Wand. Stille beherrschte den Raum. Wir fingen beide an zu weinen. Tante Else streichelte dabei Heidi, der an mich rangekrochen war. Der Ärmste.

Atlas am Bullenstall

Ich begann den alten Bullenstall umzubauen. Aus ihm sollte eine Garage werden. Wir im Osten hatten Autos mit Schmiernippeln und beim *Trabi*, den auch ich später hatte, hielten die Motoren nur um die dreißigtausend Kilometer, dann mussten die ausgebaut werden. Den kompletten Motor konnte man nach dem Ausbau am Vergaser anfassen und wie einen Koffer zur Werkstatt tragen. Da wurde der Zylinder geschliffen und der passende Kolbenring raufgemacht, ein paar Simmerringe und schon konnte man weitere zwanzig- oder dreißigtausend Kilometer mit dem Motor fahren.

Daher lohnte sich eine Grube. So fing ich mit ihr an. Ich hatte Pech. Die Grube, die ich ausschachtete, war ein ehemaliges Stallfundament mit großen Feldsteinen. Das war eine Quälerei den Schutt da rauszuwuchten. Anschließend mauerte ich Wangen, oben mit einer Falz für die Schalung zum Abdecken.

Danach veränderte ich die Öffnungen, indem ich zwei Tore einbaute. Eins zum Giebel, wo bis jetzt keine Öffnung gewesen war und eins auf dem Hof, wo bis jetzt nur eine Tür den Zutritt ermöglicht hatte. Die Wandscheiben sind das für das Bruch typische Hohlmauerwerk, dementsprechend eine dreißiger Wand. Ich hatte keine Erfahrungen mit dem Einschlitzen von Trägern. Oder besser gesagt, ich wusste gar nicht, dass Träger eingeschlitzt werden müssen. Mit meinem damaligen

Verständnis dachte ich, dass ich da ein Loch reinhauen und nachher Träger unterstellen müsste. Das Verrückte war, es hatte sogar geklappt. Bis zu dem Moment, als ich eine Eisenbahnschiene als Träger untersetzen wollte. Ich stand auf der Rüstung, hob gerade den Träger hoch, da fing es an mir auf den Kopf zu rieseln. Ich legte den Träger zurück auf die Rüstung. Da sah ich, wie das Mauerwerk sich nach unten durchballte. Ich, wie Atlas, mit der Schulter da drunter, vorher die Rüstung ausgehöhlt. So hielt ich die Wandscheibe fest. Das war geschafft! Doch wie weiter? Viel Zeit hatte ich nicht mehr. Die Last wurde immer größer. Heike stand verzweifelt vor mir, ganz hilflos. Ich hatte ihr befohlen unten zu bleiben. Es reichte wenn einer verschüttet wird. Sie brüllte von unten:

„Veit, was soll ich machen?" Ich brüllte zurück: „Hol Fridolin!

Heike, rauf auf ihr Moped und fuhr los. Wir hatten Glück, dass Fridolin da war. Er kam und stellte zusammen mit Tante Else und Heike die Stützen schräg von außen gegen den Sturz. So hievten wir schnell den Träger rauf und keilten den Sturz wieder hoch.

„Puh... Noch mal Glück gehabt", sagte ich.

Alle setzten sich erschöpft auf die sechziger Rüstung. Mir lief warmes Blut unter dem Hemd runter. Druckstellen vom Festhalten zeigten sich, vor allem die scharfe Ecke hatte einen klaren Abdruck hinterlassen.

„Du Veit, habe ich das eben richtig gesehen? Hast du eben deinen Stallgiebel auf deiner Schulter gehabt?

War ein schönes Bild, als ich kam. Wie du da unter der Giebelspitze stehst, ehrlich“, sagte Fridolin.

Alle fingen laut an zu lachen. Fridolin machte weiter: „Den Träger hättest du sowieso nicht alleine hochgekriegt.“

Heike und ich schauten uns an.

„Ich habe den Träger schon oben gehabt“, antwortete ich. Mit großen Augen sah mich Fridolin an.

„So“, sagte Tante Else, „ich habe Kaffee fertig. Kommt mal alle rein.“

Ja, so war sie, meine Tante Else, immer um das leibliche Wohl Anderer besorgt. Tante Else war überhaupt ein Gutmensch. Sie half wo und wie sie nur konnte. Sie hätte einem Anderen, der friert, ihr letztes Hemd gegeben und lieber selbst gefroren. Nach dem Motto: das ist Christenpflicht. Wenn doch nur die Hälfte der Menschheit so darüber denken würde, Christen mit eingeschlossen.

Beim Fasching mit Else

Tante Else kam mir eines Tages mit einer Einladungskarte entgegengelaufen. Eine Einladung zur Hochzeit. Max, der Neffe ihres Mannes, der vor zehn Jahren gestorben war, heiratete. Max' Familie wohnte im Spreewald. „Veit“, sagte sie ganz aufgeregt, „das ist schön.

Da fahren wir beide hin."

„Mann, die Leute kenne ich überhaupt nicht", entgegnete ich.

„Das ist egal. Das sind feine Menschen. Sie werden sich über dich freuen. Das weiß ich genau", antwortete Tante Else.

„Pass auf!", sagte ich zu ihr. „Ich mache dir einen Vorschlag. Ich fahre dich dahin und besuche in der Zeit Freunde in Cottbus. Was hältst du davon?" Sie sah mich an und überlegte einen Moment, dann schüttelte sie meine Hand und sagte freudestrahlend: „Abgemacht!"

Es war ein schöner Tag. Ich schraubte den Beiwagen für Tante Else an. Ich freute mich auf die Tour, denn es war eine schöne Route in den Spreewald. Tante Else war fertig, Kopftuch fest aufgebunden, Mantel an, Handtasche bestückt, stand sie gut gelaunt vor mir. Ich erklärte ihr, wie sie in den Beiwagen kommt. Als ich anfing ihr zu erklären, wo man zuerst hintritt, saß sie schon drin. Fassungslos stand ich vor ihr und brubbelte in meinen Bart. Einen Augenblick lang stand ich noch so da, ich musste das erst verarbeiten.

„Was ist los Veit? Warum fährst du nicht los?", hörte ich ihre Stimme aus dem Beiwagen.

„Jawohl, Madame!", antwortete ich, natürlich mit Ehrenbezeugung.

Ich tippte Sprit in den Vergaser, stellte die Zündung auf Spät und bupp, bupp, bupp. Schnell drehte ich auf dem Hof noch eine Ehrenrunde und warf dabei den Beiwagen hoch. Tante Else juchzte ganz laut auf und sah mich von oben an, mit der Faust drohend. „Veit, du bist mir ja ein ganz Schlimmer", schrie sie mir mit lachendem Gesicht zu.

Die Reise ging los: Wriezen, Richtung Fürstenwalde an den Russenkasernen vorbei, Richtung Beeskow, irgendwann kamen wir aus dem fast endlosen, Wald heraus und näherten uns dem Spreewald. Da waren Wiesen, Äcker, Gräben, die immer breiter wurden. Es war so als würde man in ein anderes Land fahren. Die Reise dauerte Stunden, weil die *EMW* mit dem Beiwagen nicht schneller als sechzig im Schnitt lief. Doch das war total egal. So konnte man schön den Blick schweifen lassen. Ich hörte Tante Else irgendetwas aus dem Beiwagen schreien. ‚Na ja', dachte ich, ‚vielleicht muss sie mal Pippi machen.' Aber nein, sie beschwerte sich.

„Ist das alles?", schrie sie mich an.

„Was meinst du mit alles?", hakte ich nach.

„Na, mehr hat die Karre nicht drauf?!", brüllte sie mir entgegen.

„Nein!", schrie ich zurück. „Mehr ist nicht."

„Mann, ist die lahmarschig", hörte ich noch und dann schrie sie weiter, „ich hatte mal eine *Zündapp*, die ist mehr abgegangen." Mann, oh, Mann, dachte ich bei mir, die Frau ist voller Überraschungen. Davon hatte sie mir noch nichts erzählt. „Das musst du mir mal in Ruhe erzählen!", schrie ich zurück. Sie nickte zustimmend.

Wir fuhren durch kleine schmucke Dörfer. Auf den Dorfschildern standen die Namen zweisprachig. Das war eine landwirtschaftlich geprägte Region mit fruchtbaren Böden. Wir hielten mitten in einem Dorf bei einer Bauernwirtschaft an. „So. Da wären wir", sagte Tante Else.

Vor dem Dorf standen etliche Autos. Große Dinger: *Mossi*, *Wolga*, *Lada*, *Wartburg* und *Dacia*. Sie bemerkte, dass ich das misstrauisch betrachtete und sagte: „Ja, das sind hier alles reiche Bauern, Veit. Die sind aber auch wirklich fleißig. Wirst schon sehen. Und das sind trotzdem einfache Menschen. Das wird dir gefallen. Komm!"

Der Hof, den wir betraten, war geschlossen. Das heißt, er war von allen Seiten zu, entweder durch Gebäude oder hohe Zäune. Burgähnlich könnte man sagen. Viele Höfe sehen dort so aus, ganz im Gegensatz zum Oderbruch, dort ist alles eher offen und transparent.

Laut. Laut waren die Menschen auf dem Hof und im Haus. Einer schien den anderen übertönen zu wollen. In dem Moment, als sie Tante Else erkannten, wurde es noch lauter. Eine lebhafte Sippe schien hier zu leben. Wie ein Dirigent gestikulierte Tante Else dem Orchester aus lauten Menschen, ruhig zu sein. Es funktionierte. Es war sofort so ruhig, dass man Tante Else verstehen konnte. Sie erzählte, dass sie sich über die Einladung freue und im Anschluss stellte sie mich ganz stolz vor, als einen Menschen, auf den sie ein Jahrzehnt gewartet habe. Die Augen des Orchesters waren jetzt auf mich gerichtet. Mir stieg die Schamesröte ins Gesicht. Bloß weg hier! Und so fasste ich mich so kurz, wie ich nur konnte, und verabschiedete mich. Ich drehte mich um und wollte losgehen, als jemand von hinten meine Hand fasste. Das Orchester war immer noch still.

„Halt!", hörte ich hinter mir eine Frauenstimme sagen. „Du bleibst mal schön hier. So leicht kommst du nicht weg als neuer Herr vom Philippsberg."

Ich drehte mich um. Anscheinend zu schnell, denn ich schien die Frau erschreckt zu haben, denn sie fuhr fort mit: „Entschuldigung! Ich habe vergessen zu fragen, ob ich ‚Du' sagen darf." Wir beide sahen uns an, ich sagte keinen Ton. Ich überlegte immer noch, wie ich mich am besten verdrücken konnte.

„Darf ich?", hakte die Frau nach.

Ich überlegte immer noch und verunsicherte die Frau damit. Das Orchester war still.

„Na klar!", unterbrach Tante Else, die hinter der Frau stand, diese Stille.

Die Ersten fingen an zu tuscheln. Die Frau drehte sich wieder zu mir um, mit einem breiten Grinsen: „Hallo, mein Freund. Ich bin Helga"

Sie breitete ihre Arme aus und es folgte die offizielle Begrüßung. Helga warf sich auf mich und mir war das alles ziemlich unheimlich. Tante Else fasste mir von der Seite aus an den Arm und sagte: „Ich hab es dir ja gesagt. Feine Menschen hier. Ein feiner Menschenschlag."

Im selben Augenblick hörte ich: „Hallo Veit!"

Und ich antwortete kleinlaut: „Hallo Helga!"

Sie knutschte mich überall, mein ganzes Gesicht entlang. Mann, war mir das unheimlich. Tante Else bemerkte das und sagte: „Veit, das sind hier alles einfache, liebe Menschen. Mach dir keinen Kopf!"

„So, mein Freund", sagte Helga, „hast du einen Anzug dabei?"

„Ich trage keine Anzüge. Ich hasse Anzüge", schrie ich, denn das Orchester hatte wieder eingesetzt.

„Hör mal, das ist eine Hochzeit und da trägt man einen Anzug." – „Pass auf, Helga, ich habe Tante Else nur abgeliefert und hole sie nach der Hochzeit wieder ab. Nicht mehr und nicht weniger", sagte ich in einem nicht unbedingt höflichen Ton.

Es war verrückt. Die Frau ignorierte das komplett. Ich kam mir hilflos vor und da verstand ich, dass es eine Falle war, die mir Tante Else gestellt hatte. Schon auf dem Philippsberg, mit ihrem „Abgemacht", schon da hatte sie bereits gewusst in welche Richtung sich das bewegen würde. Die hatte mich reingelegt, die Tante Else. Größen wurden durchgesagt, alles kam in Bewegung. Tante Else zog mich zu sich runter und sagte: „Na, da musst du wohl hierbleiben, wie es aussieht."

„Hey, du hast mich reingelegt, Tante Else." Erstaunt sah sie mich an: „Stimmt!", antwortete sie und lächelte breit. „Und es ist doch auch schön. Du wirst es nicht bereuen. Außerdem fühle ich mich auch wohler hier, wenn du dabei bist." – „Hm. Na ja, wenn das so ist."

So entwickelte sich das immer weiter. Ich bekam eine tolle Tischpartnerin und einen tollen Anzug, von irgendeinem Onkel. Es war schon mehr als nur Überwindung, aber ich erfüllte Tante Elses Wunsch. Helga war übrigens die Mutter des Bräutigams. Eine liebe, fröhliche und lebhafte Bäuerin aus dem Spreewald.

Das mit dem Anzug hatte für mich schon etwas Faschingscharakter. Fasching war ein Trauma für mich. Ich musste als Kind im Kindergarten immer als Chinese gehen. Meine Mutter hatte mich fast dahin prügeln müssen. Aber auch in den ersten Jahren meiner Schulzeit passte dieses bescheuerte Chinesenkostüm noch. Jedes Mal weinte ich, über den gesamten Zeitraum des Faschingfestes. Alle Mitschüler machten sich zu allem Unglück über den Chinesen lustig. Seitdem gibt es für mich keinen Fasching mehr. Das Thema ist durch.

Als die Hochzeit vorüber war, fuhr ich mit Tante Else, wieder bei bestem Wetter, nach Hause. Der Alltagsrhythmus setzte wieder ein.

Angst

Wir sitzen zusammen und essen Abendbrot, als Heidi zu bellen anfängt.

„Nanu?“, sagte Tante Else, „Das ist doch die Zeit für die *Gestapo*.“ Tatsache, diesmal der Langmantel allein.

Er schmeißt natürlich wie immer Tante Else raus. Steht mir gegenüber an der Tür und fängt an, mit dem Oberkörper zu wackeln. Ich denke, dass der sich mental vorbereiten oder sich in seine Brüllerei reinschaukeln wird. Deswegen beschließe ich, ihm gleich zu sagen, dass ich nichts sagen werde.

„Hören Sie!", fange ich an. „Sie sind hier nicht willkommen und außerdem teile ich Ihnen mit, dass ich von jetzt an nichts mehr sagen werde."

Er ist geschockt oder beeindruckt von meiner Eröffnung, weil er mich nicht, wie sonst, unterbricht. Doch da geht das Gewitter so richtig los. Der Mann scheint vollkommen auszuflippen. Ich muss mir die Ohren zuhalten und ich schließe nicht aus, dass der Kerl auch noch körperlich eingreifen wird. Er fuchtelt mit seinen Händen vor meinem Gesicht rum, aber er hält Abstand. Die Eröffnung ist vorbei, es folgten die Fragen für das Protokoll. Ich sehe durch seine Augen hindurch. Er ist für mich Luft, nicht existent. Schlimme Sache für ihn, einen respektlosen langhaarigen Typen vor sich zu haben. In seinen Augen lese ich: „Was mache ich jetzt? Wie mache ich jetzt weiter?". Er beginnt zu bröckeln. Seine Burg, die er sich aufgebaut hat, bekommt Risse. Er läuft sich Mut an, er läuft die Stube auf und ab. Das macht er minutenlang. Ich zeige keine Reaktion. Mein Blick bleibt geradeaus gerichtet, so betritt er mein Blickfeld und verlässt es wieder. Er springt mich von der Seite an und brüllt mir irgendetwas ins Ohr. Keine Chance. Veit reagiert nicht. Sein Kopf ist jetzt ganz nah an meinem. Er sieht mir in die Augen. Er kann sich das nicht erklären. Er atmet ganz schnell. Ich kann sein Rasierwasser riechen. Richtig neugierig beobachtet er das Objekt Veit. Hilflosigkeit. Er dreht sich zur Wand, um sich zu sammeln. Als er sich erneut umwendet, fängt er an:

„Hm. Sie können mich also nicht leiden. Ich kann Sie auch nicht leiden! Von wegen, nicht willkommen. Ich werde Ihnen noch zeigen, dass Sie in unserer Gesellschaft nicht willkommen sind. Der Staat hat schon seine Methoden, um mit solch einem Pack, wie euch, fertig zu werden. Ich möchte nicht in Ihrer Haut stecken. Also,“, fuhr er fort, „kann ich Ihrer Reaktion entnehmen, dass Sie nicht gewillt sind mit uns zusammenzuarbeiten.“

Er kommt näher und sieht in meine leeren Augen. Auf einmal springt er zurück, als hätte er einen Schreck bekommen.

„Na gut, ich besorge die richterliche Verfügung und die Kollegen von der *VP* werden Sie abholen. Es wird ein paar Tage dauern, vielleicht auch Wochen. Halten Sie sich bereit.“

Ich höre den Sand unter seinen Schuhen knirschen, als er davonläuft, Richtung Tor. Ich sitze still und sehe immer noch geradeaus, nur dass jetzt alles verschwommen ist. Meine Augen füllen sich mit Tränen. Die Tür öffnet sich und Tante Else erscheint, zeitlupenähnlich. Ich bin wie versteinert und nicht in der Lage zu reagieren. Ich blicke weiterhin geradeaus und bewege mich nicht. Tante Else kann damit nicht umgehen.

„Veit, was ist mit dir los?“ Sie kommt rüber zu mir und sieht mich von der Seite aus an. „Veit, sag was!“, macht sie weiter. Ganz verunsichert geht sie auf die andere Seite.

Es war eine Art Trance, aus der ich nicht so einfach herauskam. Tante Else war schon ganz außer sich. Ich stand auf, drückte sie an mich und fing an, sie zu beruhigen. Ein schweres Unterfangen, wenn man selber am Arsch ist.

Dieser Abend war gelaufen. Draußen kotzte ich das Abendbrot aus. Die Nacht über saß ich wach im Bett, in meinem Kopf läuteten Glocken.

Die Wochen des seelischen Leidens fingen an. Wie soll man sowas erklären? Die knallharte Tatsache, in den Knast zu kommen, als Politischer. Es war so, dass ich mich auf Polizeiautos und Polizeiuniformen konzentrierte. Bei jedem Auto, das kam, dachte ich: ‚Jetzt geht es los. Puh! Glück gehabt, es ist kein Bullentaxi. Diesmal.‘ Ich hatte schon eine Art Reisetasche mit dem Nötigsten im Bauwagen zu liegen. Es war sicher, dass ich in den Knast komme.

Tag um Tag verging. Ich litt immer mehr. Der Langmantel hatte auch was von Wochen gesagt. Wochen würde ich nicht durchhalten – Vielleicht rufe ich einfach an? Wann sie mich abholen kommen.

Eine Woche war vergangen und ich hatte mich in meinem Wesen verändert. Ich wurde zu einem einzigen großen Haufen Angst. War labil, fragil. Beim Arbeiten fing ich an zu weinen, einfach so. Mein schönes Philippsbergprojekt, alles umsonst. Tante Else wäre dann wieder alleine. Was wird aus meiner neuen Liebe? Auch umsonst, das ist dann bestimmt vorbei. Angst. Pessimismus. Das tat so weh. Es schien keinen Ausweg zu geben. Oder vielleicht doch? Abhauen? Aber wohin? Vielleicht wäre ich ja auch in zwei Jahren aus dem Knast raus und es wäre noch nicht zu spät für das Philippsbergprojekt. Aber wie würde es dann sein? Ich würde keine Arbeit finden, würde keine Baumaterialien bekommen, keinen Traktor, keine Hilfe, von niemandem, würde mich abholen lassen müssen zum Pinkeln. Das wäre die Hölle. Also doch abhauen. Ich muss abhauen! Ich muss in den Westen rüber. Was ist mit Tante Else? Im Stich lassen?

So grübelte ich den Tag über und nachts nicht anders. Wenn ich gar nicht mehr anders konnte, ging ich neuerdings rüber zu meinen Schweinen. Da setzte ich mich mit meinem Hocker mitten in die Buchte rein. Diese tollen Tiere trösteten mich dann. Wunderbare Wesen waren das. Mich beruhigte alles an diesen Wesen, ihre Erzählungen, ihre Bewegungen, ihr Schmatzen beim Fressen und die immer lächelnden Gesichter. Ich schlief dort sogar einmal ein. Eine wahre Leistung, denn seit dem Besuch des Langmantels schlief ich nicht mehr. Ich war soweit zu verstehen, warum sich Menschen wegen solcher Dinge umbrachten.

Zwei Wochen waren vergangen. Eine Gleichgültigkeit breitete sich in mir aus, eine Leck-mich-am-Arsch-Stimmung. Das hatte Vorteile, denn manchmal aß ich jetzt und ich schief manchmal auch schön, wenn auch nur ein paar Stunden. Immerhin. Zwanzig Kilo hatte ich seit der Langmantelansage abgenommen. Tante Else erging es auch nicht viel besser. Sie aß wenig und weinte sehr viel. Deswegen auch die Schweine, weil Tante Else nicht in der Lage war, mich zu trösten.

Nach drei Wochen dachte ich darüber nach, dass vielleicht gar nichts passieren würde. Ich achtete nicht mehr auf Polizeiautos.

Nach vier Wochen wurde mir klar, dass der Langmantel nur gedroht hatte.

Es holte mich keiner ab, mein Philippsbergprojekt lebte weiter, das war gut. Aber ich war noch misstrauischer geworden und ich hatte etwas von meiner Gesundheit eingebüßt.

Schwiegereltern

Zum Teil durchlebte meine neue Freundin dieses düstere Kapitel ebenfalls. Zu meinem großen Erstaunen war sie mir nicht weggerannt. So konnte das Kennenlernen nun weitergehen, denn den vorangegangenen Monat, war mit mir nicht viel anzufangen gewesen. Dank meiner Schweine hatte ich überlebt. Man kann sagen, ich habe Schwein gehabt. Jetzt war es an der Zeit, mich bei ihren Eltern vorzustellen. Ich fuhr nach Sietzing, Heikes Elternhaus stand hinter dem Bahnübergang. Gleichzeitig war da ein Konsum drin, früher war das mal eine Gastwirtschaft gewesen. Als ich auf dem Hof ankam, sah ich im Stall zwei Saufbrüder, die knieten sich da gegenüber und purkelten irgendwie rum. Der eine stand auf und gab mir die Hand, er stellte sich als Heikes Vater vor. Mir fiel die Jalousie runter, denn in seinen Augen erkannte ich Siegbert. Klaus, wie er sich vorstellte, bemerkte das und fing an sich Sorgen zu machen.

„Ist was mit dir? Hab ich was Verkehrtes gemacht?" – „Nein, nein! Schon gut. Ähm… Ist Heike da?", fragte ich. – „Die müsste drin sein, denk ich mal!" – „Ja, ich geh denn mal. Tschüss!" – „Ja, bis nachher!" Heike kam mir entgegen. ‚Ein Glück!', dachte ich mir so. Hallo, ein Küsschen und drücken. Verliebt eben. „Meinen Vater hast du ja schon kennengelernt. Ich werde dir meine Mutter vorstellen."

Wir gingen ins Haus. Eine dunkelhaarige, kräftig gebaute Frau stand vor mir. Wenn Blicke töten könnten, wäre ich auf der Stelle tot gewesen. Ihre Augen durchbohrten mich. Ganz böse Augen, die nur eines zu sagen schienen: Hau ab! Heike versuchte, das Problem auszujonglieren. Zwecklos. So schnell wie die Augen da waren, waren sie auch wieder weg.

„Das wird hier heute nichts mit Familie und so“, sagte ich zu Heike. „Komm, lass uns abhauen! Ich fühl mich hier gar nicht wohl.“

Heike wurde traurig: „Aber… aber… ich versuche es nochmal mit meiner Mutter.“ Und weg war sie. Ich stand draußen, wartend, wie auf heißen Kohlen und Klaus, wieder kniend, winkte mir zu. Ich winkte zurück und dachte: ‚Heike wo bist du?’

Klaus winkte und rief noch irgendetwas. Ich, immer schön freundlich winkend, er, wieder die Gesten, die ich überhaupt nicht verstand. Heike stand vor mir und sagte: „Komm, wir hauen ab! Ist mir jetzt zu blöd hier.“

Klaus rief aus dem Stall raus: „Heike, ist Kaffee fertig?“ – „Nee, wir hauen ab!“ – „Warum denn?“ – „Wenn ich wiederkomme reden wir in Ruhe darüber.“ – „Ja, Mädchen, bleib doch hier!“ Er versuchte auf die Beine zu kommen, das klappte nicht, also weiter auf Knien, „Warte mal!“, rief er noch hinterher.

‚Mann‘, dachte ich, ‚ein Glück, dass Heike mitkommt.‘ Auf der Straße angekommen hielt sie mich an der Hand fest, gab mir ein Küsschen und sagte: „Sei nicht sauer! Ich geh’ noch mal schnell zurück. Ich bin gleich wieder da. Also schön warten. Hast du gehört?“ – „Ja.“ Nach kurzer Zeit kam sie zurück und wir fuhren zum Philippsberg. Unser erstes Treffen.

Jetzt. Klappe, die Zweite.

Ich kam in Sietzing an, lief auf den Hof. Alles ruhig, nur das Viehzeug war zu hören. Die Familie hatte Federvieh und Schweine, das konnte ich am Geruch und an den Geräuschen erkennen. Doch da kam noch ein weiterer Geruch in meine Nase. Verwesung, es roch nach Verwesung. Ich hielt meine Nase hoch in den Wind und versuchte den ungefähren Ort zu analysieren. Ein großer Fächer breitete sich vor meiner Nase aus. Richtig abgelenkt war ich durch diesen penetranten Geruch. Ein Hund, ziemlich fett und verkeimt, kam mir entgegen. So ein langhaariges Ding, es bellte mich heiser an. Ich ignorierte den Köter und ging zur Haustür, klopfte an. Bumm bumm. Nichts. Es rührte sich nichts. Ich wartete ein paar Minuten. Bumm bumm. Wieder nichts. ‚Na klasse', dachte ich, ‚was mach' ich jetzt? Noch einmal Klopfen und wenn das wieder erfolglos ist, haue ich ab.'

Bumm bumm. Die Tür ging auf und ich sah nichts, nur den leeren Flur. Ich schaute eine Etage tiefer und entdeckte einen kleinen Jungen. Mit offenem Mund stand er da und starrte mich an. Ich kniete mich hin: „Hallo, kleiner Mann, ist Heike da?"

Ohne eine weitere Regung in seiner Gestik, schmiss er mir die Tür vor der Nase zu. Bumm! Ich war wieder ausgesperrt. Ich stand wie auf heißen Kohlen. Scheiße! Ich war schon so weit abzuhauen, aber wiederum hatte ich mich mit Heike hier verabredet. In dem Moment, als ich da so mit mir selbst rumzeterte, hörte ich eine Stimme im Flur. Die Tür öffnete sich und eine junge Frau stand vor mir. Mit einem lauten Organ sagte sie: „Du bist bestimmt Veit. Hallo! Ich bin Iris, die Schwester von Heike. Und der da, ist mein Sohn, Ronny. Komm rein!" Sie packte mich an meiner Jacke und zog mich in den Flur.

„Heike wartet schon." – „Wo?" – „Oben. Also die Treppe hoch und dann in diese Richtung", sie zeigte dabei in Richtung der Schranken. Ich ging über den Rumpelboden, mit abgewracktem Klavier und anderen Requisiten, wahrscheinlich noch aus der alten Gaststätte. Ich stand vor der Sommerkammer, die diese Häuser hatten, klopfte an und Heike begrüßte mich freudestrahlend.

Sie versuchte, mich ein zweites Mal mit ihrer Mutter zusammenzubringen. Diesmal war ein Kennenlern-Kaffetrink-Nachmittag organisiert worden. Oma Liesbeth lernte ich kennen, die Mutter von Klaus. Wir saßen zusammen am Tisch und Oma Liesbeth war neugierig auf mich, sie wollte mich kennenlernen. Ein Glück, denn Christel, die Mutter von Heike, war noch immer nicht gewillt, sich mit mir zu unterhalten. Klaus war ganz locker und, ähnlich wie seine Mutter, interessiert an mir. So saßen wir am Tisch, links neben mir Heike, rechts neben mir Liesbeth, mir gegenüber Klaus und an der anderen Ecke des Tisches saß Christel. Es war Schweinevesper, irgendwann zwischen Kaffeezeit und Abendbrot, Klaus tafelte Selbstgeschlachtetes auf. „Junge, probier mal!", sagte er.

Ich fing an und musste feststellen, dass es ähnlich schmeckte wie in Hohenwutzen bei Hanne Schuhmacher. Nur die Bratwurst, die Salami, schmeckte bei Hanne besser, sowie auch die Grütze. Die Kochwurst, Leber- und Blutwurst waren spitze, ebenso die Jagdwurst. Ich haute richtig rein, Liesbeth und Klaus freuten sich darüber.

„Das scheint dir ja zu schmecken", sagte Klaus. „Immer hau rein. Es ist genug da!"

So entwickelte sich ein Gespräch, eine gute Gelegenheit, sich beim Essen kennenzulernen. Ich erfuhr, dass Klaus bei der Bahn arbeitete und Christel den Konsum betrieb. Ich erzählte über mich, wo ich herkam, wo ich jetzt wohnte und was ich machte. Christel kapselte sich ab, Klaus war Alkoholiker. Ich hatte einen schweren Stand, fühlte mich da einfach nicht wohl. Ich wurde das Gefühl nicht los, dass es dort irgendwie knisterte, da schien es Beziehungsprobleme zu geben. Für sowas habe ich eine extrafeine Nase.

Wie schön war es dagegen auf dem Philippsberg, meinem Tempel der Harmonie und Ausgeglichenheit. Immer wenn ich von Sietzing oder vom Horrorkonsum zurückkam, bemerkte ich das.

Hallo Nachbar

Das Alltagsleben hatte sich wieder entspannt und der normale Rhythmus war wieder eingetreten. Zusammen mit Tante Else, Sibbo und Ingolf baute ich am Bad weiter. Fridolin versuchte die Abflussleitung zu verlegen. Eines Tages kam mein Kumpel, Waldi, ebenfalls Klempner von Beruf, vorbei. Als der die Leitung sah, schrie er entsetzt auf: „Wer war denn das hier?“ Fridolin stand Pfeife rauchend neben ihm. Still, klammheimlich verschwand er. Keiner sagte einen Ton, da Waldi sofort anfing Fridolins wochenlange Arbeit abzureißen. Wir hörten nur noch Bupp… Bupp… Bupp und weg war unser Fridolin. Waldi verlegte die gesamte Leitung an zwei Abenden.

Nun musste der Fußboden neu aufgebaut werden, auf dem freigelegten Kellergewölbe. Ich mischte Magerbeton als Füllung. So richtig mager. Das heißt, auf den Mischi nur eine halbe Schippe Zement und ich verfüllte damit die Ecken, in denen auch die Leitungen verlegt worden waren. Ich stand mit Tante Else auf dem Hof und siebte Kies, als der Hund bellend zur Pforte rannte.

„Nanu?“, sagte Tante Else. „Da ist doch jemand!“

Sie ging los, ich schippte weiter. Tante Else kam mit zwei Personen wieder, einem Mann und einer Frau. Beide waren eher kleinere Menschen. Der Mann, mit Vollbart, kam auf mich zu, reichte mir die Hand: „Guten

Abend! Ruschke! Ich wollte fragen, was hier eigentlich so passiert." Ich verstand den Ansatz nicht: „Worum geht´s?"

„Na, gibt es hier einen neuen Besitzer, der das Haus umbaut?", fragte Ruschke. – „Wen interessiert das?", fragte ich. – „Mich", antwortete er.

Tante Else stand während des Gesprächs genau vor uns beiden und drehte den Kopf bei diesem Frage- und Antwortspiel auf denjenigen, der etwas sagte. Das sah aus, als würde sie ein Tennisspiel beobachten. Der Typ war mir unsympathisch oder wenigstens unheimlich. Die Frau hingegen war mir sympathisch, obwohl sie noch keinen Ton gesagt hatte. Sie hing mit den Händen an der Teppichklopfstange und wackelte mit dem Körper hin und her. Wie es Kinder oft machen und genauso, wie die sich darüber freuen, so freute sich auch die Frau darüber. Während ich die hin- und herschaukelnde Frau beobachtete, antwortete ich: „Das hat Sie überhaupt gar nicht zu interessieren!"

Der Unheimliche kniete sich vor meinen Kies, fingerte darin rum, holte irgendetwas da raus: „Das hier ist organisch. Wissen Sie das?", und hielt mir die geöffnete Hand mit einem Krümel Erde vor die Nase.

Ich wandte den Blick von der Wackelfrau ab und schaute dem Unheimlichen in die Augen. ‚Au Mann', dachte ich, ‚der hat ja nicht alle Schatten an der Morelle.' – „Was wollen Sie von mir?", fragte ich entsetzt.

„Na, Sie machen doch Beton wie ich das sehe und

da darf nichts Organisches drin sein." Da fingerte der wieder in meinen Kies rum. Ich schaute zu Tante Else rüber, die zuckte ratlos mit der Schulter. Ich schaute ratlos zu dem hin- und herwackelnden Körper der Frau. Die holte jetzt richtig Schwung und sprang ab. Mit einem weiteren Satz sprang sie auf mich zu. Bupps. Da stand sie vor mir. Sie lächelte mich an: „Hallo! Ich bin Antje. Und wer bist du?" Ich reichte ihr die Hand: „Hallo! Veit." – „Veit heißt du? Das ist ja eher ein seltener Name." – „Ja."

Der Unheimliche, der Ruschke hieß, brabbelte sich irgendetwas in den Bart. Er sprang auf und hielt mir freudestrahlend wieder irgendetwas, das sich in seiner Hand befand, genau vors Gesicht. „Das habe ich mir gedacht!", sagte er. „Hier ist noch was Schlimmes, was auf keinen Fall im Beton sein darf. Wissen Sie, was das hier ist?"

Mir wurde das alles zu blöd und ich glaubte zu erkennen, dass es der Frau genauso erging.

„Das ist Kohle!", erzählte er weiter, total geschäftig. „Das, guter Mann, sprengt jeden Beton auseinander!"

Ich tue interessiert: „Interessant! Wo kommt denn da die Kohle her?"

„Ja, das ist so eine geologische Sache", und er fing an einen Vortrag zu halten.

Die Frau und ich hörten überhaupt nicht zu. Während der Typ quatschte, machte ich mich mit Antje bekannt.

„Das da“, erzählte sie mir, „ist mein Mann, der ist Bauingenieur und weiß alles besser. Wir sind von Berlin hierher gezogen, um ein neues Leben anzufangen. Ist schön hier nämlich.“

„Und wer fickt die Gräfin?“, polterte es aus mir heraus.

„Wie bitte?“, fragte Antje entsetzt.

„Entschuldigung. Ein alter Herr, hier aus dem Dorf, Opa Willi, hat mal einen Witz erzählt. Da stellt sich jemand, genauso wie du vor und der Andere fragt, wer die Gräfin fickt.“

„Ach so“, sagte Antje und haute mir dabei auf die Schulter. Wir beide fingen an ganz laut zu lachen. Ralf hielt sofort inne mit seinem Vortrag und fragte: „Habe ich etwas Falsches erklärt?“

„Nein“, antwortete ich, „alles verstanden, alles richtig.“

„Na, dann ist ja gut!“, brabbelte er.

Ich hielt ihm die Hand hin und sagte: „Hallo! Ich bin Veit.“

Nach einer kleinen Pause schlug er ein und sagte: „Ja. Ich heiße Ralf! Wir wohnen genau geradeaus, hier, über den Acker, in Güstebiese auf dem Loos.“

„Zeig mal!“, antwortete ich.

Wir alle, Tante Else, Heidi, Antje, Ralf und ich gingen auf die Straße und er zeigte mit dem Finger auf seinen Hof.

„Da wohnt doch der Keramikfuzzi!“, antwortete ich.

„Nein. Genau daneben", antwortete Antje, „Von hier aus, genau rechts neben Molls, wohnen wir."

„Mittlerweile schon ein Jahr. Mit Unterbrechungen", erzählte Ralf weiter.

„Da ist doch Schwanzens Wirtschaft", sagte Tante Else auf einmal.

„Ja, genau", antwortete Ralf, „die haben wir gekauft. Und weil zwischen uns kein Haus steht, sind wir quasi Nachbarn", machte er weiter und sah mich mit einem breiten Grinsen an.

„Hallo Nachbar!", antwortete ich und drückte den kleinen Mann an mich, danach war die Frau dran. Wir standen alle auf der Straße und lachten.

Bei den beiden sollten später ganz normale deutsche Verhältnisse eintreten, das heißt: erst jede Menge Streit, dem dann die Scheidung folgte. Bis dahin war das eine freundschaftliche Beziehung zwischen uns.

Meine Truppe war einige Male dort, bei Ralf und Antje, im Einsatz. Alles leicht und locker, gearbeitet, rumgealbert. Wir deckten zum Beispiel das Stalldach ab um Biber wiederzugewinnen. Es standen vom Bodenpersonal bis zum First vielleicht zehn Leute im Gang. Irgendwann fing einer an, sich zu bedanken für den erhaltenen Biber, der andere entgegnete mit: Bitte! Das fanden alle lustig und machten es den beiden nach. Alles zehnmal, vom First angefangen, Bitte-Danke, bis zum Platz. Immer abwechselnd und natürlich überschneidend. Das hörte sich irre an. Wir machten aus der Arbeit eine Art Spiel und schafften ordentlich was. Nach der getanen Arbeit gab es kräftig Essen und Trinken, wir saßen am Lagerfeuer und quatschten. Dort am Feuer trafen Akademiker mit uns Proleten zusammen. Für beide Seiten interessant.

Antje war mit Leib und Seele mit ihrer Scholle verwachsen. Das konnte man deutlich sehen. Antje und der Hof, das war ein Stück Sehnsucht und Frieden, oder besser, Sehnsucht nach Frieden. Bei Ralf lief das ganz umgekehrt. Er haderte mit allem. Er nahm in einem Raum die komplette Dielung auf und schachtete den Boden ab. Ich weiß bis heute nicht warum. Vielleicht wollte er sehen, ob frostfrei gegründet wurde, so wie es in seinen Büchern stand. Aber Halt! Schmeißt die Bücher an die Wand! Ganz besonders im Bruch ist nichts logisch. Es ist töricht, hier im Bruch achtzig Zentimeter zu gründen. Für Ralf musste eine Welt zusammengebrochen sein. Auch später, als ich bei ihm arbeitete, bemerkte ich, dass er keinen Praxisbezug hatte. Beim Fachwerkrichten bestimmte er, ja befahl er uns, aus reinem Gnatz, die Pappe direkt unter die Schwelle zu machen. Oder wie er mir aus dem Kies die organischen Bestandteile rausfilterte. Dabei ist es gar nicht so unüblich, dem Mörtel eine Handvoll Erde beizumischen. Das hatten uns alte Maurer so erklärt und das werden die wohl nicht gemacht haben, um sich selbst zu ärgern.

Ralf hatte eine weitere Macke. Er schaute Fernsehen. Er ließ sich durch nichts, durch rein gar nichts, davon abbringen.

Ich war stolz auf meine Heike. Ich wollte sie allen, die ich kannte, vorstellen. Ich fuhr mit der *EMW* zu Antje und Ralf. Richtung Oder bis zum Hauptgraben, dann ging die Reise über den Plattenweg weiter in Richtung Güstebieser Loose. Es war schönes Wetter und wir trödelten so dahin, Bupp… Bupp. Ich steuerte den Weg zu Ruschke-Moll hoch, da schaute Antje aus dem Giebel und winkte. ‚Mann', dachte ich bei mir, ‚die ist heute aber gut drauf.' Je näher ich kam, desto energischer wurde das Winken. Es entwickelte sich zu einer Art Kampfwinken. Ich war sehr fasziniert und konnte den Blick nicht von ihr lassen.

Knall! Dunkel! Kurz hell! Ich sah mein Motorrad fahren, ohne, dass jemand darauf saß. Wieder dunkel!

Ich begann Sterne zu sehen, kleine Lichtpunkte, die sich schnell von mir wegbewegten und dabei größer wurden. Eigentlich unlogisch. Umrissartig sah ich eine Gestalt vor mir, ich hörte Wortfetzen: „Veit… Veit… ich wollte nur… ich wollte nur…"

Mein Schädel brummte, der Film war wieder komplett da. Ich sah Antje, die sich über mich beugte, mit besorgtem Gesicht. Sie fasste sich mit beiden Händen an die Wangen. Der Ton war nicht komplett da, doch er schien zurückzukommen: „Veit, ich wollte dir nur zeigen, dass du anhalten sollst. Deswegen habe ich gewunken."

Ich nahm langsam den Helm ab, mir tat die Fresse weh. Ich mahlte, wie ein alter Gaul, mit meinem Gebiss und war benommen. Mein Gehirn machte sich wieder an die Arbeit.

„Warum sollte ich anhalten?“, fragte ich.

Antje schien jetzt noch aufgeregter zu sein: „Ralf, jetzt mach doch mal den scheiß Fernseher aus!“ Wieder hatte sie die Hände an ihrem Gesicht. Ich versuchte aufzustehen, bums, ich saß wieder auf dem Hosenboden.

„Ralf!“, schrie sie abermals. „Hier ist ein Unfall passiert! Hol einen Krankenwagen! Schnell!“ Aus der Stube hörte ich seine Stimme: „Ich kann jetzt nicht! Du kriegst das schon alleine hin. Hab jetzt keine Zeit. Das passt mir jetzt gar nicht.“

„Ich werd noch mal wahnsinnig mit dem Typen.“

Ich war wieder voll auf Sendung, schnell fasste ich ihre Hand, stand auf und fing an Antje zu beruhigen. „Ruhig, Antje. Mir ist schon wieder besser“, dabei sah ich seitlich im Blickfeld Heike, die sich gerade von Grashalmen und Erdresten befreite. Ein Glück, sie schien besser drauf zu sein als ich. Heike ging auf Antje zu, gab ihr die Hand und stellte sich vor. Mir tat immer mehr weh, der Hals, die Schulter, der Rücken, vor allem die Kinnlade und der Kopf im Allgemeinen. „Scheiße“, sagte ich, „was war das denn?“

„Na, der Hoftorriegel ist noch drin und genau davor wollte ich dich warnen.“

Ganz langsam, mit dem gesamten Körper drehte ich mich um, mein Hals schien steif zu sein. „Au Mann, das ist ja ne verrückte Kiste“, brabbelte ich vor mich hin.

„Ralf, komm doch mal!“, schrie Antje.

„Nö!“, hallte es aus der Stube.

„Was macht der denn da so Wichtiges?“, fragte ich.

„Er schaut Fernsehen.“

„Was?“, fragte ich verdattert. „Er schaut… Fernsehen?“ Ich taumelte in das Haus. Tatsächlich. Ralf saß vor dem Fernseher und gaffte da rein. „Hallo, Ralf!“, sprach ich in den Raum. Ralf schaute mit einem künstlichen Grinsen zu mir rüber und antwortete mit einer hohen Stimme: „Hallo!“

Rückwärts ging ich aus der Stube und dachte bei mir, dass der wirklich nicht alle Tassen im Schrank hat. Egal. Draußen angekommen sah ich wie die beiden Mädels sich lebhaft unterhielten. Antje hatte sich wieder beruhigt. Wir setzten uns und nach einer halben Stunde kam der Herr des Hauses. Ralf begrüßte Heike und danach mich. Er fragte, ob er sich um irgendetwas Sorgen machen müsse, wegen des Unfalls. Antje sorgte sich um mein Motorrad. Wie es da so auf der Seite lag, sagte sie ganz aufgeregt: „Veit, hier fehlt was“, und zeigte zwischen Motor und Rahmen, „Ich weiß nur nicht was.“ – „Ist schon gut, Antje. Das Motorrad sieht so aus. Das ist normal.“ – „Na dann ist ja gut.“

Hochzeit

Heike war siebzehn und lernte in Frankfurt Krankenschwester. Ich hatte keine Lust auf Sietzing und war der Meinung, dass wir zusammenziehen könnten. Heike argumentierte, dass sie noch nicht achtzehn und die Lehre nicht abgeschlossen sei.

„Scheiß drauf!“, antwortete ich. „Komm, lass uns zusammenziehen, auf den Philippsberg!“

Heikes Lied ging weiter: „Das Haus ist ja auch noch nicht soweit.“

„Wenn wir uns lieben und zusammenhalten, dann schaffen wir das“, sagte ich zu ihr, schon fast etwas aggressiv.

Heike erschrak.

Ruhe.

„Pass auf, Mädchen! Ich gebe dir eine Woche Bedenkzeit. Du kannst mir ja über Henker deine Entscheidung mitteilen. Der kommt jedes Wochenende zur Probe...“

Heikes Augen wurden riesengroß, sie holte tief Luft und fuhr mich an: „Spinnst du? Bist du total übergeschnappt?“

„Heike, ich liebe dich! Du bist mein Antrieb. Ich trete schon jahrelang auf der Stelle. Es gibt nichts Schöneres auf der Welt, als sich gemeinsam ein Nest zu bauen. Glaub mir!“

Sie fing an zu weinen, setzte sich auf ihr Moped und als sie losfahren wollte, hielt ich sie am Arm fest und sagte: „Zu der Frage, ob ich spinne, kann ich dir nur sagen, dass das Leben das hier aus mir gemacht hat. Du kannst das ändern. Du hast es in der Hand. Höre auf dein Herz!"

Während ich das sagte, ließ sie die Kupplung los und weg war sie. Lange stand ich auf der Straße und sah ihr nach bis sie weg war und dann noch ein paar Minuten. Ich fühlte mich schrecklich und machte mir wegen meines Verhaltens Vorwürfe. Doch die Gefühle waren gemischt, denn anderseits fand ich das alles ganz richtig.

Die Woche schien nicht zu vergehen. Ich fing schon an, wie meine Arbeitskollegen auf die Uhr zu schauen. Die nörgelten rum, weil ich nichts richtig auf die Reihe bekam.

„Mensch, pass do ma uff hier, Veit! Wat machste denn? Du siehst ja aus, Mann, als ob dir ´n Bär durchjefickt hat. Wat is´n los? Wat is´n mit dir? Sach do ma!", stieß mich einer meiner Kollegen mit dem Ellenbogen an.

„Liebeskummer", brabbelte ich mit gesenktem Blick, in der Hoffnung, dass er das nicht gehört hat. Ich hatte Pech.

„Hört ma her! Der hat Liebeskummer." Alle lachten und kamen auf mich zu. Ulf fasste mich an die Schulter: „Du, horch ma! Die Frauen sind nur zum Ficken da. Zu wat anderet sind die nich zu jebrauchen. Wenn du jetz da no andere Jefühle rinmischt, denn jeht dir dit so wie mir, Mann. Denn haste nischt mehr zu saren."

„Jawoll, Ulf!“, brubbelten die Maurer im Chor und nickten dabei zustimmend. Ich wurde wütend, stellte mich breit, wie in einer Angriffsstellung, vor die Maurer: „Hat noch jemand eine wertvolle Weisheit für mich, die er hier vortragen möchte?“, presste ich hervor. Meine Adern wuchsen zu Halbzollschläuchen an und meine Nasenlöcher wurden zu Nüstern.

Die Maurer im Rückwärtsgang: „Mensch, is ja schon jut. Beruich dir ma widder. Wir ham dit ja bloß jut jemeint mit dir. Weeste?“

Ich entspannte mich: „Ja, ihr habt ja Recht. Entschuldigung, ich habe das nicht so gemeint.“ Splitter kam und legte mir die Hand auf die Schulter: „Veit, ick kann dir da ja ne helfen, denn ick habe dit no nie hinjekriecht, dit mit die Weiber. Da musste, globe ick, alleene durch, wa? Anders jeht dit ne.“ – „Danke, Wolfhardt“, sagte ich und zwang mich zu einem Lächeln.

Es war wieder Wochenende, meine Jungs trudelten so nach und nach ein. Auch Henker, der in Frankfurt im Halbleiterwerk lernte. Ich ging sehr aufgeregt zu ihm: „Und?“, fragte ich.

„Guten Tag, Veit! Was und?“

„Hat Heike dir was gesagt?“ – „Ach ja, Heike. Hm. Ja.“ – „Na was denn nu?“, hakte ich nach. Henker sah nachdenklich aus: „Ja. Ja, die hat mir was für dich übermittelt.“

„Aber?“, fragte ich.

„Aber was?“

„Ey, Henker, mach es mir doch nicht so schwer.“ – „Mann, beruhige dich mal!“ – „Ich soll mich beruhigen? Heike wird vielleicht meine Braut und du sollst mir das Ja oder Nein sagen. Verstehst du mich jetzt?“

„Aua. So schlimm, ja?“, fragte Henker. „Na, pass auf, Veit! Es ist nämlich so. Ähh… Ich hab´s vergessen. Die hat mir was gesagt, aber ich weiß nicht mehr was.“ – „Warum?“ – „Na, weil ich an dem Abend total besoffen war, Mann.“ – „Na fein. Du bist mir ja ein schöner Freund.“ – „Du, horch mal! Heike hat das auch gesehen, dass ich dicht bin. Die hätte mir ja eine Nachricht einstecken können.“ – „Los, schau mal nach! In deinen Taschen.“

Henker krempelte alle um. Alle leer.

„Tut mir leid, Veit. Ehrlich.“ – „Ja, ist ja gut, Henker. Ich krieg das auch anders raus.“

Wir saßen bei Tante Else, wie immer, und aßen Abendbrot. Da wurde beschlossen, dass wir heute Abend alle nach Strausberg fahren würden, da sollte irgendwas los sein. Die Jungs sammelten sich und waren zur Abfahrt bereit.

„Passt auf, Jungs! Ich bleibe hier und warte auf Heike.“

„Na und wenn Heike kommt, hast du kein Fahrzeug“, stellte jemand in der Runde fest. „Nö“, sagte Assiolat, unser Techniker, „der kann dann meine *Jawa* haben.“

„Na gut, Freunde, so machen wir das. Nu husch, husch, aber los. Amüsiert euch mal schön." Da saß ich allein in der Stube und redete mir die Heike schlecht. Das spitzte sich soweit zu, dass ich beschloss, nach Sietzing zu fahren, um Schluss zu machen. Ganze Sätze, die ich sagen würde, wenn wir uns gegenüber stünden, hatte ich bereits auswendig gelernt. Motorradklamotten an, den Ganghebel ausgerastet, nach hinten gedreht, jetzt war aus einem Ganghebel ein Kickstarter geworden. Ich kickte den Zweizylinder an und fuhr los. Alles war anders an der *Jawa*, die Gänge waren andersherum platziert, der erste Gang oben, alle anderen nach unten. Die sogenannte *Drei-Fünfer* war mit 24 PS zu der Zeit die stärkste Maschine im Ostblock. Ich fand das Fahrwerk schwammig. Man sollte *Jawa* nicht mit *EMW* vergleichen. Ich fuhr so dahin, Richtung Sietzing. Unter meinem Helm übte ich fleißig meine Sätze. Dazu der scharfe *Jawasound.* Für mich der bestklingende Zweitakter, den es gibt. Ich fuhr durch Neulewin, bog in Richtung Neubarnim ab. Das Getriebe war gewöhnungsbedürftig. Man musste mächtig Zwischengas geben zum Runterschalten. Doch das Teil hing danach wieder gut im Gas. In diesem Langdorf, Neubarnim, kam mir irgendwo auf der Hälfte ein *Trabi* entgegen. Ich wurde aufmerksam, ich konnte durch den *Trabi* nicht hindurchschauen. Fast unheimlich war mir das, weil ich mir das einfach nicht erklären konnte. Instinktiv Zwischengas und einen Gang runter. Der *Trabi* näherte sich und es sah immer noch skurril aus. Ich konnte in diesem komplett geschlossenen *Trabi* zwei Köpfe erkennen. Ich schrie laut auf: „Heike!"

Ich begann zu begreifen. Schuld an dem Phänomen war Heikes Bettzeug. Und Heikes Bettzeug war für mich ein eindeutiges Ja. Deutlicher konnte sie es nicht aussprechen. Ich war außer mir, fiel fast auf die Fresse beim Bremsen. Ich zitterte wie Espenlaub und der Versuch, das Motorrad aufzubocken, missglückte mir. ‚Knall'… fiel das Motorrad um. Mir egal. Heike rannte mir entgegen, wir fielen uns in die Arme. Da hörte ich, wie der Motor vom Motorrad ausging – ich hatte anscheinend vergessen den auszumachen. Ich weinte, ich zitterte und weinte. Wir küssten uns, es schmeckte salzig von den Tränen.

„Heike, Willkommen!", sagte ich zu ihr, „Herzlich Willkommen. Mädchen, ich liebe dich!"

Ich übertrieb nicht, als ich sagte, dass dies der schönste Tag in meinem Leben sei. Unser Hochzeitstag.

Nun ging es aber los auf dem Philippsberg. Schnell musste ein Quartier für uns beide her, der *Kühlschrank* wäre für Heike unerträglich gewesen. Bei den Mitteln, die uns zur Verfügung standen, machte ich den Vorschlag, das Schwalbennest oben am Zwerchgiebel für uns fertigzustellen. Heike fand die Idee mit dem Schwalbennest gut. Ruckzuck hatten wir das Zimmerchen fertig, das wirklich der kleinste Raum im Haus war. Das

Zimmer war reizvoll. Genau an der Ostseite gelegen ging dort die Sonne auf und nachmittags wanderte sie so herum, dass sich die Hitze nicht staute. Der Blick aus dem Fenster war schön, vorne der Obstgarten und hinten die Oder. Wir holten uns das alte Ehebett vom Horrorkonsum und die dazugehörigen Nachttische. Mehr passte in diesen Raum nicht rein. Ein transportabler Kachelofen musste auch noch Platz finden. Wir konnten von der Tür aus direkt ins Bett springen, so groß füllte es diesen Raum aus. Das war der Anfang. Alle Wand-, Decken- und Fußbodenflächen hundert Prozent Außenbereich. Das war im wahrsten Sinne des Wortes ein Nest. Unser Domizil, unser Anfang. Ein neuer Lebensabschnitt für uns beide. Totale Euphorie. Wirklich schön.

Das Haus hatte zwei Schornsteine, somit gab es im Erdgeschoss effektiv drei Räume und im Obergeschoss zwei Räume, jeweils die Giebelstuben, die beheizbar waren. Die anderen Räume wurden über Füchse beheizt, so auch das Schwalbennest. Ich hatte nur ein hundertzwanziger Ofenrohr quer durch die Giebelstube verlegt. Im Winter, wenn es richtig frostig war, konnte man das Kondensat von den Rohrstößen tropfen hören. Unter jedem dieser Stöße befestigte ich eine Konservendose. Unser Badeofen funktionierte genauso. Die Schornsteine hatten einen Querschnitt von fünfundfünfzig auf sechzig Zentimetern, das waren sogenannte Steiger. Steiger, da die Schornsteinfeger mit Knien und Schultern in diesem Schornstein hochkriechen und ihn in dieser Position säubern. Diese Schornsteine waren noch Relikte aus alten Zeiten und sind jetzt verboten, da die großen Querschnitte zwar für Holzheizungen gut sind, für Kohle dagegen komplett unbrauchbar. In unserer Umgebung gab es von diesen Steigern nicht viele, deswegen machten die Schornsteinfeger bei mir ihre Gesellenprüfung.

Heike drängte auf mein Badprojekt. Ich sollte den Finger ziehen, ein Bad sei wichtig. Genau das meinte ich mit Antrieb.

Zurück zu unserem Hochzeitstag. Ihr Schwager lenkte den *Trabi* zum Philippsberg und wir luden die Sachen ab. Danach folgte unsere Hochzeitsreise, mit der *Jawa* ging es nach Strausberg. Die verreckte irgendwo auf den Höhendörfern. Wir gingen zu Fuß weiter. Unterwegs wurde es dunkel und wir bekamen Liebesdurst. Irgendwo auf dem Acker stand eine Heumiete. In dieser Miete hatten wir hemmungslosen Sex und sahen danach aus wie Strohpuppen, der Häcksel setzte sich überall fest. Es juckte am ganzen Körper; das Zeug, diese Halme, Gracheln und Ähren. Die Miete war unser Hochzeitsbett, das mussten wir aufgeben, ein Gewitter zog heran. Es blitzte und donnerte, es kam immer näher. Was tun? Wir rannten Richtung Strausberg und vor der Bahnschiene in Frankenfelde stand eine runtergekommene Bushaltestelle. Wir machten das Ding sauber und liebten uns gleich weiter. Wir waren so verliebt, wir beide.

Es war um Mitternacht, das Gewitter war über uns drüber hinweggezogen. Wir waren einigermaßen trocken geblieben.

„Wir müssen aufpassen. Unsere Jungs werden hier gleich vorbeikommen“, sagte ich.

Wir warteten auf dieser unbequemen Bank, küssten uns, immer mit einem Auge auf die Straße. Ein Trupp Autos kam, wir stellten uns auf die Straße und winkten. Was soll ich sagen, unsere Freunde fuhren schnurstracks an uns vorbei. Ratlos sahen wir uns an. Sex, wir machten Bushaltestellensex vom Feinsten. Irgendwann, es wurde schon hell, hörte ich einen *W50*. Ein Futterfahrer. Ich stellte mich auf die Straße und der LKW hielt an. Alfred Metzel aus Zäckerick saß am Steuer und lachte. „Was macht ihr denn hier?“

„Lange Geschichte“, antwortete ich. „Bring uns bloß nach Hause. Wir sind total müde.“

„Ich weiß nicht wie ich euch mitnehmen soll. Hier vorne ist kein Platz.“

„Dann klettern wir eben hinten auf den Kasten“, schlug ich vor. „Mach auf die Mausefalle!“

Die Futter-*W50* sind Klappkipper mit einem Gerüst oben drauf und Maschendraht drum. So standen wir wie in einem Raubtierkäfig, denn sitzen war unmöglich bei diesen Straßen. Schön mit den Beinen alles ausbalancieren und mit den Händen am Maschendraht festhalten. Wir waren wirklich kaputt, als er uns auf dem Philippsberg abkippte.

„Ihr seid verrückt!“, rief Werner als er losfuhr und lachte laut dabei.

Mit weichen Knien, voller Stroh und mit Siloresten an den Klamotten schlichen wir beide in den *Kühlschrank*. Da lagen unsere Freunde, im Tiefschlaf. Wir mussten schmunzeln, suchten uns eine Ecke und schliefen ein.

Das war die Hochzeit, mit Hochzeitsreise, Hotel, Hochzeitsnacht, alles, was eine Hochzeit ausmacht.

Nach der Hochzeit folgte Heikes erste Bewährungsprobe auf dem Philippsberg. Rolf Mehn kam von der Armee zurück und unsere Band *Knisterwind* erwachte wieder zum Leben. Das lief so gut, dass wir in Frankfurt die Sonderstufe schafften.

Klaus war unser Bandleader, er überredete mich, mein Haus zu einem Zweifamilienhaus umzubauen. Er würde dann mit seiner Familie einziehen. Ich hatte mir die ersten Genehmigungen bei Frau Rankwitz, unserer Bürgermeisterin, besorgt. Als nächstes musste ich zum Rat des Kreises. Je näher dieses Projekt rückte, umso mulmiger wurde mir dabei.

„Heike, meine Frau, soll ich das Haus zu einem Zweifamilienhaus umbauen?“

Heike sah mich entsetzt an: „Natürlich nicht!“, entkam es ihr schnell.

„Gut, dann ist das jetzt beschlossene Sache. Ich werd das morgen regeln.“

Mir war ein Stein vom Herzen gefallen. Heike war mein Antrieb, meine neue Energie.

Am nächsten Tag fuhr ich überall hin um das Projekt abzublasen. Zum Schluss fuhr ich bei Mehn ran. Da erlebte ich eine große Überraschung. Die beiden nahmen das überhaupt nicht locker hin, fingen an Stress zu machen. Als ich draußen auf dem Hof stand, sagte ich ganz laut: „Auweia! Das ist aber noch mal gut gegangen."

In meiner Bandeuphorie hatte ich überhaupt nicht an die Möglichkeit des Streits gedacht, das wurde mir jetzt bewusst.

Heike war mein Glück.

Man muss auch mal zum Doktor

Wir hatten in Altreetz und Neulewin drei Ärzte.

Einer war der Herr Ohnesorg, von dem habe ich schon aus meiner Kindheit erzählt. Der hatte seine Praxis neben dem Herrn Kummer, einem in die Tage gekommenen Zahnarzt. Ihre beiden Praxen, Allgemeinmedizin und Zahnarzt, befanden sich im Erdgeschoß des Landambulatoriums Altreetz. Das Ambulatorium war ein großes, schönes und zweckmäßiges Gebäude aus den fünfziger Jahren. Im Obergeschoß gab es eine Wochenkrippe, in der Heike später für ein paar Jahre arbeiten wird. Das ergab ein geschlossenes System, zusammen mit der Apotheke, ebenfalls schön und groß. Im Erdgeschoß die Apotheke, im Obergeschoß lebte das Apothekerehepaar Knause.

In Neulewin gab es eine weitere Arztpraxis. Dort praktizierte Herr Doktor Schütze, der kam vom Militär.

Diese beiden Allgemeinmediziner kurvten im Bruch herum und hatten in fast jeder Gemeinde eine Außenstelle, eine Gemeindeschwesterstation. Einmal in der Woche hatten Herr Ohnesorg oder Herr Schütze in diesen Stationen Sprechstunde, ansonsten war die Schwester für den Rest der Woche für die Gemeinde zuständig. Die beiden Ärzte waren sehr unterschiedlich. Herr Schütze war schwer zugänglich und unhöflich, Herr Ohnesorg hingegen war genau das Gegenteil. Eine Macke aber hatten sie gemeinsam: Sie waren neugierig.

Egal ob Schütze oder Ohnesorg, wenn die bei Tante Else eine kleine Visite machten, musste sie sie im Haus rumführen. Ich empfand das als sehr seltsam. Einmal kam ich nach Hause und Tante Else sah mit Herrn Schütze Fernsehen. Das sah sehr vertraut aus und strahlte Ruhe aus. Ich setzte mich leise dazwischen, Tante Else zeigte mit einem Wink zum Doktor und schmunzelte. Nach einer Weile erhob sich Herr Schütze und verabschiedete sich. Tante Else fragte nach, was er denn eigentlich gewollt habe.

„Ach so, Frau Globig, gut, dass Sie das ansprechen, können Sie mal den Arm freimachen, ich möchte Ihren Blutdruck messen.“ Als er in seinen Koffer fasste, um die notwendigen Apparaturen herauszuholen, zeigte Tante Else ihm hinter seinem Rücken einen Vogel. Ich konnte nicht anders, ich musste laut anfangen zu lachen. Erschrocken fuhr er hoch.

„Ist irgendetwas?"

Tante Else und ich saßen da und lachten: „Nein, Herr Doktor, es ist alles in Ordnung."

Mit einem Schlechte-Laune-Gesicht sagte er: „Na ja. Hm. Ja. Dann werden wir mal."

So ähnlich hatte sich das auch bei unserer Nachbarin, Frau Hinze, abgespielt. Als er fertig war mit seiner Ralfmacke, Fernsehen vor alles andere zu stellen, fragte die Dame ebenfalls nach, was er eigentlich wolle. Nach der folgenden kurzen Untersuchung, wollte er sich verabschieden, aber die Frau fragte nach, ob er ihr nicht irgendetwas verschreiben möchte. Schütze stand da: „Wieso? Wieso soll ich was verschreiben? Sie sind doch sowieso Friedhofsgemüse."

Amüsant empfand Frau Hinze das nicht und beschwerte sich. Schütze fing sich wieder: „Essen Sie mal öfter einen Apfel und trinken Sie abends mal ein Glas Wein. Das ist besser für Sie als all die Medikamente."

„Na also", sagte ich nur, nachdem ich die Geschichte gehört hatte. „Warum nicht gleich so?" Ganz einfach, weil Schütze so war. Er war nicht höflich oder einfühlsam.

Kummer war ebenso ein Balanceakt. Man musste ein Händchen für ihn haben. Die Natives, die Einheimischen, kamen körbeweise mit Nahrung und vor allem mit Schnaps. Mit diesem Trick bewegte man den Mann dazu, seine Brille aufzusetzen, dann war er ein guter Zahnarzt. Leute, die das nicht wussten, sahen dementsprechend alt aus. Mir ging das so. Er schliff mir von einem Zahn ein Stückchen herunter, als ich plötzlich Fragezeichen in seinen Augen sah. Er setzte sich die Brille auf, ein Blick und da hörte ich nur:

„Scheiße! Das war der Verkehrte!"

Eine Art Selbstgespräch. Er musste meine entsetzten Augen gesehen haben. Da half nur Eines, Brille runter, kurz noch mal durchgezählt und es folgte Versuch Nummer zwei. Kummer war, wie Schütze, kein Mann zum Plaudern. Ein alter Grummel, der sich auf seine wohlverdiente Rente freute, die er bald bekommen würde. Ich stand schon draußen auf der Treppe, als der gute Mann aus dem Fenster schrie: „Halt! Warten Sie mal kurz!"

Tapp… tapp… tapp, kam er über den Flur, stand neben mir, um die Farbe meines Zahns zu bestimmen, den er als Prothese nachbauen lassen wollte.

„Hm. Ja. Vielleicht ist der besser. Sie können jetzt gehen", ganz nebenbei kam noch ein „auf Wiedersehen!", und weg war er. Einen Moment lang stand ich auf der Treppe, kopfschüttelnd, und ging dann auch.

Dieser Zahnarzt hatte eine Zahntechnikerin in seiner Praxis. Wie gesagt, alles schön beisammen, ein komplettes System: Apotheke, Ärzte, Krippe und Physiotherapie. Alles in einem kleinen Dorf im Bruch.

Musterung

Es lag ein Brief vom Wehrkreisamt auf dem Tisch, als ich von der Arbeit kam. Ich habe dann und dann eine Nachmusterung in den Baracken am Finanzamt. Der durchführende Arzt sei Herr Schütze. Die Ärzte klopften den Körper ab, vermaßen, Zahnbestand, machen Sie mal Ah..., reingesehen in den Mund bis zum Arschloch und zur Kontrolle noch den Finger ins Arschloch rein, Schließmuskel abtasten. Abschließend stand ich vor Schütze, der einmal um mich herumlief. Wir waren von Anfang an nackt und es ging auch militärisch zu, mit Befehlen und solchem Quatsch. Ich hasse diesen Scheiß: Uniformen, Drill, Befehle, Gleichschritt und irgendwelche Störche vor einem, die anders eingefärbt sind, andere Schulterklappen, Bunkerhosen, hochglanzpolierte Stiefel, Waffen, um Menschen totzuschießen, natürlich nur kleine Proleten, wie ich es einer bin. Das ist nicht nur Ablehnung bei mir, nein das ist Hass.

„Templin, stehen Sie still!“, befahl Schütze.

An meinen Augen musste er meinen Hass abgelesen haben, als er vor mir stand und mich scharf ansah. Er wurde nervös, kriegte sich aber schnell wieder ein, indem er seine Macht ausspielte.

„Templin!“, sagte er und stand vor mir. Pause, „Templin! Jetzt bist du dran! Du wirst jetzt eingezogen und wir werden dir deinen Arsch strammziehen!“

Er fing an zu lächeln, er war stolz auf sich und darauf, solche Macht auskosten zu dürfen. Heiße Ansprache, mit dem „Du“ auch sehr persönlich. Ich fasste zusammen: Erstens, der Schütze konnte mich nicht leiden. Zweitens, er wusste viel für einen Arzt: das mit der Einberufung. Und Drittens, wir würden nie Freunde werden. Viertens, jetzt wurde es ernst, ich wurde eingezogen. Die Frage war nur: Wann? Es gab die Frühjahrs- und die Herbstkandidaten. Gedient wurde um die fünfhundertfünfzig Tage, für anderthalb Jahre gabst du deinen Personalausweis ab. Dieses Schicksal ereilte jeden von uns in der DDR. Das war so sicher wie das Amen in der Kirche. Ausgemustert wurde kaum jemand.

Nach der Musterung durften wir uns anziehen und mussten zu irgendwelchen Obermackern. Wir saßen wie die Hühner auf der Stange, alle ein bisschen mitgenommen. Einer nach dem anderen wurde aufgerufen. Natürlich militärisch. Für mich war es interessant zu beobachten, wie sich dieser Drill und die bedrückende Atmosphäre auf meine Mitleidenden auswirkte. Manche sprangen beim Aufrufen auf und brüllten dabei das militärische „Jawohl!“ und standen stramm. Was ist das? Ist das schon in unseren Genen verankert? Tausend Jahre hintereinander in den Krieg zu ziehen? Wenn ein normaler Genossenschaftsbauer, Dreher, Melker, Tischler so reagiert? Gerade in dem Land in dem wir leben, fanden wir uns von Preußischen Zeiten an kontinuierlich auf Kriegsschauplätzen wieder. Haben wir das im

Blut? Militärischen Gehorsam, Respekt vor Störchen mit geflochtenen Schulterklappen und Bunkerhosen. Ich fühlte mich als Außenbetrachter, Außenbeobachter. Mein Name erschallte im Raum. Ich zuckte vor Schreck kurz zusammen, weil ich gerade in mich gegangen war. Langsam stand ich auf und schlenderte hinter irgendeiner Uniform hinterher. Ich stand vor einem Typen, der hinter einem Schreibtisch saß, mit silbernen, geflochtenen Schulterklappen. Der Typ sah aus, wie all diese Fotos von unseren Verwandten und Bekannten aus der Nazizeit. Genau die gleiche Tracht.

„Stillgestanden!“, brüllte er mich an.

Ich entspannte mich und stand wie ein vollgekiffter Hippie vor ihm. Der Mann in Tracht konnte damit nicht umgehen und reagierte wie Schütze. Er versuchte die ganze Prozedur noch einmal. Ich holte mir, unter seinem Gebrüll, einen Stuhl und setzte mich vor ihn hin. Ganz gelassen, ganz ruhig. Er haderte mit sich, das stellte ein riesen Problem für ihn dar, denn noch hatte ich einen Personalausweis, noch war ich Zivilist. Er musste über kurz oder lang anders mit mir kommunizieren. Ihm blieb keine Wahl. Mehr als nervös gestikulierte er mir, dass ich mich setzen solle und sagte:

„Ja. Setzen Sie sich! Äh… Ach so, Sie sitzen ja schon… na, egal“, mit normaler Tonlage fuhr er fort, „wir wissen, dass Sie eine Freundin haben und sich einen Hof aufbauen.“ Pause. „Wir wissen auch, dass Sie die Waffe ablehnen und Spatensoldat werden wollen, was ja auch Ihr Recht ist. Aber!", er schlug mit der Faust auf den Tisch, „aber wir werden Sie nicht in Ruhe lassen. Wir werden Sie so oft zur Reserve einziehen, dass Sie gar nicht mehr wissen, ob Sie Handwerker oder Soldat sind. Diese Situation wird natürlich den Aufbau Ihres Hofes behindern, schätze ich mal."

Ich platzte fast vor Wut.

„Ich mache Ihnen einen Vorschlag", machte er weiter. „Sie machen einen normalen Grundwehrdienst und alles wird gut."

Ich sprang auf: „Ist noch was?", fragte ich.

Er total geschockt: „Äh… Nein. Äh… treten Sie weg!", sagte er noch kleinlaut.

Ich stand draußen vor den Baracken, drehte den Kopf nach links ins Bruch hinein. Das schöne Bruch. Von hier aus hatte ich freie Sicht auf das Bruch. Meine Wut nahm ab und wurde durch Trauer abgelöst. Ich schmeckte Tränen. Plötzlich fasste mir einer der Militäranwärter auf die Schulter, irgendein Tischler oder Melker sagte zu mir: „Mensch, mach dir mal keen Kopp! Da sind schon janz andere durchjekommen, weeßte? Sei nich traurich, meen Jutster."

Ich nickte zustimmend und empfand das als gute Geste. Ein guter Mensch, dachte ich so bei mir, der hier missbraucht wird für einen scheiß Zweck. Er verabschiedete sich von mir: „Mach´s jut, Alter. Hau rinn!", und hob dabei die Hand hoch.

„Ja", antwortete ich.

Ich fuhr nach Hause, bupp… bupp… bupp… durch das Bruch.

Noch ein Todesfall

Zu Hause angekommen, bemerkte ich sofort, dass etwas nicht stimmte. Irgendwie war es außergewöhnlich ruhig auf dem Flur. In der Küche kochte Wasser über und überall lagen Gegenstände herum, wahllos. Ich ging rüber zu Tante Else, an der Tür bemerkte ich, dass sie weinte. Aufgeregt rannte ich das letzte Stück und trat ein. Tante Else saß tief nach vorn gebeugt auf der Ofenbank und weinte. Vor ihren Füßen lag Heidi. Ich bückte mich um Heidi anzufassen und bemerkte, dass er tot war und schon anfing, steif zu werden. Tante Else musste etliche Stunden so gesessen haben. Langsam setzte ich mich neben sie und atmete tief durch. ‚Mann, was ist denn das bloß für ein Tag heute?' Ich schüttelte meinen Kopf bei dem Gedanken. Nach zehn Minuten legte ich meinen Arm um Tante Elses Schulter. Sie weinte noch viel stärker und lehnte sich bei mir an. Ich versuchte sie zu beruhigen.

Heidi war dreizehn oder vierzehn Jahre alt geworden. Ein gutes Alter für einen Hund, der die Hälfte seiner Zeit mit Krebs gelebt hatte.

Ich machte draußen einen Spankorb fertig, dort legte

ich den Hund hinein, sodass Tante Else den Tag über noch Totenwache halten konnte. Heidi stand auf dem Tisch. Sooft ich konnte, setzte ich mich neben Tante Else auf die Ofenbank.

Am nächsten Tag hob ich Heidi ein Grab aus und wir beerdigten diesen treuen Gesellen.

Weitere Titel im Aufland Verlag

Elke Michael

Leben, Singen, Schweine schlachten

Alltag in einem Dorf

In aller Schlichtheit beschreibt Elke Michael, was es heute heißt, sich auf ein Dorf einzulassen. Sie bringt uns damit zum Weinen und zum Lachen. Sie zeigt uns die Abgründe, an denen sie nicht weiter weiß, beschreibt aber auch, wie aus dem Singen, Schlachten und Pflanzen ein Leben werden kann, das die Mühe wert ist. Lebensentwürfen wie dem hier beschriebenen mangelt es sicher an vielem – an Finanzen, Sicherheiten und großen Urlaubsreisen zum Beispiel. Ganz sicher aber besteht kein Defizit an Sinn, davon ist reichlich vorhanden.

92 Seiten, Paperback, ISBN 978-3-9814-390-3-8

Kenneth Anders

Das Pfeifen im Ofen

Drei Erzählungen für Ostbrandenburg

Ein Science Fiction, ein Western und ein Weihnachtsmärchen – in diesen drei Formen nähert sich der Autor den Besonderheiten des Lebens in Ostbrandenburg. „Die Oase“ beschreibt die zunehmende Fragmentierung des Landes, seine Aufteilung in Zonen und Betriebsflächen und die Pulverisierung der Zivilgesellschaft. „12 Uhr mittags in Neupreetz“ erkundet die Quellen und Senken dörflicher Zivilcourage und versucht zugleich eine Würdigung des Alters und der Frauen auf dem Land. „Eine märkische Weihnachtsgeschichte“ nach Dickens‘ „Christmas Carol“ erkundet in der Geschichte einer Läuterung die Möglichkeiten eines ländlichen Neuanfangs. Die Erzählungen sind in Ostbrandenburg auf Kleinkunstbühnen mehrfach aufgeführt worden – nun werden sie erstmals verlegt.

157 Seiten, Paperback, ISBN: 978-3-944249-04-9

Imma Luise Harms
Dünne Haut und dickes Fell
Geschichten vom Land

Als Journalistin und Dokumentarfilmerin im genauen Blick aufs Leben geübt, beschreibt und reflektiert Imma Harms seit Jahren ihr Leben auf dem Land. Entstanden ist eine Vielzahl kurzweiliger Texte. Sie erzählen von alltäglichen Dingen und Verrichtungen, vom Einkochen, vom Kampf mit den Brennnesseln im Garten, nehmen den Leser mit auf skurrile Ausflüge ins nahe und weitere Umland Reichenows, ins Oderbruch, nach Polen oder zu einem nichtkommerziellen Kulturtransfer im Zeichen der Kartoffel in die Uckermark. Melancholische Augenblicke und Trauer sparen sie nicht aus, schweigen nicht vom Älterwerden – kurz: Sie sind voller Leben. Imma Harms ist von einer solchen Aufmerksamkeit, Wissenslust und Freude am Nachdenken und Verstehen angetrieben, dass ihr ein Loch im Strumpf zum Anlass wird, über die Bankenkrise zu philosophieren, oder ein Besuch in Berlin dazu führt, dass sie aufgebracht über die optischen Angriffe der Werbung auf den öffentlichen Stadtraum kurzer Hand eine kritische Theorie des Gesichtsfeldes entwirft.

280 Seiten, Paperback, ISBN 978-3-944249-01-8

Tobias Rausch
ODER BRUCH

Das Buch zum 2012 am Deutschen Theater uraufgeführten Stück. Die Theaterproduktion ODER BRUCH basiert auf Befragungen von 100 Menschen in Polen und Deutschland, die das Oderhochwasser im Jahr 1997 erlebt haben: Politiker, Armeeangehörige, Deichläufer, Betroffene, Bürgermeister, Junge und Alte. Aus den Interviews hat Tobias Rausch einen Text generiert, der besser als jedes klassische Autorenwerk die Widersprüche einfängt, in denen Landschaften wie das Oderbruch heute stehen. Entscheidend ist dabei nicht die größere Authentizität des persönlichen Erinnerns, denn auch dieses ist Teil gesellschaftlicher Kommunikation, steckt also voller Versionen, Sprachregelungen und Verklärungen. Erst die Vielfalt der Perspektiven ermöglicht ein komplexes Bild der Ereignisse sowie der heutigen Situation. Absurdes und Existenzielles liegen nahe beieinander und niemand hat die Weisheit gepachtet.

130 Seiten, s/w, Paperback, ISBN 978-3-9814-390-6-9